義弟を虐《しいた》げて殺される運命の悪役令嬢は何故《なぜ》か彼に溺愛される2

登場人物紹介
イグニス
メルティアが継承した精霊。
ロイ
メルティアの義弟。
メルティアの優しさを知り、
彼女を誰よりも溺愛している。
メルティア
日本人だった前世の記憶がある悪役令嬢。前世で読んだ小説によると、彼女は母親の再婚相手であるオルフェンス公爵の家に入り、義弟に様々な嫌がらせをするキャラクターだったが……!?

ロゼリア
オルフェンス領の隣の領を治めるライン公爵家の次期当主。
アリス
メルティアが前世で読んでいた小説の主人公。彼女にも日本人女性だった前世の記憶があり、小説の主人公の性格とはだいぶ違ってしまっている。
マルス
ロイに心酔している騎士。メルティアを傷つけたことでロイに嫌われ仕方なくメルティアに忠誠の剣を捧げた。
カイン
幼いころからロイに仕えている男性。頭脳労働担当。

一章　オルフェンスの娘

オルフェンス公爵領に帰ってきた私たちを出迎えたのは、ロイによってオルフェンス公爵家の管理を任された美しい少女だった。

「メルティア様にはロイ様と私の間に生まれた子の養母となっていただき、次世代のオルフェンス公爵として育てていただきたいのです」

大人びた十七歳のオルフェンス一族の令嬢は、微笑《ほほえ》みを浮かべてそう言った。

オルフェンス公爵邸の執務室で主《あるじ》の座にいるのは私なのに、その前に立っている彼女のほうが堂々としている。艶然《えんぜん》と笑う彼女は茶色のくせのない髪を後ろで一つにまとめていた。

事務仕事がしやすいようにだろう、袖の短いドレスを身につけているけれど、仕草の優雅さや身についた堂々とした立ち居振る舞いは気品に満ちている。

「無礼だぞ、ヴェラ！」

「マルス様ったら、そういう演技は私の前では必要ありませんよ。あなたがロイ様に仕えたいのに拒まれて、仕方なくメルティア様に剣を捧《ささ》げたことくらい、私にはわかっているのですからね？」

「うぐ……っ！」

図星を衝《つ》かれたからかマルスが言葉に詰《つ》まると、カインがこめかみを押さえた。

「ヴェラ様……私は公爵であるメルティア様に挨拶《あいさつ》したいと言うからあなたを紹介したのですよ？　笑えない冗談を言わせるためではありません」

「冗談ではなく、本心よ？」

「だったらなおのこと、たちが悪いです」

カインは珍しく苛立《いらだ》ったように顔を歪《ゆが》めた。

私たちがオルフェンス公爵邸を不在にしている間、オルフェンスの全執務を取り扱っていた人物を紹介したい。そう言って、彼が私の執務室に連れてきたのがヴェラだ。

「メルティア様が長い眠りに就《つ》いた後、あなた方──リス伯爵家に助けられたのは事実です。……ですが、それはあなたの放言を看過する理由にはならないのですよ」

「私たち、幼馴染《おさなじ》みじゃない？　つれないわね、カイン」

私が眠っている間、リス伯爵家がロイたちを助けていたのだという。私が前世で読んでいた小説とは違う展開だ。

何しろ小説のロイはベンヤミンだけでなく、親戚たちにも殺されそうになっている。

オルフェンスの家門を名乗る者たちと、小説のロイの間には深い溝があった。ヴェラとこそ個人的な交友があったけれど、彼女以外の親戚とは疎遠《そえん》という設定だったはずだ。

「この女の発言はオルフェンス公爵であるメルティア様に対する侮辱《ぶじょく》です。メルティア様、処分を下すべきです」

微笑《ほほえ》みかけるヴェラを黙殺してカインは私を見た。

ヴェラ・フォン・リス。

彼女は勿論《もちろん》、小説にも存在する。リス伯爵家の長女であり、私たちが王都シールズにいる間、オルフェンス公爵家の運営の一切を任されていた令嬢。今世でも私が眠っている六年間、ロイたちを助けてきたことですべてを任されるだけの信頼を勝ち得ている。

だからマルスとカインの反応は意外だ。

「ヴェラはオルフェンスをまとめるために提案しただけでしょう？　どうして怒っているの？」

「はあ⁉　何言ってんだ、お前」

「メルティア様、何故《なぜ》お怒りにならないのですか⁉」

確かに私が怒る理由はある。でも、マルスとカインのその反応の理由はわからない。

「怒るようなことではないと、まさかメルティア様にご理解いただけるだなんて驚きです」

ヴェラが切れ長の目を丸くする。

「メルティア様はそもそもオルフェンス公爵位を狙っていなかったのですよね？　メルティア様がオルフェンスの精霊を継承してしまったのは、事故のようなもの。命さえかかっていなければ、無償《むしょう》でロイ様に精霊をお返しするつもりがおありとのこと」

「ヴェラの言う通りよ」

「でしたらメルティア様の同意さえあれば、ロイ様に精霊をお返しすることはできなくとも、それが叶った時のように、すべてを元に戻すことはできますよね？」

ヴェラの言葉に間違いはない。頷《うなず》いてみせると、彼女は安堵《あんど》した様子で胸に手を当てた。

「ロイ様が公爵となれば、公爵夫人となるはずだったのは私です。ですから私の子をメルティア様の養子にして、次期オルフェンス公爵として育てていただきたいのです」

ちくりと胸が痛むのがそもそも筋違い。ヴェラの言う通り、私は本来オルフェンス公爵の地位に相応《ふさわ》しい人物ではないどころか、ロイの伴侶の座すらおこがましい。

小説にも、アリスというヒロインが現れなければロイと結婚するのはヴェラだったろう、と書かれている。

「オルフェンスの者たちがどんなにメルティア様に不満を抱いていても、ロイ様と私の血を引く子が次期公爵だとわかれば、不満を呑み込み付き従うことでしょう」

「勘違いも甚《はなは》だしいですよ、ヴェラ様」

カインはイライラとしながら首を横に振った。

「ロイ様が公爵となった暁《あかつき》に公爵夫人として娶《めと》るつもりだったのは、元よりメルティア様です。ロイ様がそのつもりでいるのを私たちが知ったのは、メルティア様が眠りに就《つ》いた後のことでしたが」

「面白い冗談ね、カイン」

ヴェラは馬鹿にするでもなく、困惑した様子で笑う。

「精霊を継承していないメルティア様では、公爵であるロイ様に嫁《とつ》ぐなんてできないわ」

彼女の言葉は正しい。

「たとえロイ様が強行したとて、オルフェンスの家門の誰もが認めないわ。精霊を継承していてさえ、メルティア様を認めない者たちがいるのよ？」

「だからヴェラ様のほうが公爵夫人として相応《ふさわ》しいとでも？」

「公爵はメルティア様なのだから、夫人は難しいでしょう？　由緒正しいリス伯爵家の血筋を引く者として屈辱的ではあるけれど、正式な立場は諦《あきら》めて、ロイ様の愛妾《あいしょう》の座で我慢するつもりよ」

ヴェラが悲しげに眉をひそめる。

彼女は美しく誇《ほこ》り高きオルフェンス一族の娘。オルフェンス本家に最も近い己の血筋に誇《ほこ》りを抱いている。小説にそう描写されていたのだ。

そんな彼女が正式な立場を諦《あきら》め、表舞台から降りるという選択をした。

彼女にとっては苦渋の選択だろう。

それでも、それがオルフェンスにとって一番よい選択だからこそ、彼女は選んでみせたのだ。

心臓の鼓動が嫌なリズムを刻み始めるけれど、ドレスを掴《つか》んで私は静かに黙殺した。

夫が自分以外の女性と関係を持つのが嫌だなんていう私の個人的感情は、大した問題じゃない。

「それがオルフェンスを一つにまとめるための最善の選択なのですもの。私は耐えられます」

ヴェラは痛々しい微笑《ほほえ》みを浮かべて耐えている。

彼女こそ、オルフェンスの鑑《かがみ》。そしてオルフェンスの意志を反映する、鏡でもある。

彼女が最善の選択だというのなら、本当にそうなのだろう。

オルフェンスにとって、オルフェンス公爵家にとって——ロイとヴェラの子を次期公爵にすることが、きっと何よりも有益なのだ。

「公爵であるメルティアを認めない奴はオルフェンスから排除すればいいだけだ！」

マルスが吐き捨てるように言った。ヴェラの提案の何かが彼にとって気に食わなかったらしい。

「メルティア！　この女は、お前の血筋に問題があると言ったも同然なんだぞ！　……つまりは、お前の母親にッ！」

痛いところを突く。

言葉だけ受け取れば、そういうふうにも聞こえるだろう。私がヴェラのことを知らなかったら、そういう意味にしか受け取れなくて、彼女を嫌っていたかもしれない。

「でも、ヴェラは私のお母様を娼婦と貶《おとし》めているわけではないのよ。そうよね？　ヴェラ」

「勿論《もちろん》です！　酷《ひど》い言いがかりです、マルス様ったら！」

ヴェラはマルスを睨《にら》みつけ、訴えるように私をまっすぐ見つめた。

「私はただ、誇《ほこ》り高きオルフェンスのため、ロイ様のために最善の道を模索しているだけです！」

堂々と言い切り、胸を張る。

そう、彼女はオルフェンスを愛しているだけ。

自分こそがオルフェンスの母として誰よりも相応《ふさわ》しいと信じているだけなのだ。

オルフェンスに関する限りヴェラの感覚は常に正しい、と小説には描写されていた。

「ヴェラはマルスとは違うわ」

「……ッ!!」

何かを言いかけたマルスは、堪《こら》えるように唇を噛みしめる。

その反応からして、もしかすると、ロイがヴェラを愛妾《あいしょう》とするのに乗り気ではないのかもしれない。

ロイは私と結婚するつもりでいた、とカインは言った。

つまりロイはヴェラと結婚するつもりがない。

ヴェラとの結びつきが増すと、リス伯爵家の力が強くなりすぎる？

ヴェラの提案がオルフェンス公爵家にとって利益になるのは間違いないが、ロイ個人にとってなんらかの不利益があるのかもしれなかった。

「ロイが乗り気じゃないなら、ヴェラの提案を呑むつもりなんてないわ。安心しなさい、マルス」

「そういう問題じゃないだろうが！」

顔を真っ赤にして怒るマルスを見上げていた私は、彼がそうなる理由に気づく。

「ロイとヴェラがくっつくと、私に剣を捧《ささ》げてしまったあなたには不都合だものね？」

「なっ……!?」

その指摘に、マルスはわかりやすく目を白黒させた。

「ロイの一番近くにいる人間が私じゃないと、あなたは困るわよね」

「なるほど、それでマルス様が先程から私に冷たいのですね」

私は呆《あき》れた目で、ヴェラはなじるような眼差《まなざ》しで、何も言えずに震えているマルスを見る。すると、カインが溜《た》め息《いき》を吐《つ》いて口を開いた。

「メルティア様、ヴェラ様を処罰するおつもりは？」

「ないわ。オルフェンスのための提案だもの」

「ご不快にはならなかったのですか？」

彼も不服そうだ。ロイに忠義を尽くすカインがこの反応だということは、やはり何かあるのだろう。

「いい気持ちではないけれど、諫言《かんげん》の一種だと考えるわ」

オルフェンスに関しては、ヴェラは『正解』だ。

私という過失を指摘して、よりよい結果を招くために忠告してくれている。

わざわざ目の前にある正しい道を迂回《うかい》して、回り道をする必要なんてどこにもない。

「頼むから仲良くしてちょうだい。オルフェンス内で争っている場合じゃないのよ」

公爵就任式が控えている。

これはお茶会と似て非なるもの。お茶会が練習なら、今度は本番だ。

オルフェンス領内の貴族なら、マルスの言う通り私を認めない者は排除すればいいかもしれない。

けれど公爵就任式には他領の高貴な貴族たちを招待しなければならなかった。

私が公爵では、彼らは名代《みょうだい》を出すだけで終わらせてしまう可能性は高い。

できるだけそれを防ぎ、高貴な家々出身で爵位を持つまたはそれに近い者たちをオルフェンス公爵就任式に招くことが、延《ひ》いてはロイの立場の強化に繋がる。

小説に出てきた重要な力を持つ人物たち。彼ら自身が式に来てくれるために必要だというのなら、次期公爵の座をロイとヴェラの子に譲ると宣言することくらい、あまりに容易《たやす》い。

「メルティア様、今後は私を侍女としてお使いくださいませ」

「わかったわ。よろしくね、ヴェラ」

オルフェンス公爵家だけではなく、シルヴェリア王国東部――オルフェンス領と呼ばれる地域全体を挙げて、公爵就任式の準備を行わなければならなかった。

オルフェンス領と他領との関係を示す重要な式典だ。

誰にも顧《かえり》みられない、権威のない領主となっても、私は構わない。

けれど私の配偶者になるロイのために、この式典を成功させなくてはならないのだ。

それには、ヴェラは誰よりも心強い味方となってくれるだろう。

＊　＊　＊

一仕事終えて、休憩がてら温室の花の様子を見るために廊下を歩いていた私のところに、ロイがまっすぐに歩み寄ってきた。

彼を見つけると自然と顔が微笑《ほほえ》みの形になるのを不思議に思いながら、労《ねぎら》いの言葉をかけようとする。

けれど、ロイは顔を顰《しか》めていた。私は言葉を呑み込む。

「まさか彼女の提案を受け入れるおつもりではないでしょう？」

「ロイ――？」

私の腕を、ロイは無遠慮に掴《つか》む。

普段触れる時には、私の意思を確かめるように視線を合わせてくるのに。

優しい間がないことが不可解だけれど、不快感はない。

恐怖も嫌悪感もなく、ただロイの気持ちを知りたくてその菫色《すみれいろ》の瞳を見つめていると、腕を引っ張られて壁際に立たされた。

私を囲うようにロイが壁に手をつく。まるで彼と壁の間に閉じ込めるように。

「逃がしませんよ？　メルティア」

「どうした、の？」

耳元に囁《ささや》くように低い声で名前を呼ばれ、少しくすぐったいなと思いながら、私は用件を尋ねた。

間近で見上げるロイの表情は暗い。

彼はさっき、ヴェラの提案を受け入れるつもりかと聞いてきた。

「ヴェラの提案のことなら、あなたが望まないのであれば受けるつもりはないわ」

「……本当はメルティアとヴェラを会わせることすら嫌だった」

「あなたが望むのなら、そうすればよかったのに」

「オルフェンスの貴族がオルフェンス公爵であるあなたに面会を求めているのに、会わせない権利は、僕にはない」

ロイは独白するように言う。

ヴェラが私に面会を求めているのに会わせない権利がロイにないなんて、どうしてだろう。

やはり彼にはリス伯爵家に強く出られない理由があるのかもしれない。

「ヴェラを侍女になさったそうですね？」

「ええ。彼女は役に立ってくれるでしょうから」

こういう時は小説の知識が心強い。彼女が必ずオルフェンスのためになると、私は知っている。

「オルフェンスの役には立つでしょうが、あなたにとって邪魔な存在では……ないのですか？」

ロイがくしゃりと顔を歪《ゆが》める。苦しみに堪《た》える表情でさえ美しい。

遠目に通りすがったメイドが手にしていた籠《かご》を落としたのが見えた。ハラハラと洗濯物が落ちていくのにも気づかないくらい、苦しむロイに見とれている。

彼女から表情を隠《かく》すために、ロイの頭をそっと引き寄せて腕に囲う。苦しんでいる姿を欲望に満ちた目で見られるのは、誰だって嫌だろうから。

抵抗はほとんどなく、ロイは私の腕の中に収まってくれる。

顔を見慣れているせいか、精霊のおかげか、彼女たちのように恍惚《こうこつ》状態にならずに彼を心配できるのが嬉しかった。

「ロイが嫌なら今からでもヴェラを解雇するわ。だからそんな顔をしないで」

「……もしもヴェラの提案があなたにとって渡りに船だというのなら、僕に止める権利などない」

「渡りに船？」

意外な単語だ。言葉の意味が掴《つか》めずに困惑する私に、ロイは低い声で言う。

「あなたに他に好きな男がいるのなら、オルフェンスの後継を作る義務をヴェラに任せ、他の男と添《そ》い遂《と》げることもできるのです……そのためにヴェラを受け入れたのではありませんか？」

その言葉に驚いて、思わず体を離してしまった。

「そんなわけないじゃない!?」

「僕以外の男との間に生まれた子を次期オルフェンス公爵にする権利さえ、あなたは持っているのですよ、メルティア」

「ロイ！　変な冗談を言わないで！」

私がオルフェンス公爵になったのは、ロイが私を助けるために精霊を継承させたからだ。

ロイを蔑《ないがし》ろにすることなんて許されない。

からかわれているのだろうと強い口調で言い返したのに、覗き込んだ彼の顔は悲哀に満ちていた。

苦渋の滲《にじ》んだ表情のまま、滔々《とうとう》と話し続ける。

「あなたと僕以外の男との間に生まれた子にオルフェンス公爵の位《くらい》を継がせようとすれば、大きな反発が待っているでしょう。しかしヴェラに生ませた子を継目の当主にすると見せかければ、時間稼ぎができる。メルティアの代と次世代で念入りな根回しを行い、孫の代であなたの孫に精霊を継承させてしまえばどうとでもなる」

「あなたにそんな不安を抱かせているのなら、すぐにヴェラを遠ざけるわ！」

「不安、とは違います」

菫色《すみれいろ》の瞳は暗く陰《かげ》り、まるで星も月もない夜空のよう。

「あなたは優しく高潔《こうけつ》だから、僕を蔑《ないがし》ろになどしないでしょう。それを僕は誰よりよく知っている」

「本当にそう思っているなら、どうしてそんな顔をするの？」

「馬鹿げた真似をしていると、我ながら呆《あき》れ果てているからでしょうか？」

ロイは額《ひたい》を押さえて弱々しい笑みを浮かべた。

「僕があなたの周りに置いてしまった者たちは、あなたの命を守るという点では一定の信頼が置けますが——誰一人、僕の不利益になる情報をあなたに渡そうとしないでしょう」

「それでいいわ。あなたの情報を渡そうとする人なんて、私だって信用できない！」

「あなたがそう言ってくれても僕は、あなたに対して誠実でありたい」

吐息《といき》のような掠《かす》れた声で言う。

「だから僕は、僕にとって不利益な情報であっても、あなたに差し出す」

「そんなもの、いらないのに……！」

「必要なのです。誰よりも僕にとって。何故《なぜ》なら僕は、あなたがオルフェンス公爵として認められる瞬間が見たいのです」

それは奇妙に聞き覚えのある言葉だった。

「僕ではなく、メルティアこそがオルフェンス公爵に相応《ふさわ》しいと、オルフェンスの家門を含めた万人に認められる、その瞬間を」

ロイのその言葉は——

いつかの私が、ベンヤミンに聞かせるために口にした、ロイを愚弄《ぐろう》する言葉をなぞっていた。

「ロイ、それはあなたを愚弄《ぐろう》する言葉よ……!?」

「あの男に味方だと思わせたまま僕を守るための、あなたの言葉だ」

すべてを見透《みす》かすような目をして、ロイが私を見下ろしている。

私は思わず胸を押さえた。そうすれば胸の奥にある感情を見透《みす》かされずに済むかもしれないと、淡い期待を抱きながら。

でも、一体どんな感情を隠したかったのか、隠した自分でもわからない。

「それを聞きながら僕は、本当にその瞬間が来ればいいと思いました」

「憎々しげな目で、私のことを睨《にら》んでいたじゃない」

忘れられるはずがない。ベンヤミンの腕に抱かれる悍《おぞ》ましさから助けを乞《こ》うために、一縷《いちる》の希望のように見つめていた、ロイの表情。

顔を真っ赤にして目を赤紫色に染め、燃えるような憎悪を瞳に宿していた。

「睨《にら》んでいたとしたら、あなたに触れるあの男を、です」

「そう、なの？」

「あなたを睨《にら》む道理がないでしょう？　あなたが決死の覚悟であの言葉を紡《つむ》いでいたことに、僕は気づいていた――気づいていながら、あなたの強さに甘えていたのですから」

「確かにロイが気づいていなかったはずはない、わね」

オルフェンス公爵になりたいだなんて思っていたはずがない。それは言い切れる。

だから言葉の真偽を見抜く能力のあるロイならば、私がその場をしのぐために虚言を吐いたことに気づけただろう。

「その上で僕は夢を見ました……オルフェンスに君臨するあなたの姿を」

「でも、オルフェンスに君臨すべきはあなたなのよ、ロイ」

「オルフェンス公爵であるメルティアまでもがそうおっしゃるので、あなたが頂点に立つことを望んでいるのは僕だけなのでしょう」

ロイの瞳が、ゆらりと揺らぐ。菫色《すみれいろ》の瞳が熱く蕩《とろ》けた金を混ぜたように輝いた瞬間、不思議な圧迫感を覚える。後ずさりすると、冷たい壁が背中に触れた。

「どうか僕だけのために、すべての者に認められるオルフェンス公爵になってはいただけませんか？　メルティア」

「そんなの、無茶だわ」

「オルフェンス公爵であるあなたに相応《ふさわ》しい男である。そう皆に認められるために僕が必死の努力をしなければならないほど、至上高くに君臨していただきたいのです」

「ただでさえ生まれが問題だと言われているのに、無理よ」

「あなたにならきっとできると信じていますし、そのために僕があなたを支えます」

ロイの望みならすべて叶ってほしいのに、おかしなことを望むから混乱する。

「ヴェラの愚かな提案の裏にあって、あなたが選べる選択肢。僕にとっては避けたい未来ですら、あなたが頂点に立つために必要ならば叶えてみせる」

「嫌よ！　あなたを蔑《ないがし》ろにするような未来なんて！」

「この件に関してはあなたが嫌がろうと僕は押し通す」

ロイは一体何を言っているの？　私にオルフェンスの頂点に立ってほしいからって、彼以外の男と私が一緒になる未来へ導くというの？

それがロイにとって有益ならば、いい。だが、彼の言う選択肢を採択すれば、ロイはただただオルフェンスの頂《いただき》から滑り落ちていくだけだ。

「あなたに他に好きな女性がいて、その女性と正式な夫婦になりたいから私との結婚は嫌だとか、そういう話ではないの!?」

「そのような女はいません」

「私と仮面夫婦になるのも嫌だとか、そういう話ならまだわかるのに！」

「僕は早くあなたと夫婦になりたいですよ」

「だったら……！」

「あなたが侮《あなど》られるのが耐えがたいのですよ、メルティア」

侮《あなど》られていないとは言えなかった。

ヴェラは間違いなく私を侮《あなど》っている。そうでなければあんな提案はできない。

幸い、私は彼女をオルフェンスの正解だと知っているからその提案を呑むつもりでいる。

私が冷酷非道な悪役令嬢だったら、ヴェラは命を落としていただろう。

「たとえ不利益を被《こうむ》ろうと、僕はあなたの一番の味方でありたい」

ロイは少し距離を取り、私の足許《あしもと》に跪《ひざまず》く。

これは見慣れた構図だった。

六年前、私はよくロイを自分の足許《あしもと》に跪《ひざまず》かせたから。

私をまっすぐに見上げる眼差《まなざ》しが、直視を躊躇《ためら》うほど強い。

「僕はオルフェンス公爵であるメルティアの、一の臣下です」

「私にはもったいない臣下だわ」

「まさか。まだまだあなたの右腕には足りません」

「いいから立ってちょうだい、ロイ。いたたまれないわ」

立ち上がったロイを見上げると溜《た》め息《いき》が零れた。

「……私に、あなたを出し抜くつもりがないからよかったものを。なんてことを考えるのよ」

「だから誰もがあなたを甘く見て、警戒すらしていません。その気になれば容易《たやす》く僕を擁立《ようりつ》したい者たちを出し抜いて、オルフェンス公爵家をまるごと奪うことができるでしょうに」

「やらないわよ！」

「メルティアにその気がなくても、あなたが現状に甘んじるつもりなら僕が企《たくら》みます」

「あなたからオルフェンス公爵家を奪って私を頂点に据《す》える計画を、あなた自身が主導するっていうわけ……!?　意味がわからないわ!!」

抗議をしてもロイは揺るぎなく笑みを浮かべている。

「メルティア、あなたはオルフェンスに波風を立たせることを望んではいないのでしょうね？　僕を盛り立てることができるのならば、自身が蔑《ないがし》ろにされても構わないと思っているでしょう？」

「そうだとしたら、なんだって言うのよ……！」

ロイが何を言わんとしているのか恐ろしくなり思わず身構えると、彼はくすりと笑った。

「メルティアの気持ちを裏切るようで申し訳なく思います。ですが、あなたを蔑《ないがし》ろにするオルフェンスならば、僕自身の手で滅ぼします」

小説では身を守るために力を追い求めていたロイ。オルフェンスの貴族たちを信用していないいまでも、分かちがたい利害関係で繋がっていた。切り捨てるだなんて考えもしなかったはずだ。

それなのに今、私の目の前にいるロイは、明らかに小説の彼とは違うものを求めている。

「僕に波風を立てさせたくないなら、蔑《ないがし》ろにされて黙っていてはいけませんよ？　メルティア」

「どういう脅《おど》しなのよ⁉」

「あなたはどういうわけかヴェラを気に入ったようですが、彼女を僕から守りたいのであれば、あのまま増長させてはいけません」

「あなたたち、幼馴染《おさななじ》みでしょう⁉」

「だからこそ余計に腹立たしい」

苦み走った顔で、彼は歯をぎりりと食いしばった。

「メルティアならどう思います？　幼馴染《おさななじ》みがあなたの権威に甘え、〝僕〟を愚弄《ぐろう》したとしたら」

私には幼馴染《おさななじ》みなんて存在はいない。

幼い頃に過ごした場所は劣悪で、生きるためになんでもしないといけなかった。私はお母様がいたから手を汚さずに生きられたが、力のない者たちが生きるための手段を選ばない時、それは悍《おぞ》ましいものになる。

あの場所で時折関わることのあった同年代の少年少女たちを幼馴染《おさななじ》みと呼ぶとして、彼らが権威を手に入れた私に近づき昔のよしみを掲《かか》げてロイを愚弄《ぐろう》したとしたら――

「絶対に許せない……！」

私の答えに、ロイは表情を和《やわ》らげた。

「僕も同じ気持ちです。しかも他でもなく、僕のためだと主張しているのですから」

怒りに燃える目を離れの方角に向ける。

「あなたを名ばかりのオルフェンス公爵として戴《いただ》きながら、あの女の産んだ子どもを次期公爵に据《す》えるくらいならば……」

激しい衝動を抑え込むかのように微《かす》かに揺れる抑揚《よくよう》で、ロイは気焔《きえん》を吐く。

「僕以外であろうとも、あなたが愛した男との子を次期公爵の座に据《す》えて、オルフェンスの藩屏《はんぺい》だと名乗って僕を戴《いただ》きたがる者らを滅ぼし、あなたを支える新生オルフェンスを創るほうがましです」

「めちゃくちゃだわ……！」

「ヴェラさえいなくなれば、愚かな貴族たちが馬鹿げた妄想をすることもなくなるでしょう」

にっこり笑う彼にひくりと頬が引《ひ》き攣《つ》った。

私がぞんざいな扱いを容認し続ければ、彼は本気でやりかねない。

まさかヴェラのことを、殺そうとすら……？

小説でのロイは、必要だと判断した時には人を殺《あや》めることを躊躇《ためら》わなかった。

最初は権力のため——最後にはヒロインを守るため、ならば。

「これはあくまで僕の決意であり、何一つあなたに強要するつもりはありません」

「ほとんど脅迫よ!?」

「ヴェラもオルフェンスの貴族も、あなたにとっては人質になどなりはしないはずです」

ヴェラに思い入れがあるわけじゃないけれど、人命が左右されかねないのに、それが親しい人間じゃないからって気にしないでいられるわけがない。

でも多分、ロイは気にしない。

マルスも気にするような可愛らしい精神の持ち主じゃない。

カインは意外と繊細《せんさい》だから気に病《や》むけれど、ロイのためになると思えば感情を排除してのける。

ロイをどうやって思いとどまらせればいいのか、私にはわからなかった。

カインに言えば、どうにかできる？　マルスに相談すれば止められる？

いや、まかり間違えば、ロイに忠誠を誓う二人はその意思を叶えるためにおかしな道を歩みかねない。

「考えさせて、ロイ」

今の私にできることは、時間稼ぎ。

「メルティアを混乱させるのは本意ではないので、行動を起こすのはしばし待ちますね」

ロイが優しい表情で私を見下ろして言う。

「ですがあなたの涙でも、僕の意思、行動、決意を揺るがすことはできませんよ？　メルティア」

泣きたい気分の私の心を見透《みす》かすように彼は目を細めた。

＊　＊　＊

オルフェンスで初めて開くお茶会の日。

来客を待ちながらロイと談笑していると、庭園の設営をしていたはずのヴェラがやってきた。

「ヴェラ？　何かあったの？」

「本日の招待客の方々より、手紙が届きました」

彼女は平素と変わらない表情だったけれど、そこに不吉な予感を覚えたのは、聡《さと》いロイの周りの空気が明らかに変わったからかもしれない。

「急な用事により、本日のお茶会に出席できなくなったそうです。手紙を持ってきた使いの者がそう申しておりました」

銀のトレーに載せられた無数の手紙の差出人を無力感と共に確認しながら、きっと全容を把握しているだろうヴェラに先に聞く。

「誰が来られなくなったの？」

招待したのはオルフェンス領のありとあらゆる階級の少女たち。気楽なお茶会の体《てい》だったけど、私には計画があったのに――

「全員……かと推察します」

「おまえの差し金か？　ヴェラ」

「私自身は誰にも何も、命じても頼んでもおりません」

剣呑《けんのん》な空気を漂《ただよ》わせるロイの問いに、ヴェラは平然と答えた。嘘ではなさそうだ。

彼女以外の誰かの差し金。あるいはオルフェンスの貴族たちの自主的な行動なのだろう。

「……残念だわ」

小説では今年、恐ろしい魔物害が猛威《もうい》をふるうことになっている。

魔物害とは、一年ごとに世界を襲う魔物の被害だ。

その年その年で魔物の種類は異なり、どこで発生するのかもわからないため、対処法が変わってくる。

見知った魔物を簡単に討ち滅ぼす年もあるし、対処できずに滅びる街や国もある。

この世界にとっては季節性の災害のようなもの。

それが今年はオルフェンス領の西隣にあるライン領で発生する予定だ。

その小さな魔物は人の身体に巣くって魔力を餌《えさ》に繁殖し、最終的には宿主の命を奪い去ってしまう。小説では、ライン領の貴族の半分が亡くなり他の大勢の者たちも亡くなったと描かれていた。

物語の中ならばともかく、現実に起きれば事態は酸鼻《さんび》を極める。

この世界でそんな悲劇を起こさせるつもりはない。

私はすでにこの魔物害の治療薬を用意していた。それを誰にも邪魔されずにオルフェンスに広げるため、お茶、という嗜好品《しこうひん》の形に加工している。

招待した少女たちには、この治療薬が万人に受け入れられるか味見を頼みたかったのだ。魔物が身体に巣くうのを防止する、予防薬の効果も期待できるはずだった。

「私の先日の提案を受け入れてくだされば、オルフェンスの流れを変えることが可能です」

ヴェラの言葉で、サア、とその場の空気がロイを中心に冷えていく。

明らかに体感温度が変わっているのに、彼女はけろりとしていた。

「その後なら、オルフェンスの者はこぞってメルティア様とよしみを結ぼうとするでしょう――」

「ヴェラ、しぃっ。黙りなさい！」

「メルティア様？」

「ちょっと、こっちに来なさい！」

私はヴェラの腕を引っ張り、近くの化粧室に引っ込んだ。

ここなら、ロイですら私の許可を得ずに入ってくることはない。

「ヴェラ、死にたくなかったら、ロイの前でその話をするのはやめてちょうだい」

「私の提案が気に食わないので、メルティア様が私を殺害する、とおっしゃっているのですか？」

「違うわよ！　……ロイがあなたを排除しかねないの」

「ロイ様が？　何故《なぜ》です？　私の提案は、ロイ様にとっては利益しかないはずですが」

「でも、私があなたの提案を容認すれば、あなたを殺すと言っていたわ」

「……まあ」

大袈裟《おおげさ》に言うならそういうこと。

ヴェラは驚いたように目を丸くしたものの、怖がる様子はない。

肝が据《す》わったその姿に、本当に伝わっているのだろうかと私のほうが怖くなる。

「ヴェラ、慎重にやってちょうだい。オルフェンスにとって有益な選択肢を選びたいのならば」

「……メルティア様？　どういう意味でしょう。まるでロイ様が反対する私の提案に、メルティア様が賛同してくださっているかのよう」

「まるで逆のはずの配役よね？　私だっておかしいって思うわよ」

ヴェラが目をまん丸にする。私だって首を傾《かし》げたい。

本来ならロイが乗り気で、私が悔しがって泣くべきだろう。

でも私は、オルフェンスのためになる提案がやがてロイのためになるのなら、受け入れるつもりだ。

それを当のロイが拒んでいるから話がややこしくなる。

「ヴェラが思っている以上に、私とロイは仲がいいの。彼は私が蔑《ないがし》ろにされるのが許せないって、怒ってくれているのよ」

「メルティア様を蔑《ないがし》ろにする私を殺そうと思うくらいに、ですか？」

「そういうことなのだ、と思うわ。……って、私が言ってもロイがあなたに怒っているだなんて、信じられないかしら」

すべて私がでっち上げた話に聞こえてもおかしくない。

けれど、意外にもヴェラは首を横に振った。

「ロイ様が私に激怒されているのは気づいておりますす。魔力をダダ漏れにしていらっしゃるので」

「気づいているのに平気で喋《しゃべ》っていたっていうの⁉」

「あれくらい、平然と耐えられなければロイ様の幼馴染《おさなじ》みはやれません」

確かに、ロイの魔力は漏れやすく、そのために昔から様々な被害を受けてきた。

漏れた魔力にヴェラが酔って錯乱《さくらん》するなら、小説の中でもロイの幼馴染《おさなじ》みはできなかったろう。

「ヴェラって、思っていたよりずっとすごい子だわ」

「メルティア様も、お会いする前に思い描いていた人物像より、ずっとオルフェンスのためを思ってくださる素晴らしいお方です」

二人で褒めているようで失礼なことを言い、微笑《ほほえ》み合《あ》った。

「ヴェラ、私はあなたを信じるわ。あなたとロイの子が次期オルフェンス公爵の座を継ぐことがもっともオルフェンスのためになる、というあなたの提案を」

「他でもないメルティア様に信じていただけることが不思議ですが、とても心強いです」

「……あなたを信じるという、私の言葉を信じてくれるの？」

元平民でありながら、オルフェンス公爵家に紛《まぎ》れ込《こ》んだ異分子である私。

普通なら、私のような立場の人間は一度手に入れた利益を手放したがらない。

だから、私がオルフェンス公爵位に固執していると思われても無理はなかった。私の言葉がデタラメで、ロイとヴェラを引き離そうとしていると思われたって仕方ないのに。

「メルティア様が本心からオルフェンスの――ロイ様のためを思っていらっしゃることくらい、魔眼を持たない私にだってわかります」

ヴェラは私の手を握って微笑《ほほえ》んだ。

「ここでメルティア様を信じられないようでは、オルフェンスの母になどなりえません」

「ありがとう、ヴェラ」

オルフェンスを、ロイを任せるに相応《ふさわ》しい人物を前にして覚えるのは、圧倒的な安心感だ。

心の隅に痛みを感じるのは子どもじみた疎外感なのだろう。

容易《たやす》く無視できる程度の痛みだ。

「ロイの意思、行動、決意を揺るがせるなんて、私にはできるはずがないけれど――」

他ならない、ロイがそう言っていたのだからそうなのだろう。

「ヴェラにならきっとできるわ」

私の手を握るヴェラの手は、貴族の女性にしては掌《てのひら》が硬く、指にはペンだこができている。

オルフェンスのために、ロイのために働いてくれている人の手が愛《いと》おしい。

「気をつけて、ヴェラ。ロイは怒っているわ。怒りのあまり、今のオルフェンス貴族をすべて滅ぼして新生オルフェンスを築いてもいいとまで言っていたの」

「……前オルフェンス公爵の死をきっかけにロイ様に仇《あだ》なした者たちをならばまだしも、オルフェンスに忠誠を誓う私たちを含めた話ですか？」

自分が排除の対象となる分には平静だったヴェラが、声に焦《あせ》りを滲《にじ》ませる。

「わからないわ。だからこそ慎重に動くのよ。ロイのために愛人に身を落としてまで尽くそうとするヴェラを、ロイが私のために排除するだなんて悪夢のような展開はごめんだもの」

「……確かにそれは、悪夢ですね」

オルフェンスのために生きるヴェラと、そんなヴェラを支持している私。

化粧室で手を取り合う私たちの前に立《た》ち塞《ふさ》がる仮想敵がロイだなんて、どうかしている。

「ヴェラ、あなたはオルフェンスの娘よ」

「オルフェンスの、娘？」

「あなたはオルフェンスを体現する、誇《ほこ》り高きオルフェンスの化身なの」

「それはなんというか、あまりに過分なお言葉ですね」

ヴェラは困惑しているけれど、それは私にとってはただの真実。だって小説にそう描写されていたのだから。けれど彼女は十七歳の少女でもある。

「そのオルフェンスへの忠誠に期待しているわ、ヴェラ。だからあなたを失いたくないの」

「ありがとう、ございます。メルティア様」

ヴェラは喉に言葉をつっかえさせながら、ぎこちなく頭を下げた。

「これからは、メルティア様に礼儀を尽くします」

「そうしてくれると助かるわ。あなたが私を蔑《ないがし》ろにしているように見えなければ、ロイもすぐには動き出したりしないはずだから」

「……そういう意味で申し上げたわけではないのですが」

ヴェラが口ごもった時、外から扉を叩く音がした。

「メルティア様、贈り物が届いておりますが、いかがいたしますか？」

メイドがおずおずと告げる。

急遽《きゅうきょ》、欠席した招待客の誰かが罪悪感にでも駆られて、お詫《わ》びの品を贈ってきたのかもしれない。

「お茶でも飲みながら見てみましょう、ヴェラ」

「くだらないものでしたら送り返すことにいたしましょう」

化粧室の外に出るとマルスが立っていた。私を見下ろしぼそりと言う。

「……俺は構うからな」

「何？」

意味がわからず問い返すと、彼は獣《けもの》のように低く唸《うな》った。

「俺もロイ様と同じ意見だ。新生オルフェンスを創り上げるほうが、何倍もマシだ」

「まさか、化粧室の中の物音に聞き耳を立てていたわけ⁉」

魔力で身体能力を向上させ聴力を強化して、化粧室にいる私とヴェラの会話を聞いていたらしい。

「化粧室は女の空間よ⁉　破廉恥《はれんち》！　最低！」

「うるせえ！　よく覚えておけ、メルティア。俺にはロイ様の大望を叶える力があるってことを、ヴェラ、お前もよく肝に銘じておけ」

マルスは脅《おど》すというには酷《ひど》く軽い口調で言った。

「俺は人外魔境の八大神域での修行を終えた修了者で、次期剣聖だなんて呼ばれる程度には実力がある騎士だ。オルフェンス中の貴族を俺一人の手で始末するくらい、簡単なんだからな？」

重さのない口調は、彼にとってはそれが軽いことで本当に簡単なのだろうと思わせる。

私の後についてきていたヴェラは、ぶるりと身震いした。

「ヴェラ、大丈夫？」

「ご心配なく、メルティア様。ロイ様を説得してしまえば、マルス様なんてどうにでもなります」

「ロイ様が説得に応じるわけがないだろうが！」

「そんなのわからないじゃない！」

「なんでお前が反論するんだよ。メルティア、お前なぁ……!?」

一階の談話室の椅子に座って贈り物の確認をしながらマルスと言い合う。

試飲してもらうはずだったお茶を飲みつつメッセージカードを引き寄せた。

試行錯誤《さくご》の末、この薬はかなり飲みやすくなったと私自身は思っている。

普及させるために、ぜひお茶会で披露したかった。

他でもなく招待した令嬢たちと、彼女たちの家族、オルフェンスの民を魔物害から守るために。

一息吐《つ》いた後、目を通した見慣れない紙質のメッセージカードには、『修了者マルスの剣の主《あるじ》へ』と書かれていた。

「欠席者からの贈り物じゃなさそうだわ」

「そうなのですか？　それにしても、こちらの『メルティア・ティー』、相変わらずとても美味《おい》しいですわね。私、気に入りましたわ」

ヴェラはこのお茶独特の苦みを気に入って、好んで飲んでくれている。

人の口からお茶の名前を聞いた私は、動揺を隠して微笑《ほほえ》んだ。

「げっ、苦くないのかよ」

「マルス様のように苦いと感じる方は、甘いお菓子とでも一緒に飲めばよろしいのです」

「ミルクを入れても美味《おい》しいわよ、マルス」

ロイは、付き合いで甘いお菓子を食べなくてはならない時に、このお茶が手元にあったら口直しにぴったりだと言っていた。

おそらく、独特な風味のあるお茶として、これを受け入れてもらうのは難しくないだろう。

その時、贈り物の中身を確認しようと蓋《ふた》を開けたメイドが悲鳴をあげる。私は手にしていたカップを置いた。

「メ、メルティア様、こちらをご覧ください……！」

虫か動物の死骸《しがい》でも入れられていたのだろうか。とっさにそう思ったのは、小説のアリスがそんな嫌がらせを受けていたからだ。この世界のアリスも受けているだろう。

(平民出身だから、という理由での嫌がらせだったはず)

私もほとんど同じ立場だから、そういう類《たぐ》いの代物《しろもの》が贈られても不思議ではない——そう考えながらなんの気なしに伸ばした手を、マルスが掴《つか》んだ。

「触るんじゃねえ、メルティア!!」

雷鳴のような怒号が降ってくると共に、メイドが小箱の蓋《ふた》を全開にする。

箱の中には目映《まばゆ》いばかりに虹色に輝く、美しい真珠の粒が整然と並んでいた。


「――その真珠に触るな。触ってないだろうな？」

「いきなりなんですか！　声を荒らげて、粗暴です」

「触っていないわ。……何かあるのね？」

ヴェラはマルスの豹変《ひょうへん》に目尻を吊り上げたけれど、この様子の彼に逆らう気は、私にはない。

マルスの常人離れした感覚は信用している。

見る限り、小箱の中には真円の真珠がいっぱいに収められていた。

この国では真珠は高価な宝石だから、お茶会を欠席するお詫《わ》びの品としては重い気はする。

マルスの様子を見るに、それ以外の何かがあるらしい。

「これ、誰からの贈り物だ？」

「それが、書いていないわ」

匿名《とくめい》の贈り物は、元々ないわけではない。私が悪女ムーブをしていた時にもこうして匿名《とくめい》で宝石を贈ってくる人はいたし、今現在もままあることだ。

メッセージカードを見たマルスは眉を顰《ひそ》めた。

「これは、エルフの使う紙か……？」

「まあ！　エルフからメルティア様への贈り物ということですか⁉」

そう言って、うっとりとした顔で真珠に伸ばそうとしたヴェラの手を、彼は叩き落とす。

「マルス様⁉　何をするのですか！」

「こいつは『エルフの泪《なみだ》』だぞ」

「エルフの涙が真珠になる、って話じゃないわよね。聞いたことがあるような、ないような……」

「お前、あれだけ宝石を買いあさっていたくせに知らないのかよ」

私が首を傾《かし》げていると、マルスが呆《あき》れた顔をする。

欲深い悪役令嬢を演じるために宝石に興味を示していただけで、正直さほどの興味はない。

「エルフしか採取できない貴重な真珠のことだよ。人間がいくら探しても見つからないんで、そう呼ばれている。真珠の中でも上等な代物《しろもの》で、人間が手に入れることはほぼ不可能だ」

「マルス、よく宝石のことなんて知っているわね？」

「エルフの知り合いがいるんでな……あいつらのうちの誰かか？」

匿名《とくめい》で贈り物をしてくれるようなエルフの知り合いが、マルスにはチラホラいるらしい。

「俺じゃなく、なんでメルティア宛てなんだよ。嫌がらせか？」

彼は真珠の入った小箱を握りしめ睨《にら》みつけた。

「かつて人間社会にこの真珠が出回った時は、その出所のエルフの村は滅ぼされていたそうだ。人間に奪われたんだとよ」

「まさか、これがその時に強奪《ごうだつ》された真珠だってこと？」

「それはない。当時の真珠は全部回収されたはずだからな。だが……」

その時の盗品ではない、と断言しつつも、マルスは険《けわ》しい顔を崩さない。

「聖木会のエルフたちは、真珠を強奪《ごうだつ》した人間と、その真珠を手に入れたすべての人間への報復を決定した。同じ轍《てつ》を主人に踏ませるわけにはいかないんでな。盗品じゃないって保証はない以上、お前は触らねえほうがいい」

彼が語るのは、警戒するのも無理はない恐ろしい過去だ。

聖木会――それは長命種であるエルフを中心に、複数の国の重要人物やどこにも所属しない実力者たちが長老として寄り集まり、大陸に君臨する組織だ。長老一人一人が一国の王以上の影響力を持つため、人間の国の王たちは彼らと敵対するのを避け、取り入ろうとさえする。

そんな存在に敵認定されるということは、世界を敵に回すに等しい。場合によってはロイも巻き込む可能性があるので、慎重になるべきというマルスの判断は正しいだろう。

「誰からの贈り物なのかはっきりとわからない以上、捨てたほうが安全だが」

「エルフの怒りを買うおつもりですか!?」

「とりあえず、俺が預かっておく。宛名に俺の名前も書いてあるんだから、それでいいだろう」

誰から贈られたかもわからないものをどうしようと、こちらの勝手ではある。

けれど、相手がエルフだと話がややこしくなるようだ。

「捨てないでくださいね？　エルフの泪《なみだ》があれば、オルフェンスは社交界の華になれますわ！」

「お前はオルフェンスさえよけりゃそれでいいもんな」

マルスは呆《あき》れたようにヴェラを見やると、溜《た》め息《いき》を吐《つ》いて小箱を取り上げる。

「真珠は俺が受け取ったことにしておく。で、俺からお前に譲渡する。そういう形を取ったほうが安全だ。真珠が万が一強奪《ごうだつ》されたものだとしても、聖木会から俺に連絡が入るだろう」

エルフの泪《なみだ》というのはそれほど貴重な宝石らしい。美しい輝きを持っているのは確かだけれど、エルフの村を一つ滅ぼしてまで欲しがるような代物《しろもの》には見えないのに。

「愚かな欠席者の方々は、大きな損をしましたわね」

「損？」

メルティア・ティーを飲めば魔物に身体を蝕《むしば》まれずに済んだだろうこと、メルティア・ティーが魔物害の治療薬であることを、看破されたのかと一瞬ドキリとする。

「お茶会にいらしていれば、エルフの泪《なみだ》を間近に見るくらいはできたでしょうに。生涯で一度きりの機会を逃したのです」

彼らは出席すると損になると考えて、私のお茶会を欠席した。

私に価値がないと判断してこの美しい宝石を見逃した者たちを、ヴェラは愚かと切り捨てる。

平凡な人間としては、その損得で分ける考え方に不信感を覚えるけれど、その冷酷な仕分け作業が必要なのが今いる座なのはわかっていた。

＊　＊　＊

その日。朝からずっと降り続いていた雨は止《や》んだものの、肌寒く道はぬかるんでしまった。

足場はかなり悪いはずだが、欠席する者はいないだろう。

今夜のパーティーは、来年春のオルフェンス公爵就任式の前に一族の心を一つにまとめるための催《もよお》し。王都での公爵就任式の準備を手伝う名誉ある仕事を任せる予定の者たちを招待している。

今夜の会でヴェラの子を次期公爵に指名するつもりだ。

そうすれば、彼らは私をオルフェンス公爵として認め、王都での公爵就任式が成功するよう死力を尽くしてくれるだろう。

でも、未だにヴェラがロイの説得に成功したという報告はなかった。

説得に失敗した時点で次期後継者の指名を諦《あきら》めるか、彼が受け入れざるを得ないような状況をなんとかして作るか、どちらかを選ばなければならない。

その計画を実行した暁《あかつき》には、ロイがどんな手段に出るかわからないのが恐ろしかった。

私が責められるだけならばいいが、ヴェラに何をするかわからないのだ。

この状況を相談したくて執務室で待っているのに、中々彼女が戻ってこない。

「オルフェンス公爵様に、迷惑はおかけいたしません！　一目だけでもお会いしたく――」

「おい、客人のお帰りだ。連れていけ！」

「シュヴェールト卿！　どうか、どうか機会だけでも――」

にわかに外が騒がしくなり、すぐに静まりかえった。執務室の中に入ってきたマルスは疲れた顔をしている。

「今夜のパーティーの招待客にくっついて屋敷の中に入り込んだ奴だ。招待客ごと追い返させる」

「エルフの泪《なみだ》って、そんなにすごい宝石なのね」

「そうそう人間が手に入れられるもんじゃないからな」

小説に描かれたエレメンタル・ジュエルと同じくらいの貴重品かと思いきや、それ以上に貴重そうだ。

実は、オルフェンス公爵家にエルフの泪《なみだ》が届いたことはあっという間に噂になり、求める者たちが殺到しているのだ。先日の招待を欠席した者たちからは血相を変えた謝罪の手紙が届いている。

「真珠は俺が持ってるから、欲しければ俺から奪ってみせろと言っておいた」

「どうして私が持っているって噂が流れているのかしら？　私は派閥なんていらないのに困るわ」

私が特別な真珠を持っているというだけで、エルフとの交易のおこぼれに与《あずか》れるかもしれないと思った者の一部が、ロイ派とヴェラ派から切り崩されたという。ロイが嬉々として語って聞かせてくれたので、間違いない話だ。

「エルフを神のように敬《うやま》う奴にとっては、エルフの泪《なみだ》は神器みたいなものだ。エルフなんて長命なだけで神でもなんでもないんだがな」

小説には、エルフについてあまり描かれていない。出てこないわけではないけれど、小説『光の王女』は人間社会、特にシルヴェリア王国の物語だから。

「エルフの泪《なみだ》は、今夜の夜会のどっかで俺からの贈り物の体《てい》で渡す。公衆の面前でな」

マルスは本当にあったエルフと人間の恐《こわ》い話をしてくれる。

「傲慢《ごうまん》なエルフは人間を劣等種だと思っているからな。この真珠がもしも奪われたものだとして、一度報復を決めたら、その人間に悪意があるかどうかなんて細かいことは気にしない。一瞬でも手にした人間は全員皆殺しだ。貴族だろうが国王だろうが関係ない。だが、俺が噛んでいれば、事情を釈明《しゃくめい》する機会くらいは与えられる」

国王の話すら黙殺するような組織が、マルスの話なら耳を傾けようとするなんて、改めて聞けばすさまじい話だ。

「……マルスって、意外とすごい人なのね？」

「俺はただ聖木会の奴らにとって意味ある存在ってだけの話だ。聖木会が自分で作った規則上、仕方なく主《あるじ》なき騎士の称号を与えざるを得なかった騎士だからな」

人間を劣等種だと思っているような者たちが称号を与えなければならなくなるほどの実績を、マルスが示したということだ。

そんな彼が仕える人物だったからこそ、小説のロイは聖木会の次期長老候補者に選ばれた。

……小説では男の主要キャラたちはみんな候補者に選ばれていたけれど、おそらく分岐エンディングによって聖木会の長老に選出される者が変わるのだろう。

この世界でロイが選ばれることはきっとない。

精霊を継承していないし、マルスを仕えさせてもいないのだ。

心なしか、私の右肩を止まり木のようにしている炎の小鳥――イグニスが重く感じられた。

ロイに返せるものなら、全部を返してしまいたい。

「メルティア様、少々よろしいでしょうか」

焦《あせ》ったような声と共に、了承の言葉をかける前にカインが執務室に入ってくる。その姿を見てマルスがうんざりしたように言う。

「今度はなんだよ」

「カインが慌てるなんて珍しいわね。どうしたの？」

恐ろしい想像が脳裏を過《よぎ》った。

ヴェラが決起会を前にして焦《あせ》って、ロイの説得に致命的な失敗をしたのでは？

彼を怒らせるだけならまだしも、あの決断をさせたとしたら、カインが慌てるのもわかる。

焦燥感《しょうそうかん》に駆られ問う私に、カインが切り出したのは別の話だ。

「客人がいらっしゃいました。今夜のパーティーの招待客ではないのですが……」

「だったら追い返せよ。俺の力が必要か？」

「相手はライン公爵家の次期当主、ロゼリア様です」

張りつめた面持《おもも》ちで言うカインに、マルスも怪訝《けげん》な顔をする。

「四大公爵家のラインの後継者が？　なんでオルフェンスに来るんだよ」

四大公爵家のうちの一家であり、小説で主要な男キャラの一人を弟に持つ女性。彼女は円満に当主の座を引き継ぐ予定の、有能な人物として描かれていた。

「メルティア様、かの方と親交がおありなのですか？」

疑念と不審に満ちた顔でカインに問《と》い質《ただ》され、流石《さすが》に隠しようがなくなる。

「最近、手紙のやりとりをしているわ」

「そんな話は聞いた覚えがありませんが！」

それはそうだろう。何しろ、カインに手紙の中身が露見《ろけん》しないよう、慎重に手紙を送っていたのだから。

ロゼリアは精霊こそ継承していないものの、ライン公爵としての実務をすでに引き継いでいる。正式に公爵ではないのは、現当主である父親も、精霊の継承者である祖父も健在だからという理由でしかない。

どうして、そんな彼女が急にオルフェンスにやってきたのだろう。力のある公爵家の実権を握る彼女が公爵就任式に参列してくれれば、どれほど心強いか。

「……公爵就任式にさえ来てくれればよかったのに」

そう呟《つぶや》いた直後、思い描こうとした夢想を、強い声が打ち切った。

「そういうわけにはいかないさ！」

飛び込むように女性が部屋に入ってくる。その姿に見覚えはない。けれど、紅蓮《ぐれん》の髪をポニーテールにして男性用の乗馬服に身を包んだすらりとカッコイイ女性の姿を、私は小説の描写で知っていた。

「あなたは、ロゼリア様……？」

「お初にお目に掛かる。私はロゼリア・フォン・ライン。ライン小公爵と呼ばれている。オルフェンス公爵メルティア様、どうぞ、お見知りおきを！」

歯切れよく自己紹介をするや否《いな》や、ロゼリアは私に肉薄する。私の手をすくうように取り、まるで紳士のように口づけた。

その一連の流れをマルスは間の抜けた顔で眺めている。

でも流石《さすが》に、私の身に危険が迫っていたら彼女を止めてくれただろう。

「先日は王都のお茶会にもお誘いいただいたのに、出席できず申し訳ない」

「予定があったのでしょう？　仕方ありません」

光の精霊の継承者であるアリスが現れたばかりだから、主立った貴族たちは王都に集まっている。

そこを狙って、四大公爵家の女性にもそれぞれ招待状を送っていた。

その中でお茶会に参加してくれたのは、ルイラガス家の継承順位の低いカーリンだけだ。

ライン公爵家には、予定が埋まっていると断られた。でも相手はただの令嬢ではなく、次期当主のロゼリアだったから、多忙なのは仕方ないことだ。そう思っていたのだけれど……

「実は予定などはなく、オルフェンス公爵のお茶会に出席する意義を感じなかったため、出席を見合わせたのだよ」

ロゼリアがさらりと口にした言葉に緊張が走った。誤魔化《ごまか》してくれればよいものを、直截《ちょくせつ》に言われればこちらとしては抗議せねばならなくなる。

でも、彼女は私たちに口を挟む隙を与えない。

「不義理を働いたにもかかわらず、オルフェンス公爵が我がライン領にもたらした福音《ふくいん》に、心より感謝申し上げる」

ロゼリアは私の足許《あしもと》に膝をついた。

オルフェンス公爵である私に、次期ライン公爵が跪《ひざまず》く。

本来ならばありえない彼女の行動に、視界の端でカインが息を呑んだ。

「来年の春のオルフェンス公爵就任式にも、無論、敬意をこめて参加する予定だよ。だが、それまでの期間を礼も述べずに過ごすことは私にはできなかったんだ」

そう言って、ロゼリアはにやりと笑ってみせた。

＊　＊　＊

「メルティア様、あの方に一体何をしたのですか⁉」

カインが血相を変えて問うてきた。

以前はオルフェンス公爵家との交流があったというライン公爵家。

けれど、復縁を望んで送った親書はやんわりと、しかしはっきりと拒絶されていた。

縁が切れたのは、前オルフェンス公爵だったお養父《とう》様の責任だ。ライン公爵家を責めることもできず、忸怩《じくじ》たる思いを抱いてきた相手だった。

その次期当主であるロゼリアは今、隣の部屋で着替えている。

感謝の言葉を述べるためだけに、ほんの少数の供とライン公爵領から駆けてきたらしく、身繕《みづくろ》いをしたいと乞われたのだ。忙しいからと追い返すわけにはいかない。

「答える前にカインに聞いてみたいことがあるわ」

「何をですか!?」

「もしも隣の領に原因不明の病《やまい》が流行《はや》っていて、そして私たちだけがその病《やまい》の原因を知っていると

して、よ。私たちだけが治療薬も持っているなら、カインはどうする？」

「なんですか、その突飛な例え話は」

カインは呆《あき》れたように言いつつも、眼鏡に触れながら答えた。

「隣の領がなりふり構わずこちらに泣きついてくるまで被害が広がるのを待ち、助けを求められた

ら、もったいぶって手を差し伸べるべきかと思います」

予想通りの答えが返ってきて、酷《ひど》い答えなのに笑いそうになる。

「どうして被害が広がる前に、すぐに助けてあげないの？」

「助けを求める前に助けられた時には、人間はそれを恩とは感じにくいものなのですよ」

カインは淡々と言う。酷《ひど》いことをとても冷淡に口にしても憎めないのは、実際に行動に移したら

気に病《や》む人なのを知っているからだ。

「自分たちだけでどうにかできたはずだと思い込み、助けたこちらが余計な真似をしたせいで被害

が増大したと、言いがかりをつけられても不思議ではありません」

実際、彼の懸念《けねん》する事態は起こりうる。前世でもそういうことはよく起きていたし。

「でも、でもね。そういう心配があるとしても、私はすぐ助けたかったのよ」

「……つまり？」

「ライン領で流行《はや》っている病《やまい》を知ってる？」

「ライン領の平民の間で風邪が流行しているという話を小耳に挟んだような気はしますが、病《やまい》？」

カインが怪訝《けげん》な顔をする。

私自身は今の時点でこの災害がどこまで広がっているのか知らなかったけれど、彼が言うには平民にはすでに広がっているらしい。この時期なら被害はほとんどないと思っていた私は、ヒヤリとした。

「私、その原因と治療法を偶然にも知っていたの。だからロゼリア様に手紙で教えたのよ」

小説で読んで知っていた。

小さな魔物が体内に入り込み、風邪に似た症状を引き起こす。この魔物害のいやらしいところは、魔力を持たない平民にとっては軽い風邪と変わらないこと。

この魔物は、魔力をエサにして強化する。強い魔力を持つ人間、特に貴族を中心に死に至らしめるのだ。

この魔物害によって、小説のロゼリアは亡くなった。

だから私は彼女についてはそれほど詳しくは知らない。有能な人物で、生きていれば多くの人に慕《した》われる理想の領主になっただろう……と、美しく描かれていたのを知るくらいだ。

来たる悲劇を私が阻止したところで、起こるはずだった未来を知らない人たちは、未然に防がれた災《わざわ》いに恩を感じることはないだろう。

オルフェンスにとってはなんの利益にもならないのは、わかっている。

「原因と治療法を、ですか。ロゼリア様に公爵就任式に出席していただくことを条件に、ですか？」

「いいえ。なんの条件も出さずに」

カインは怒るだろう。ロイも私の甘さを不快に思うかもしれない。

でも、これは言い訳でしかないけれど、小説ではカインとロイが人が窮地に陥《おちい》るまで様子見するような真似をして、色々大変なことになってもいたのだ。

いずれ隣国に襲われるエレール。

小説の中で、ロイたちはいち早くエレールへの襲撃に気づいた。けれど救援には向かわない。その時エレールを治めていたルイラガス公爵からの正式な救援要請がなかったからだ。

早急に動いていれば追い返せていただろう、リファス帝国軍側の援軍。

初動の遅れによって戦況は悪化し、多くの血が流れた。追《お》い詰《つ》められたルイラガス公爵に助けを求められてやっと、ロイたちは動き出し、敵を倒す。

——ルイラガス公爵は後遺症の残る大怪我を負うことになった。

勿論《もちろん》、ロイたちは悪くない。でも、公爵の弟、ランドルフに恨まれることになる。

客観的に見れば、さっさと救援を要請しなかったルイラガス公爵が悪い。けれど、戦況を理解しながら傍観していたロイを、ランドルフは感情的に憎悪するのだ。

そんな未来を知らないカインからしてみれば、私が愚かな選択をしたようにしか見えないだろう。

「悪いけど、私が動けば助けられる命を見捨てられなかったの」

「……まあ、構わないでしょう」

「怒らないの？」

意外な反応に驚く私に、カインは肩を竦《すく》めた。

「メルティア様がご存じの治療法なら、どうせそのうちラインの者も知り得ていたでしょう。誰より先にメルティア様が治療法を知らせたという点で、恩を売れるのは悪いことではありません」

小説ではライン領全体がボロボロになるまで治療法が見つかることはない。

小説のヒロインアリスが自らの身を顧《かえり》みずライン領に慰問《いもん》に向かい、患者を看病するうちに――偶然にも治療薬となる花を見つけ出す。

このことで、小説のアリスは聖女として崇《あが》められることになる。

つまり私が教えなければ、この世界では治療薬が見つかることはなかったと思う。

この世界のアリスは『光の王女』の物語を知っているはずなのに、何故《なぜ》かライン領で発生する魔物害について知らなかったから。

そんなこと、カインが知るはずがない。

「……まあ、そうよね。私が知っているくらいだから、他の誰かも知っていたかもしれないわ」

「ですので、お気になさらず。そんな知識のために過大な要求をなさらなくてよかったですよ。メルティア様があえて要求しなくとも、幸いロゼリア様は恩に着てくださったようですし」

オルフェンスに帰ってきてから、アリスとは日本語で書いた手紙をやりとりしている。もしも彼女が小説と同じく聖女になりたいのなら、私は協力するつもりだ。

小説よりはうんと被害を抑えてもらうつもりだったが、条件を呑んでもらえるなら治療薬の花を私が用意し、それが治療薬となることをアリスに発見させてあげてもよかった。

けれど、ライン領についてどうするつもりなのか訊《たず》ねた私に、アリスはおかしな手紙を返してくる。

最初、病人の看病なんてこの世界のアリスはやりそうもないから、慰問《いもん》に行きたくなくてしらばっくれているのかと考えた。けれど、治療法を教えてほしい、治療薬があるなら一番に自分によこせと、恐慌をきたした手紙が来たのを見るに、本当に彼女は知らないのだ。

小説を読んでいれば知っているはずなのに。

「――部屋を貸してくれて助かったよ、オルフェンス公爵」

応接室に戻ってきたロゼリアに声をかけられた私は、はっとして立ち上がった。

彼女は生成《きな》りのシャツにズボンという簡素な装《よそお》いで、ポニーテールをほどいた赤い髪を背中にゆるく流している。髪を下ろしていても男装が様《さま》になっているのは身ごなしのためだろうか。

「お茶はいかがですか？　ロゼリア様」

「私のことはまったく気にしなくて構わないのだよ。パーティーがあるのだろう？　内々のパーティーとはいえ、オルフェンス公爵の立場を盤石《ばんじゃく》なものにするために重要な会だと聞いたよ。色々準備があるのではないかな？」

それをわかっているのであれば、このタイミングで来ないでほしかった。

「私が来なければいいだけだったのかもしれないが、どうしても感謝の気持ちを伝えずにはいられなかったんだ。迷惑かもしれないが、どうか寛大な心で許してくれたまえ」

「……非公式にとはいえ、ロゼリア様をオルフェンスにお迎えできたことを嬉しく思います」

迷惑なのは確かだけれど、これが喜ばしい出来事なのも本当だ。

「ロゼリア様がお元気そうで何よりです」

未来を変えると決めてしまえば、死ぬはずだった人がこうしてピンピンしていることは嬉しい。

私が心からそう思っていることが伝わったかのように、ロゼリアは面映《おもは》ゆそうに微笑《ほほえ》んだ。

「そう言ってもらえて嬉しいよ。よければお茶をもらおうかな。オルフェンス公爵の迷惑にならないのであればね」

もてなしのために私が手ずからお茶を淹《い》れる。

すると、そのにおいにロゼリアが目を瞠《みは》った。

「これは『メルティア・ティー』だね？」

「定期的に飲んでいらっしゃいますか？」

「オルフェンス公爵に手紙で教えてもらった通り、ちゃんと飲んでいるとも」

カインが物問いたげに眉を顰《ひそ》めるのに、ロゼリアは目聡《めざと》く気づいた。

「オルフェンス公爵、もしや治療薬について彼には知らせていないのかい？　私は余計なことを言ってしまっただろうか」

「いいえ。今日話すつもりでしたからお気になさらず」

ロゼリアが来なくとも、今夜のパーティーでお披露目する用意をしていた。オルフェンスの主流貴族が一堂に会するよい機会だから、その場でライン領の魔物害とその治療法について話すつもりだ。

その時、カインが「待ってください」と頭を抱えて口を挟む。

「もしや、『メルティア・ティー』が治療薬になるのですか？　メルティア様が好んで栽培されている『華麗なるメルティア』の花びらを使いメルティア様が開発したこのお茶が、ライン領で流《は》行《や》っている病《やまい》を癒《い》やすと？」

「そうなのよ。不思議な偶然もあるものよね？」

いけしゃあしゃあとしらばっくれる。少しドキドキしたけれど、カインは特に不審には思わなかったらしい。

彼は鋭いが、私がオルフェンス公爵家に来てすぐに探し求めさせ温室で栽培させていたこの花が今回の病《やまい》の治療薬になると最初から知っていたとは、流石《さすが》に思わなかったようだ。

私がリーリアの花を好きだと知らない人たちは、私がこの花を好んでいると思っている。

何故《なぜ》なら私は、仮のオルフェンス公爵になるや否《いな》や、いの一番にこの花を探させたからだ。

真っ赤な花弁に毒々しい紫色のまだらがあるけばけばしい、名もなき花。

毒花に見えるために、小説の中でラインの疫病にかかった少女が苦しみから逃れたくて服毒のつもりでこの花を呑み、助かった。

この花の成分には魔力の流れをよくする働きがあり、その働きが血中の魔物と魔物が魔力で作る巣を、どちらも壊してくれるのだ。

この名もなき花に最近まで名前を付けていなかったが、アリスにこの件を解決する能力がないと知って、私の名前を付けた。

小説では、治療薬と判明した後に『聖なるアリス』と名づけられた、花に。

「うーむ。このお茶の苦みが、私にはどうも……」

「甘いお菓子を一緒に食べれば苦みは気にならないですよ、ロゼリア様」

「なるほど？」

「ミルクを入れてもいいと思います」

「ふむふむ」

メルティア・ティーはお茶でありながら、味はほとんどコーヒーだ。

お茶菓子をすすめると、ロゼリアは素直に食べ始める。

「お菓子を食べてもミルクを入れても苦いが、飲まないとね。オルフェンス公爵が教えてくれなければ、私はあっという間にライン領にこの小さな魔物を広げる厄災《やくさい》の運び屋となっていただろう」

私が手紙に書いたのは魔物害の特徴とその治療薬、予防法だけなのに、ロゼリアは私が何を思って予防法まで教えたのかお見通しだ。

彼女の洞察通り、小説のロゼリアはその能動的な性分が災《わざわ》いして、ライン領全土に病《やまい》をばらまいた挙げ句命を落とす結果となった。

そのせいで、ライン領の多くの人間が命を落としたのはロゼリアのせいだと糾弾《きゅうだん》する者もいた。

ロゼリアを亡くし失意の底にあった弟のヘンリックはその風評に激怒し、それゆえに奮い立って、姉の跡を継いでライン公爵家の当主となる覚悟を固めることになる。

「オルフェンス公爵には感謝してもしきれないよ。何度礼を言っても足りないほどだ」

「……私はたまたま知っていたことをお伝えしただけなのに、そこまで感謝していただけるなんて不思議な心地です」

小説では甚大《じんだい》な被害が出た。でも実際にはそうなっていない。

そうならないよう被害がほとんどない今のうちに助けた。ロゼリアからしてみれば、私の助力なんてなくてもどうにでもなったと考えて、私を軽んじたって仕方ないのに。

「ラインがなりふり構わず助けを求めるほど追《お》い詰《つ》められるまで、オルフェンス公爵が座して待つことなく、善意を施《ほどこ》してくれたこと。感謝せずにはいられないさ」

「そのように受け止めてもらえてありがたく思います。余計なお世話をしてしまったのではないかと、少々心配もしていましたので」

「余計なお世話なんてとんでもない。ラインの者にこの魔物害の治療薬について知る者はいなかったのだから」

「市井《しせい》の者でしたら、知っていたかもしれませんよ？」

私も元々は市井《しせい》の平民。そんな私が知っている程度のことだから、大した知識ではないと思われることこそ普通だ。

「いいや。ラインの市井《しせい》にもこの情報を知る者はいないだろう。だから、オルフェンス公爵が対策を知っていて、ほとんど無償《むしょう》で手を差し伸べてくれたことが奇跡のように思えるのさ」

そう言って、見透《みす》かすような目で私を見つめながらライン公爵家の次期当主は艶然《えんぜん》と微笑《ほほえ》んだ。

＊＊＊

領地に早駆けで帰るにはもう暗いから馬小屋でいいので泊めてほしいと言うロゼリアを言葉通り馬小屋で寝かすはずもなく、客室に案内した後は、思った通りカインに詰《つ》め寄《よ》られた。

「メルティア様、あの花を使って作った『メルティア・ティー』と名づけた茶葉を、今回のパーティーの参加者たちへ招待状と共に贈っていませんでしたか？」

「贈ったわよ。招待していないオルフェンス中の貴族にもね」

招待状に贈り物として『メルティア・ティー』を添《そ》えて送った。

それが治療薬であることは書かずに。

カインは顔を顰《しか》め、自分を落ち着かせるように深呼吸する。

「何故《なぜ》です？　ラインとはこじれたら困りますが、オルフェンスでなら恩を売るために多少は焦《あせ》らせてもよかったでしょうに」

彼がそう言うだろうとわかっていたから、ただの茶葉のように偽装して送ったのだ。

これが治療薬になると知っていれば、カインが易々《やすやす》と送らせてはくれなかったと思う。

人の命がかかっていても、ロイの利益になるように、状況の悪化を傍観しただろう。オルフェンスの貴族たちが助けを乞うてきて初めて、高値で売りつけるつもりで。

対価はお金か、あるいは絶対の忠誠か。

「オルフェンス中の貴族に送ったから、カインにどんな思惑《おもわく》があろうと叶わないわよ。悪いわね！」

「まったく悪いと思っている様子ではありませんが……？」

私はヴェラが出す船に乗るつもりでいる。

小説のヴェラはアリスを知り、最終的にはオルフェンスにもっとも相応《ふさわ》しいのは自分ではなくアリスだと考えて身を引いた。

でも、この世界でそんな展開はどう考えても訪れそうにはない。あのアリスだし。

私が治療薬を盾にとってオルフェンスの貴族たちに恩を売っても仕方ない。

「しかし、治療薬にメルティア様の名前を付けられたのはいい判断です。辛《かろ》うじて及第点ですよ」

ヴェラを盛り立てるなら、治療薬にヴェラの名前を付けるという手もあった。

けれど物語の流れを変えることで訪れるすべての責任の所在を、誰が見ても明らかなようにしておきたい。小説の展開を変えてしまう、その責任の所在は私にあるのだ、とまだ見ぬ糾弾者《きゅうだんしゃ》にもわかりやすいように。

こうしておけば、もしもアリス以外に『光の王女』の物語を知る人物がいた時に、すべての変化の原因が私にあると気づけるだろう。

＊　＊　＊

「ロイ、ヴェラがどこにいるか知らない？」

「さあ？　どこぞで道草でも食っているのではありませんか？」

私の隣に立つロイがにっこりと笑う。

「……危害は加えていないわよね？」

「まだ何もしていないヴェラに僕が危害を加えると思うのですか？」

「ち、違うわよ！」

悲しそうに眉尻を下げられて慌てて否定したけれど、ロイは次の瞬間けろりとして言った。

「閉じ込めているだけですよ。余計な真似をしないように」

「どこによ!!」

「メルティアが捜しても見つからないところです。捜しに行かないでくださいね」

流石《さすが》に自ら捜しに行く気はなかった。すでにパーティーは始まっている。

オルフェンス公爵である私のパートナーとして、ロイが隣に並んでいた。

予定では、パーティー開始の挨拶《あいさつ》で次期オルフェンス公爵について、オルフェンスの貴族たちに譲歩の宣言をするはずだったが、これでは無理だ。

不慮の事故でオルフェンス公爵になってしまった私に、野心はない。

オルフェンスのすべてを元に戻すため、次期オルフェンス公爵には、ロイとヴェラの間に生まれる子を据《す》えると約束するつもりだった。

ロイの説得が難航するようなら、私の子でなくてもよい、くらいに表現を和《やわ》らげてもいい。

どちらにせよ、オルフェンスの貴族たちを一つにまとめるための案を提示しておきたかったのに。

「ヴェラはあなたの説得に失敗したのね？」

「成功する可能性があると思っていらっしゃることに驚きます」

嘲笑《ちょうしょう》の響きを帯《お》びた声。菫色《すみれいろ》の目は笑っていない。

仮面のような笑みを貼り付けている彼の姿を見たことがないわけじゃないけれど、そういう表情、視線を向けられることに慣れていないせいで居心地が悪い。これまでどれほど優しい目で見られていたのかを思い知り、嬉しく思うと同時に鼻の奥がツンとしてくる。

途端、ロイが慌てた。

「メルティア、この件に関してはたとえ他でもないあなたが涙を流そうとも、僕の気持ちを揺るがせることはできないのですから、どうか泣かないでいただけませんか？」

彼の意思は私の涙程度では動かないらしい。けど、少し早口で言うロイは私に泣かれるのは嫌みたいだ。私だって、思い通りにならないからと泣いて駄々《だだ》をこねる子どものように振る舞いたいわけじゃない。ロイの腕に抱きついて体重をかけ、仕返ししてやることで涙を呑み込んだ。

「ふんっ、腕が重くて困るでしょう？」

「その、困るといえば困りますが、理由はおそらくあなたの予想とは違っている、と思います」

珍しくしどろもどろになる彼の腕に全体重をかけながら、私は愚痴を聞かせてやる。

「ロイの馬鹿。あなたの望みとやらは私を尊重しているように見えて、私が一番大変なのよ」

出自の知れない、後ろ盾もない私のような人間が、シルヴェリア王国において五本の指に入る尊い地位に就《つ》いているということ。

王族よりも、精霊を継承している四大公爵のほうが地位は高いのだ。

それがどれほど重荷か、頭はいいくせに、生まれながらの貴族のロイにはわからないのか。

「どのような困難な道のりであろうとも、僕があなたを守ります」

「いいえ。私があなたを守るわ」

「……釈然《しゃくぜん》としませんが、僕を守るためにもあなたは権威と実権を握っていたほうがいいのではありませんか？」

「ヴェラならあなたを蔑《ないがし》ろにしたりしないから大丈夫よ」

これ見よがしに溜《た》め息《いき》を吐《つ》くロイの腕にできるだけ優雅に見えるようにぶら下がる。

私には結局、現状維持を選択することしかできなかった。計画の実行の可否を自分で決断できるほどの自信があるなら、そもそもヴェラにロイの隣を譲ったりしない。

こんなに温かい場所なのに――

「――ご挨拶《あいさつ》をさせていただけますでしょうか？」

声をかけられてロイの温《ぬく》もりから我にかえって振り返る。

その顔を見て息を呑んだ。

「あなたは、リス伯爵ね？」

「初めてお会いしたにもかかわらず、お見知りいただき恐縮でございます」

リス伯爵は苦々しい表情を隠しもせずにそう言った。

ヴェラの父親、フーゴ・フォン・リス。

「リス男爵に、よく似ているわ」

お養父《と う》様とお母様の亡骸《なきがら》を納めた棺《ひつぎ》と共に、意気揚々《ようよう》とオルフェンス公爵家を乗っ取るために精霊探しに来たオルフェンスの貴族たちの一人。へらへらしていたあの男と違い、リス伯爵のほうが背が低く骨張っている。

似ていると言われた伯爵は不機嫌そうな表情を浮かべた。彼らは従兄弟だったはずだ。

「リスの家系図から消去されて久しい者の話をわざわざこのような晴れがましい席で出されることは、今夜のパーティーの目的に相応《ふさわ》しくないのではありませんかな？」

リス伯爵は穏やかな口調ながら、気分を害したと言外に告げる。

リス男爵は家系図から消されたらしい。ロイが権力を取り戻した後、オルフェンス公爵家に群がっていた有象無象の貴族たちと一緒に排除され、身内にすら拒絶されてしまったようだ。

険《けわ》しい目つきに満ちる警戒心。娘のヴェラと私が協力関係にあるのは知らないのかもしれない。

「リス伯爵はオルフェンス公爵に挨拶《あいさつ》をしたかったのではないのか？　伯爵の態度はオルフェンス公爵の前に立つに相応《ふさわ》しいようには思えないがな」

「申し訳ございません、ロイ様」

ロイの小言に、リス伯爵は真摯《しんし》な態度で謝罪した。

「つい我を失ってしまいました。すみませんでした」

「オルフェンス公爵にとっては、ほんの数ヶ月前まで我が物顔でオルフェンス公爵邸を練《ね》り歩《ある》いていた男の顔だ。そうそう忘れられるものではないだろう。似ている自覚を持ち、むしろ伯爵はリス家としてオルフェンス公爵に対して配慮をしてもよいくらいだと思うが？」

ロイの皮肉滴《したた》る言葉にも、彼は笑顔で頷《うなず》いた。

「ロイ様のおっしゃる通りでございます。メルティア様は、実年齢はともかく実際に生きた年月は十五年、でしたかな？　なんにせよ世間知らずな少女のそれと同じ。私が配慮するべきでしたな」

リス男爵の話を出されるのは、私にとってベンヤミンの話を出されるようなものだろう。

申し訳ないことをしたと思いつつ、好々爺《こうこうや》のようににっこりと笑うリス伯爵に安堵《あんど》を覚えはしたけれど――彼の笑顔が私に向けられることはなかった。

「僕とメルティアに対する態度を使い分けるおまえの振るまいは、僕を不快にさせるだけだぞ」

「オルフェンスの臣として、誇《ほこ》りある態度を心がけているだけでございます」

あくまで自分が仕える相手はロイであると態度で示すこと。

親の陰に隠れる幼い子どもにするみたいに、当たり前のように私の存在を黙殺している。

ヴェラの案を採用した暁《あかつき》にはこれが普通の扱いになるのだろう。決していい気分ではないが、これくらい大したことじゃない。

――ロイから奪ったものの莫大さに比べれば。

「オルフェンスの意志を一つにまとめるためのこの度の会合において、誰がオルフェンスの頂点に立つお方なのか、私ははっきりと態度で示させていただいているだけでございます」

「無意味な矜持《きょうじ》のためにリス伯爵家の命脈を弱らせたいというのなら無理に止めはしないが、賢明ではないな」

「主君の暴走を止めるために勘気を被《こうむ》ろうと諫言《かんげん》するのは臣下としての務めですので」

ロイの脅《おど》しに屈することなく、厳格な面持《おもも》ちでリス伯爵は言う。

ロイの瞳の色が、暗く濃く染まっていく。いくら彼自身のためとはいえ、ロイの気持ちが無視される姿を見るのは嫌な気持ちだ。

「よろしければあちらで酒でも飲みながら話しましょう、ロイ様。これを機に我々の間にあるわだかまりを解消しようではありませんか」

「メルティアの傍《そば》を離れるつもりはない」

「ご一緒に来ていただいても構いませんが、大人の男が集《つど》う場ですから、メルティア様には居心地が悪いのではありませんかな？」

苦虫を噛み潰したような顔をわざとしてみせるロイに怯《ひる》むこともなく、リス伯爵はニコニコしながら誘いをかける。伯爵が誘う場は男性貴族が群れていて、私が共に行けば悪目立ちするに違いない。

でもそこは、オルフェンスにおける男性の社交の中心地だ。

つまり、私がすべてを譲った後は、ロイがヴェラと共にコントロールしていかなくてはならない、オルフェンスのまつりごとの中心地。

「行っていいのよ？　ロイ」

「用がありません」

用がないわけがない。コネクションを築いていかなくてはならない者ばかりがいるはずだ。

「私も友人と話をしたいし、ずっとロイに傍《そば》にいられると困るわ。行ってきなさいよ」

「オルフェンスにメルティアの友人がいるという話は聞いた覚えがありませんが？」

「いるわよ！　友達くらいいっ。失礼ね！」

そう答えてはみたけれど、思い浮かばなかった。

リゼルもカーリンもこの場にはいない。ヴェラは行方不明だ。

「寡聞《かぶん》にして存じませんでした。なんという名前の方ですか？」

「そ、それは……えーっと、あっ！」

友人と強弁できそうな手頃な人物はいないだろうかと周囲を見渡していると、柱の陰からこちらを覗くやたら強い視線の主と目があった。

地味な灰色のドレスを身につけているのに、酷《ひど》く印象的な紅蓮《ぐれん》の髪の女性。

優雅に顔に垂れかかる髪のために顔がほとんど影になり、どんな表情をしているのかわからないけれど、視線を向けられていることだけははっきりと感じる。

見覚えはないものの既視感を覚えて、不躾《ぶしつけ》にじろじろと眺めてしまう。

私の無作法に気を悪くする様子もなく柱の陰から出てきた彼女は、口許《くちもと》を隠していた扇《おうぎ》を畳んでロイには見えない角度でニヤリと笑ってみせた。その不敵な笑みで、彼女が誰なのかに気づく。

「えっ!?　あなたは――」

「しぃーっ」

歩み寄ってきた彼女は桃色に塗られた唇に指を押し当てて、口を閉ざすように示す。

思わず口を閉じると、「ローズ、と呼んでくださいまし」と先程会話した時よりもずっと高い声でロゼリアは言った。

「メルティア、そちらの方はご友人ですか？　初めてお見かけしますが」

「ローズと申します。メルティア様とは本日初めてお会いしまして、先程お茶をご一緒させていただき、意気投合して——なんて、そんなことを私が言ってては失礼になってしまうでしょうか？」

自信なさげにモジモジしながら言う彼女の下がった眉尻や顔を半ば隠す前髪のために、憂《うれ》いのある美人には見えても、男装をしていた時の姿とは似ても似つかない。

ロイが彼女の顔を知っていたとしても、これではわからないだろう。

「メルティア様？」

不安そうに見つめられる。男装の時より背が低いのはおそらくヒールつきの靴を脱いだせいだ。それでも私よりも高い場所にある彼女の顔を見上げながら、首をブンブン横に振った。

「ま、まさか、失礼だなんてことはない……わ！」

敬語を使いそうになった私を、ロゼリアは鋭い眼光で押しとどめる。

目と目で通じ合う私たちを見て、ロイは首を傾《かし》げた。

「友人ができたようで何よりですが、どちらの家の方でしょうか？」

彼は招待客の名前を全員覚えているはず。覚えのないローズのことは、招待客のパートナーだと思っているようだ。

これ以上話しているとボロが出そうだった。彼女がロゼリアだとわかったら話どころではなくなってしまいそうだし、ロゼリアも正体を隠したがっている。だから、私は丸投げすることにした。

「色々複雑なのだけれど、カインが知っているわ。ほら、私たちもお話がしたいし、ロイもあちらに行けばいいと思うの！」

ロイは首を傾《かし》げつつも、カインが知っている、という言葉が本当なのはわかってくれただろう。カインが受け入れているのなら問題なしと判断したようで、頷《うなず》くとロゼリアに笑顔を見せた。

「僕の女神と仲良くしてくれてありがとうございます、ローズ嬢。これからも頼みます」

「女神って何よ⁉」

「当然、あなたのことですよ。顔が赤くて可愛らしいですね、メルティア」

「あなたが変な言い方をするからでしょっ」

「僕たちの仲睦《なかむつ》まじい関係を皆に知ってもらわないといけませんから、本心を口にしてみました」

「本心って……！」

恥ずかしくて顔が熱い。赤くなっているのが嫌でもわかった。

「私はお邪魔、かしら？」

「待ってローズ、さん！　行かないで！」

様付けで呼びそうになりながらも引き留める私に、ロイがくすりと笑う。

「邪魔者は僕のようですね。何かあればすぐに呼んでください」

「ありがとう、ロイ」

「――守りますので、何があっても、どうか傷つかないでくださいね」

意味深な言葉を残して彼はリス伯爵のもとへ行く。

ロイがいなくなると、ローズはくすくすと忍び笑いをした。

「ロゼリア様……！」

「その名で呼ぶのはやめてくれたまえよ。流石《さすが》に私の美しい髪色と合わせて名前までわかれば、勘づく者はいるだろうから」

「うっ、申し訳ありません。……ですが、どうしてここへ？」

「家宰《かさい》殿にお願いしたらこちらのドレスを貸してくれたのだよ。邪魔はしないから許しておくれ」

カインが自らロゼリアにドレスを貸すとは思えないので、強引に要求を押し通したのだろう。

「何か無礼があったらと思うと、気が気ではないのですが」

「本来身内しかいない席に忍び込んだ私が悪い。何が起ころうとも受け入れるとも」

「とはいえ、先程は助かりましたわ」

「君たちは何とも不思議な関係だよね」

私とロイの関係をどこまで知っているのか、ロゼリアは小首を傾《かし》げながら言う。

「さあて、余所《よそ》の内輪のパーティーの、ギスギスぶりを楽しませてもらうとしようか」

「ローズ様ったら！」

笑いながら、ローズは気楽そうにシャンパンを呷《あお》る。

幸い、面倒事は起こらなかった。私はボイコットされていて、わざわざ挨拶《あいさつ》に来るオルフェンスの貴族はおらず、注目されてはいても誰もが遠巻きにしているからだ。

その分隣にいるローズに注目は集まっていたが、誰も彼女が隣の大領地の次期当主だとは思わないのだろう。下級貴族の無名のパートナー程度に思っているようで、高級娼婦、という単語が聞こえてきた時には肝が冷えた。

ローズは気にする様子もなく飲み食いを楽しんでいる。むしろ、私と共にいる女性に侮辱的《ぶじょくてき》な言葉を投げつけて素知らぬ顔をしているオルフェンスの貴族を眺めては興を得て、酒の肴《さかな》にしているようだ。

そんなローズの横顔を見ていると、彼女がいてくれてよかったのかもしれないと思えてくる。

彼女がいなければ、私は私の開催したパーティーでひとりぼっちになるところだった。

たとえロイが私と共にいようとしてくれていたとしても——そう仕向けて、私に思い知らせてやりたいと思う人ばかりが集《つど》うパーティーだから。

「君のこの指に嵌《は》まっているのは、もしや噂のエレメンタル・エメラルドかな?」

ローズが酒でほんのりと頬を染めながら、私の手を掬《すく》い上《あ》げる。

「ええ、そうです」

ロイが私にくれた婚約の証《あかし》。ヴェラの子を次期後継者の座に据《す》えるのであれば、これも渡さなくてはならないだろうかと、一時は思ったけれど——

「君の瞳によく似合っているよ、メルティア。どちらも美しい新緑の色をしている」

「私も、そう思いますわ」

あくまでオルフェンス公爵は私である以上、ロイにとって私との婚約は必須事項だし、エレメンタル・エメラルドは緑の瞳の私によく似合っている。

灰色の瞳のヴェラよりも私のほうが似合っているから、これだけは彼女にも渡したくない。

指輪をした手を胸に押し当てたその時、パーティーの場には相応《ふさわ》しくない異様な熱を孕《はら》んだどよめきが庭のほうから上がった。

「様子を見てまいりますので、ローズ様は――」

「もちろん君と共に行くとも！」

ウキウキした顔で言われ、止める術《すべ》が思いつかない。

どよめきの源からは笑い声も聞こえていたから、危険はないだろうと諦《あきら》める。

実際、夜の庭園の冷たい空気以外、ローズを脅《おびや》かすような危険はなかった。

煌々《こうこう》と巨大な篝火《かがりび》が燃えている。だが、明るいのは、庭園を照らすそれだけではなかった。

篝火《かがりび》の近くで燃やされているのは、大量の、見上げるほどの小山のように大量の、落ち葉焚《た》き。

「このにおい……メルティア・ティーの香りではないか？」

「イグニス！　あの火を消し止めて!!」

『承知した』

炎の精霊イグニスにお願いして燃えさかる茶葉の炎を消し止めてもらう。

おかげですぐに鎮火《ちんか》した。中央の篝火《かがりび》に照らされる茶葉の小山に駆け寄って、私は不用意に茶葉に触れる。酷《ひど》く熱い。けれど、火傷《やけど》はしない。

私の右肩を留まり木にしたイグニスの羽が頬に触れていると、肌を焼く熱さだと理解はできるのに、その熱さが気にならないのと同じだ。炎の精霊を継承したことで、私の身体は火傷《やけど》しないように作り変わっている。

熱気で火照《ほて》る身体で灰になった茶葉の小山をかき分ける。表面は黒焦《くろこ》げになっているけれど、中にまで火は届いておらず、多くの茶葉が無事のようで胸を撫《な》で下《お》ろした。朝から降っていた雨の湿気のおかげだろう。

意図せぬ六年間の眠りのせいで、治療薬となる茶葉の備蓄《びちく》にそこまで余裕があるわけじゃない。

そんな私の振るまいを、一体なんだと思ったのだろうか。

「オルフェンス公爵の座をおままごとの道具にしていただいては困るのですよ、メルティア様」

この悪質なショーの犯人であることを隠《かく》す気のないリス伯爵が、威圧するように私を見下ろした。

「リス伯爵、あなたが私の『メルティア・ティー』の茶葉を燃やしたの？　でも、あなたの領地に送った分よりも、ずっと多いように見えるのだけれど」

「ご自分の名前を付けた茶葉を配って公爵としての仕事をした気になっていらっしゃるメルティア様に対する、抗議の意思を持つ者たちの分も含まれていますからな」

ビラ配りのたぐいだと思われたのだろうか。

彼らからすれば、ビラを破り捨てて燃やした程度の気持ちでいるのかもしれない。

『メルティア・ティー』の正体を隠したのは、知ればロイのために利用するだろうカインと、私のために利用するだろうロイの目をくらませるためだ。

オルフェンスの貴族たちの命を、忠誠心の対価にしたくなかった。だから、これが治療薬であることを伏せ、ただの茶葉として、オルフェンス中の貴族に配った。

いずれ来る厄災《やくさい》に備《そな》えて、領地民の分も賄《まかな》える量を計算して。

――彼らを無償《むしょう》で助けようとした、すべての気づかいが徒《あだ》となる。

なんの見返りもなくても、オルフェンスの貴族たちを助けたかった。私を支持してくれなくとも。

そんな思いやりが貴族たちを窮地に陥《おとしい》れてしまうだなんて、皮肉だった。

＊　＊　＊

「メルティア、辛《つら》い思いをさせてしまい申し訳ございません」

いつの間にか寄り添《そ》って私の肩を抱くロイにもたれて、溜《た》め息《いき》を吐《つ》く。

「ロイはこのことを知っていたのね」

「この愚かな計画を事前に知ってはいました。お許しください。これを機にあの者たちをまとめて処罰するためです」

「そんなことができるの？　彼らはただ私の名前のついた茶葉を燃やしただけよ？」

「あの者たちはオルフェンス公爵の名の重さを思い知ることでしょう」

ロイはそう言うけれど、オルフェンス中の貴族が一丸《いちがん》となって、なあなあの空気を形成しようとしたら、果たして抗《あらが》えるだろうか？

小説でも、オルフェンスの貴族たちの統制にロイは苦労していた。

彼は敵を討ち滅ぼすことは得意だったが、味方を作るのは苦手そうだった。

「メルティアに仇《あだ》なしたことを後悔させてみせます。ですので、あなたを愚弄《ぐろう》する者を見過ごした僕をお許しください」

彼らが後悔することになるのは間違いない。

でもそれは、彼らが私の贈り物を踏みにじったからではなく、ロイの報復が苛烈《かれつ》だからでもなく、あれが彼ら自身にとって必要なものだからだ。

この様子だとロイはあれが今ライン領で流行《はや》っている『風邪』の治療薬だとまだ知らないらしい。

カインに話したのもついさっきだし、まだ話が伝わっていないのだろう。

だったら、この事態を発生前から捕捉していただろうロイがそれを見過ごしたとしても、彼にはなんの非もない。悪いのは、貴族の輪から外れた場所で様子を窺《うかが》っているカインだけだ。

この悪質なパフォーマンスを、当然カインも把握していただろう。

燃やされる茶葉が魔物害の治療薬となることも、ついさっき知った。

でも、それをロイには話していないのだ。きっとカインは、彼らが燃やすつもりでいるものがただの茶葉ではなく治療薬である事実を知り、好機だと考えたに違いない。

彼らに取り返しのつかない大失態をさせる、絶好の機会だと。

カインの眼鏡が篝火《かがりび》の明かりを反射していて、どんな表情をしているのか見えなかった。

「この事態の収拾を私に任せてくれるかしら、ロイ？」

「メルティアがオルフェンス公爵として采配《さいはい》を振ってくださるのであれば、喜んで従います」

私が簡単に許そうとでもすれば、すぐさま指揮権を取り上げそうな雰囲気だ。けれど、一応は私に任せてくれるらしい。

ロイが身を引くのを見届けて、私は息を吐く。

「安心するといいわ、ロイ。これは、許す許さないの問題ではないから」

「……メルティア？」

何も知らないロイは何も悪くない。騒動を起こそうとする者たちを一網打尽《いちもうだじん》にするために、ただの茶葉が燃やされるくらい、確かになんでもないことだ。

私はロイに微笑《ほほえ》みかけてリス伯爵に向き直る。どうしても徒労感を覚えるものの、それ以上に茶葉の在庫の量が気がかりだった。

……全員を助けることが、できるだろうか？

「いくら主君の怒りを買うことになろうとも、我が忠誠心を止めることはできませんぞ。主君を目覚めさせるためであれば、犠牲を払うことも厭《いと》いません！」

「そうだ、そうだ！」

「目を覚ましてください、ロイ様！」

リス伯爵は堂々と言い、私たちの周りを取り囲む貴族たちが追従する。

彼らの視線はあくまでロイの上にあり、その前に立つ私をまったく無視していた。

もしヴェラに相談されていたら、茶葉以外なら何を燃やすと言われても許可を出していただろう。

けれどこの茶葉だけは、候補から外させたかった。

「リス伯爵」

「何かおっしゃりたいことがあるのであれば、聞いて差し上げますよ。メルティア様」

見下すような冷めた眼差《まなざ》し。侮蔑《ぶべつ》があまりに露《あら》わすぎて、自分が虫けらなのかもしれないと錯覚しそう。きっと、彼らは意図的にそうしているのだろう。

私から自信を失わせ、自ら退《しりぞ》くように仕向けているのだ。

そんなことをされなくても、私は最初から、身を引くつもりだったのに――

「この茶葉は、今ライン領で流行《はや》っている病気によく似た魔物害の唯一の治療薬よ、リス伯爵」

「……は？」

リス伯爵は最初、何を言われているかわからないようだった。

「あれは魔力の乏《とぼ》しい平民にとっては軽い風邪のような症状で済むけれど、魔力の多い貴族にとっては死に至る病《やまい》。でも、茶葉の在庫にもう余裕がないの。新しい茶葉をあげる余裕はないから、ここに茶葉を捨てた者は、燃え残っている茶葉を拾って帰りなさい」

「……ご自分の名を冠する茶葉が焼かれて悔しいからと、そのようなでたらめをおっしゃるとは、不快を通り越していささか気の毒になって参りますな」

リス伯爵は眉間《みけん》に深い皺《しわ》を刻んで気味悪そうに言う。

これほど無惨《むざん》に足蹴《あしげ》にしたものが自分たちにとって必要不可欠なものであるという現実は、きっと彼らにとって酷《ひど》く受け入れがたいだろう。

「大体、治療薬であるのならば、最初からそのように説明をすればよろしいではありませんか。見苦しい仕返しのなさりようです。見た目だけでなく中身まで子どもでいらっしゃるのか？」

リス伯爵は次々と侮辱《ぶじょく》の言葉を吐く。だが、ここまで的外れだと、傷つくことすらなかった。

「あなたたちの命に関わる治療薬を私が握っているという事実を、政治に利用されたくなかったの」

目論見《もくろみ》を外してしまったことが悲しくて、窮地に追い込まれているリス伯爵が憐《あわ》れだ。

利用するのはロイであり、カインである。

「あなたたちが私を支持しなくとも、オルフェンスである以上、私は無償《むしょう》で助けたかった。そんな私の気持ちが裏目に出るだなんて予想もしなかったから、残念だわ」

「……嘘をおっしゃらないでいただきたい！　これ以外に治療薬がない？　魔物害？　この状況が完成しているということは、ロイ様もご存じなかったということでしょう。そんな情報をどうして、六年間の眠りに就《つ》いていた元平民のあなたが知っているのだ！」

「情報源は秘密よ、リス伯爵」

アリスのように精霊の継承者だから預言の夢を見るのだとか、精霊が教えてくれるのだとか、嘘を言うことはいくらでもできる。でも私は器用じゃないから、その嘘を突き通す自信がない。

「そのような戯言《ざれごと》を信じるわけがないでしょう！」

リス伯爵は叫ぶけれど、共に威圧的に私たちを取り囲んでいた貴族たちは不安げにそれぞれ目配せをし合っている。もしも私の話が本当だったら……と、不安を覚えているのだろう。

でもリス伯爵が信じてくれないのでは、彼の後に続いて茶葉をこの場に積み上げた貴族たちも持って帰ることができない。

どのように納得させればよいかと戸惑《とまど》っていると、ロイが私の肩に手を置いた。

「メルティア、治療薬の話は事実なのですね？」

私は力なく頷《うなず》く。ロイたちに利用させないために伏せていた。

けれど結局、利用されてしまったのだ。リス伯爵の取り返しのつかない過《あやま》ちの要因として。

「であれば、あなたを支持しなかった愚者から犠牲となっていくということですね。自業自得です」

「こんな塵《ごみ》で我らオルフェンスの貴族の機嫌が取れると思っているのなら、なめられたものだ!!」

リス伯爵が燃え残った茶葉に歩み寄り、黒焦《くろこ》げになったそれを踏みつける。

目眩《めまい》がした瞬間、私の横を紅蓮《ぐれん》が過《よぎ》った。

この騒動に直面した直後から、目を爛々《らんらん》と光らせて楽しくて仕方ないと言わんばかりの顔をしていた彼女は、ただ歩き方を変えただけでその場の注目を一身に集める。

「もしも君たちにとってそれが『塵《ごみ》』であるのであれば、私に譲ってはくれないだろうか！」

朗々《ろうろう》と響く声は、女性にしては低く耳朶《じだ》をうつ。

「我々の領地で広まる魔物害の唯一の治療薬である、貴重な『メルティア・ティー』の茶葉を、どうか譲っていただきたい！　無論！　ただとは言わない。私には対価を支払う用意がある！」

「女……？　我々の、領地……？」

リス伯爵が男装の彼女を見て眉を顰《ひそ》める。

大股で近づいてきた彼女は、私のもとまで戻ってくると私の手を取って口づけた。

「親愛なるオルフェンス公爵。少しくらい焦《こ》げていても薬効には大した違いはないんだろう？」

もうローズと呼ぶ必要はないらしい。私は溜《た》め息《いき》を吐《つ》いて、彼女に答える。

「確かに薬効に変わりはありませんが、あのように地に落ちたものをロゼリア様にお譲りするだなんて失礼なことはできませんわ」

「ロゼリア——ライン公爵家の、ロゼリア・フォン・ライン!?」

リス伯爵が声を上げる。

カインがロイに耳打ちをしていた。ロゼリアがここにいる経緯を説明しているのだろう。

動揺するリス伯爵を始めとした居並ぶオルフェンスの貴族たちを、ロゼリアは鼠《ねずみ》をいたぶる猫のような目で眺め回す。

「我が領を助けるために利益を度外視して助けの手を差し伸べてくれた、愛する友人であるオルフェンス公爵。僭越《せんえつ》ながら、あなたのせっかくの厚意を足蹴《あしげ》にする者よりも、友人である私を優先してくれないかい？」

「……とても、お恥ずかしいところをお見せしてしまったようですね」

領地の者に侮辱《ぶじょく》される姿をロゼリアに見られていたと思うと、羞恥《しゅうち》で頬が熱くなる。

私がオルフェンス公爵として認められず蔑《ないがし》ろにされているところを、どういうわけかこの人には見られたくなかった。

「私も女であるという理由で侮《あなど》られてきたから気持ちはわかるつもりだよ、オルフェンス公爵」

俯《うつむ》いた理由などお見通しとばかりに言い、彼女は指先で私の顎《あご》を捉《とら》えて上向かせる。

「私がここにいるのが異例なのだから、あなたが羞《は》じる必要などない」

慰《なぐさ》められていることが情けなく、けれど同時にありがたくて、目頭が熱くなった。

「私は公爵と正妻の間に生まれた長子であり、幼少期より次期後継者として教育を受けて、文武に長《た》け実績を残している。この私ですら、西では女だというだけで批判されるのだ。オルフェンス公爵に向かう風当たりの強さは想像するにあまりあるね」

暗に私の生まれを指摘しながらも、その朗々《ろうろう》とした言葉にも眼差《まなざ》しにも、侮蔑《ぶべつ》の色は一切ない。

温かな思いやりと労《いたわ》り、敬意と親愛を込めて私を尊重してくれているのが伝わってくる。

きっと、私たちを見る者たちの目にもそれは明らかだろう。

「まさか本当に……」

「あれが治療薬だったなんて、そんな……」

ロゼリアがお墨付きをくれたおかげで、オルフェンスの貴族たちも自分が打《う》ち棄《す》てたものの価値を理解し始めた。

「本当に治療薬なのか」

激しく動揺する貴族たちと違い、リス伯爵は驚いたように目を瞠《みは》ったものの、先程までと比べると落ち着いて見える。

「随分《ずいぶん》と巧妙に情報を隠されたものだ。私はメルティア様を侮《あなど》っていたようだな」

ヴェラにでも情報を流させていたのだろうか？

誰が情報源だったとしても、知る術《すべ》はなかっただろう。それは、私の頭の中にしか存在しない知識だ。

「今更この人の優秀さに気づいたところでもう遅いぞ、リス伯爵」

「遅い？　何も遅くはありませんとも、ロイ様」

「……なんだと？」

「何を目的としているかの違いでございます」

つきものが落ちたような顔をして、リス伯爵がお辞儀をする。

それを気味の悪いものを見るような目つきでロイが命じた。

「オルフェンス領に対する反逆の罪に問う。この男を地下牢に連れていけ」

「かしこまりました」

「メルティア。今回の件で、リス伯爵に荷担《かたん》した者たちの罪を問うおつもりはありますか？」

「ないわよ。わかっているでしょう？」

ロイに問われて私が答えた瞬間、貴族たちが捨てた分の茶葉を拾おうと小山に殺到した。

ロゼリアに持っていかれてしまう前にと群がる彼らの浅ましい姿が、彼女自身に見られていると思うと恥ずかしい。

ロゼリアは今回の件でオルフェンスの民をどう思っただろう。いい印象を抱いたはずがない。

気まずい思いを抱きながらも、彼女に向き直る。

こういう流れになるのを見越してわざと地に落ちた茶葉でも欲しいと言ってくれたのだろう。

ロゼリアに感謝の言葉を伝えなければならない。

口を開きかけた私に向かって、ロゼリアは不敵に微笑《ほほえ》んだ。

「オルフェンス内にも色々と事情はあるのだろうが、ライン公爵家の次期当主であるロゼリア・フォン・ラインは、メルティア・フォン・オルフェンスをオルフェンス公爵として支持し、次世代に続く友好関係を維持していきたいと思っているよ」

ロゼリアはよく響く声で言い、ウィンクまでしてみせる。感謝の言葉が、喉に貼りつく。

精霊を継承する四大公爵はシルヴェリア王国においては国王に並ぶ存在だ。

私はその立場にありながら、オルフェンスでは認められていない。

オルフェンス領内の問題であるうちは、私自身がその扱いを受け入れていれば滞《とどこお》りなく天秤は水平を保つだろう。でも、次期公爵であるロゼリアが私を支持することで、私の承認によって成り立っていたオルフェンス領内の力関係は簡単に崩壊する。

「ロゼリア様、それは困ります……！」

「おやおや」

動揺する私を見下ろすロゼリアは、猫のようにつり上がった目元に酷薄な笑みを滲《にじ》ませる。

「君にも色々と事情があるようだね？　でも私は、君に強い友愛の感情を抱いているから、力あるオルフェンス公爵になってもらいたいのだよ」

私のような甘ちゃんがオルフェンス公爵として権力を握っていたほうが、ロゼリアにとっては都合がいい。そういうことなのだと、鈍い私でも気がつく。

「メルティア、あなたには素晴らしい友人がいるのですね」

「君たちの関係は本当に面白い。うちの弟にも野心はないが、それとはまた違う感じだ」

ロゼリアの私への支持を喜ぶロイを、彼女は戸惑《とまど》いの浮かんだ目で見やった。

外から見れば私とロイは本来、権力を奪い合う関係だ。それが実質は権力を押しつけ合っているだなんて、外野には想像もできないだろう。

「俺も少しいいか？」

場の空気をぞんざいに打ち破ったのは、マルスだった。

篝火《かがりび》の側に立つ彼は、声を発するまでそこにいることを気づかせないほどの気配の薄さだ。

でも、気づいてしまえば、無視できないほど存在感を放っていた。

「『主《あるじ》なき騎士』の称号を持ちながら剣を捧《ささ》げた忠誠の騎士として、俺もメルティア・フォン・オルフェンスをオルフェンス公爵として支持する」

「マルス！　そんなこと、今言わなくたって――！」

「正式なる公爵就任を前に、お前に贈り物がある」

マルスは私の言葉を黙殺してロイに目配せする。ロイが無表情ながら頷《うなず》いた。

彼の差し金なら、マルスが私の言うことを聞いてくれるはずもない。

マルスはロイに仕えるために私に剣を捧《ささ》げた。ロイに命令を受けたマルスを止める力は私にはない。

マルスが預かったエルフの泪《なみだ》の存在を知り、ロイはそれを利用することにしたようだ。

酷《ひど》い無力感を覚える私の前で、マルスは憎たらしいほどいつも通りの表情で跪《ひざまず》く。

「エルフから贈られたエルフの泪《なみだ》を、我が剣の主《あるじ》に捧《ささ》げる」

公《おおやけ》の場で譲ってもらう予定ではあった。けど、それを私への支持に利用されるとは思わなかった。

「忠誠の騎士から価値ある宝を捧《ささ》げられるだなんて、本物の騎士物語のよう」

誰かの羨望《せんぼう》混じりの声が聞こえ、頭を抱えたくなる。

とある国の美しい姫に忠誠を捧《ささ》げたがる多くの騎士たちの物語。

忠誠の剣を拒む姫の頑《かたく》なな心を溶かそうと、騎士たちは次々と贈り物を持ってくる。かぐや姫みたいな物語がこの世界にも存在するのだ。

断れば、もっと価値のあるものを持ってこいという意味に受け取られかねない。

「仕方ないから受け取るけれど、あなたの言葉を今後は簡単に信じたりしないわ」

「そうだな。俺を信じないほうがいい」

真珠の小箱を受け取ろうと手に取ったものの、マルスがすぐに手放さない。睨《にら》みつけるも、彼は神妙な面持《おもも》ちで周囲を眺めていて、私が小箱を引っ張るのに気づいてすらいないらしかった。

篝火《かがりび》に照らされた広い庭園。黒焦《くろこ》げになった茶葉の小山に、私を威圧するように取り囲む、茶葉を捨てた居心地の悪そうな貴族たち。その後ろから好奇の眼差《まなざ》しでこちらを眺める野次馬たち。

マルスは途方に暮れたように囁《ささや》いた。

「仮の主人とはいえ主人だから、愚弄《ぐろう》されるのは不愉快ということなのか――？」

「さっさと真珠をよこしなさい、マルス」

そう声をかけると、初めて彼は私を見上げる。

幻想を見るような茫洋《ぼうよう》とした目は、やがて私に焦点を結ぶ。そこで彼は声を潜《ひそ》めて言った。

「今からする俺の申し出を無下に断るな、メルティア・フォン・オルフェンス」

「申し出？　なんの話？」

「断り方を間違えれば、俺を認めざるをえなかった聖木会に喧嘩を売ることになる。今から俺がするのはそういう政治を孕《はら》んだ申し出だ」

マルスが押しつけるように真珠の小箱を私に手渡す。軽くたたらを踏む私を、ロイが支えてくれた。

そんな私たちに目もくれず、マルスは立ち上がるとマントを翻《ひるがえ》して庭園に向かって言う。

「『主《あるじ》なき騎士』にして『修了者』の称号を持つマルス・フォン・シュヴェールトは、オルフェンス公爵メルティアの婚約者に立候補することをここに宣言する‼」

自分自身が息を呑む音さえ、湧き上がったどよめきにかき消されて聞こえない。

やられた。私とヴェラが計画していた、私が将来的にオルフェンスの権威を手放す宣言の、正反対のことをやられてしまった。

ロイが私とヴェラを天秤にかけるはずだったのに。

私が、ロイとマルスを選ぶ立場に追いやられてしまった――！

「次期剣聖が、オルフェンス公爵の婚約者に……？」

「いやっ、そんな馬鹿な話があるかっ」

「そうだ、オルフェンスの血筋が途絶えてしまうっ！」

「だが……オルフェンスに、修了者の血が入るとなれば……」

反応は様々だけれど、当然、反対のほうが多そうだ。それでも強い反対というわけではなさそうで、その危《あや》うさにゾッとする。

ロイの差し金に違いない。

本気で彼は私がオルフェンス公爵として万人に認められる世界を作ろうとしているのだ。

——そう思って私の肩を支えるロイを睨《にら》むと、彼は奇妙な表情を浮かべていた。

マルスを見るその顔は笑みの形を象《かたど》っているのに、歯を剥《む》き出《だ》した口許《くちもと》は酷《ひど》く獰猛《どうもう》な感情を噛みしめているように見え、菫色《すみれいろ》の瞳は燃えるように輝いている。

そんな今にも噛みつきそうな顔だ。

私の肩にかかるロイの手が、震えている。

「やってくれたな、マルス……！」

熱の籠もった震える声に、引《ひ》き攣《つ》ったような笑いが混じった。

対するマルスは無表情でロイを振り返る。

「ロイ様がお望みの状況のはずですが」

彼は淡々と言った。

「ロイ様以外であろうとも、メルティアが愛した男との子を次期公爵の座に据《す》えて、オルフェンスの藩屏《はんぺい》を名乗ってロイ様を戴《いただ》きたがる者らをすべて滅ぼし、俺の主人を支える新生オルフェンスを創りあげるほうがましだ、とおっしゃっていたはずです」

「ああそうだとも！」

ロイは吐き捨てるような口調で肯定する。

言葉とは裏腹に、マルスを見据《みす》えるその瞳は殺気だっているように見えた。

「よくやってくれた、マルス。おまえの行動はまさしくその状況を作り出すための最適解だ。オルフェンスの愚かな貴族どもは今ようやく、選ぶ権利は僕ではなくメルティアにこそあると心底理解しただろう！」

私を取り囲んでいた貴族たちは、マルスの求婚を好意的に受け止める貴族を見て青ざめている。

数は少ないとはいえ、彼らの存在には私だって怖気《おぞけ》がついた。

つまり、彼らはロイがいなくてもいいと考える者たちだ。

青ざめる私たちに挑発的な笑みを見せながら、マルスは言う。

「結婚相手として選ばれた暁《あかつき》には、オルフェンスに剣聖の称号をもたらすことを約束しよう」

求婚とは違い、マルスはそれほど大きな声で言ったわけではない。

それなのに、その瞬間にあたりが静まりかえった。パチパチと炎の弾ける音や、木々の間を風が抜ける音さえ鮮明に聞こえるほどの静寂が横たわり、息を呑むことさえ躊躇《ちゅうちょ》してしまう。

それでも次第に、潮騒のような熱狂が押し寄せてくる。

「剣聖の、称号……」

「そうなれば……そうなれば……！」

「次期オルフェンスの主《あるじ》は、剣聖の子を名乗ることに……!!」

歴史上、人間種が剣聖の称号を手に入れた例は二例しかなく、しかも何千年も前の話だという。

目も眩《くら》むような年月を超えて、再び人間種に剣聖という栄光の称号がもたらされるかもしれない。

オルフェンス領に、もたらされるかもしれない。

その黄金の可能性が孕《はら》む熱に、浮かされる者が多すぎる。

「やりすぎだわ、マルス……！」

「さあ、これでロイ様のためだとかいうお題目で、ナメた真似は二度としないだろうよ」

ロイのためだという名目で私を侮辱《ぶじょく》すれば、私がロイよりマルスを選ぶ後押しになるかもしれないと、不安が芽生えるようになるだろう。マルスの行動はロイのためだとはいえ、あまりに危《あや》うい。

これでは、マルスを推す派閥ができてしまう。

「ロイが指図したの？」

「マルスの独断です。だが……」

ロイは暗い笑みを浮かべて言う。

「よくやった。マルス」

「……ロイ様はお怒りのように見えます」

「怒りで腸《はらわた》が煮えくり返るが、これは僕の個人的な感情だ。おまえは何も悪くはない、マルス」

溢れる激しい感情を理性で抑えつけるように、ロイは何度も呼吸を整える。

「おまえの忠誠心には脱帽だ。忠誠の剣を捧《ささ》げ、求婚までしてのけ、剣聖の座までも捧《ささ》げようというのだから」

ロイのためなら忠誠を抱いていない相手に剣を捧《ささ》げ、愛情のない相手への求婚さえしてのける。だからこそマルスを傍《そば》に置いておきたかった。何よりも、ロイのためになるだろうから。

――それが私のためにならなくても、構わない。

「僕がおまえにメルティアへの求婚を命じていれば、彼女がこれほど侮辱《ぶじょく》される事態は抑えられると知っていた。だが僕は行動に移せずにいた。嫉妬心《しっとしん》に苦しみたくないからと、我が身可愛さにメルティアに痛みを負わせた無能の代わりに、よく決断してくれた」

「ロイ様が無能だなど――」

「おまえには感謝している、マルス」

呼吸を整え終え、平素と変わらぬ声音で言ったロイに、今度はマルスが息を呑んだ。

「マルス、僕はおまえの忠誠心を認める。メルティアが許すというのなら、僕もおまえの六年前の過《あやま》ちを許す努力を始めることにする」

「ロイ様……！」

マルスが喘《あえ》ぐようにロイの名を呼ぶ。

まだ許すとは言えないらしい。でも、ロイがマルスを受け入れる努力をしてくれると言っている。

私が望んでいた、夢にまで見た光景だ。

これまで、何一つ私の思い通りにはならなかった。けれどロイがマルスを許すきっかけとなってくれるなら、それだけですべてが報《むく》われたような心地だ。

「よかったわね、マルス！」

マルスは唇をわななかせて、何も言葉にならないようだった。

＊＊＊

「では、リス伯爵の処分は失われた治療薬の賠償と、半年の蟄居《ちっきょ》で決定ね」

オルフェンス公爵邸のホールにて臨時で開催されたオルフェンス領地会議で、私は満場一致で議長席に座っていた。私が支持されているというより、ロイが支持されなかったのだ。

彼がどんな苛烈《かれつ》な罰を下すかを恐れるオルフェンスの貴族たちに推され、甘い結果を出すとわかりきっている私が議長になった。

その理由を理解してなお、ロイも私を支持した。そうして出た結果がこの処分だ。

ロイは最初、リス伯爵を反逆罪で死刑にするべきだと主張していた。

それが半年の蟄居《ちっきょ》にまで減刑されたなら大成果だ。

「甘すぎます」

不機嫌極まりないロイから逃げるため、貴族たちが我先にホールから出ていく。

「そう？」

「あれだけのことをしたのです。メルティアの名の付いたものを燃やしただけでなく、それはオルフェンスの貴族の命がかかっている魔物害の治療薬であったのですよ？」

私が議長になることには賛成してくれたのに、私が下した裁決にロイは不服そうだ。

「でも、リス伯爵はあれが治療薬だと知らなかったのだもの」

「本当に知らなかったかどうかなど、わからないではありませんか」

「その論で行くなら、リス伯爵がどこでその事実を知り得たかロイが証明するべきよ」

「……何故《なぜ》リス伯爵の罪を重く問うためにメルティアと争わなくてはいけないんだ……？」

混乱したように頭を押さえるロイに申し訳なくなって苦笑する。

ロイ以外の他のオルフェンスの貴族たちにも、リス伯爵の行為は問題視された。

自分たちの命がかかっていたと知ったせいだ。

リス伯爵が、もしも茶葉が治療薬であることを知っていて、私の鼻を明かすために他の貴族たちをも巻き込んで今回の行為に及んだのであれば、それはオルフェンスに対する反逆であり死刑が妥当だと言う声は少なくなかった。

それでも、私が減刑を望んだ。リス伯爵の無知を、私だけは保証できるから。

彼のした行為は私という未熟な未成年者を指導するための教育の一環であって、やり方は愚かではあったものの、オルフェンス公爵家に対する反逆には当たらないと、私が主張した。

こうして、リス伯爵は失敗の報《むく》いとして蟄居《ちっきょ》を命じられることで決着する。

「ロイが不服なら、私が議長を務めた初めての議会の裁決をひっくり返してもいいのよ？　私の采配《さいはい》を無視して、ロイが妥当だと思う罰をリス伯爵に下しても、オルフェンス公爵である私が許すわ」

「……その言い方はずるくありませんか……？」

「私がオルフェンス公爵として認められてほしいと願っているあなたに、卑怯《ひきょう》な言い方よね」

こういう言い方をすればロイが折れるしかないことを、私はわかって言っている。

そこまで私を尊重してくれることはありがたいが、重圧に押し潰されそうな気持ちだ。

私はロイの隣に立つたった一人の人間になってもいいのだろうか？

そのために、私がオルフェンスを率《ひき》いていかなくてはならないのだろうか？

直面したくない現実から逃げるようにロイから離れると、彼の問いが追ってきた。

「どこへ行くのですか、メルティア？」

「ヴェラに会いにいくのよ」

リス伯爵の失態のせいで、裁決が下るまでヴェラは部屋に軟禁されることが決定した。

あの夜、ロイの手によって客室に閉じ込められながらも身一つで窓から脱出したというヴェラは、庭園のベンチの陰で茫然《ぼうぜん》としているところを捕まった。

父親が何をしたのか一部始終を見ていたわけだから、自分の処遇は理解しているだろう。

リス伯爵には蟄居《ちっきょ》の処分が下されたが、連座などない罰だ。娘のヴェラは無罪放免だった。

きっと不安がっているだろうから、早く部屋から出してあげたい。

「これからも彼女を重用《ちょうよう》するおつもりですか？」

「もちろん。ヴェラはオルフェンスにとって必要な人間よ」

道に迷う私にとっての標《しるべ》のような子――オルフェンスの娘。

小説に保証されたヴェラの忠誠。それは、ほとんど神託に等しいのではないだろうか？

離れの一室に辿り着く。私はヴェラを驚かせないよう外から声をかけ、彼女の了承を待ってから扉を開けた。

「ヴェラ、リス伯爵には賠償と半年間の蟄居《ちっきょ》の処分が下ったわ」

「まあ、なんて甘い罰なのでしょう」

驚いたように言うヴェラはいつも通りけろりとしている。

薄々想像はしていたけれど、思っていた以上に元気な姿に安堵《あんど》した。

「あの夜はロイに閉じ込められていたと聞いたわ。体は平気？　どこも怪我していない？」

「窓から飛び降りた時に膝を少しすりむいてしまいました」

「脱出して膝をすりむいたりしないよう、両手両足を縛って部屋に転がしておくべきだったな」

「ロイ！」

ロイは謝る気などまったくない様子だ。

それでもヴェラは笑顔で「縄抜け術を習得しておかなければ」と健気《けなげ》に言い返している。

「ヴェラはいつも通りの仕事に戻ってくれて構わないわ。何か嫌なことがあったら私に言ってね」

父親のしたことに、ヴェラは関係ないのだから。

気づかう私にヴェラは余裕の笑みで答えた。

「お優しいメルティア様、父にそそのかされて領地民と自分たちのための治療薬を燃やしてしまった者たちが私に嫌味を言うくらいは、許してあげてくださいませ」

「ヴェラがそう言うのなら……」

本当に彼女は何も気にしていないらしい。

パーティーの夜、騎士たちに確保されたヴェラは茫然《ぼうぜん》としているように見えたから、父親のしたことにショックを受けているのだと思ったのだけれど、違うのだろうか？

首を傾《かし》げる私に、ヴェラは笑みをたたえながらゆっくりと頭を下げた。

「メルティア様、父がご迷惑をおかけして、申し訳ございません」

「あなたが謝ることじゃないわ、ヴェラ」

「私が謝ることでございます。メルティア様を侮辱《ぶじょく》する、愚かな提案を撤回いたしますわ」

「……ヴェラ？　なんのことを言っているの？」

「メルティア様に、ロイ様と私の間に生まれた子の養母となっていただき、次世代のオルフェンス公爵として育てていただきたいという提案のことでございます」

「えっ？」

「撤回いたします、メルティア様」

ヴェラが微笑《ほほえ》みを浮かべている。その灰色の瞳はまっすぐに私を見ていた。

眩《まぶ》しいものを見る目をして、彼女は指の先まで敬意に満ちた仕草で私に向かって礼をとる。

「メルティア様こそ、次期オルフェンス公爵の母たるに相応《ふさわ》しいお方でございます」

オルフェンスの娘、オルフェンスの鑑《かがみ》の言葉に心臓が震えた。

「これまでの無礼をお許しくださいませ。私はメルティア様のことを何一つ知らなかったのです」

「いえ、いいえ。自分が相応《ふさわ》しいなんて、私だって思わないもの」

喘《あえ》ぐように息をして、自分が何を言っているのかもわからないまま、そう答える。

「これまでは、オルフェンスのために感情を排して合理的な判断ができる者こそ頂点に立つに相応《ふさわ》しいと思っていました。けれど真に頂点に立つのは、目的のためなら手段を選ばず人間的感情すら捨て去る者たちを束ねられる、メルティア様のように心優しい方なのかもしれないと、今回のことで思わされたのです」

詳細は覚えていないけれど、小説のアリスがヴェラに認められた理由と似ている気がした。

優秀な者よりも、優秀な者たちを結束させられる者。

そういう人物こそ頂点に立つに相応《ふさわ》しいというのが、ヴェラの気づき。

私はヴェラに認められたのだ。私にとっては、神託を受けたに等しい。

「メルティア様こそ、オルフェンスの母として相応《ふさわ》しいお方です」

喜びと、重圧と、期待と、不安――

相反する感情に引き裂かれそうになる私に、ヴェラは告げる。

「そしてオルフェンスの次期後継者の父に相応《ふさわ》しいのは、剣聖です」

「は？」

ない交ぜになっていたすべての感情が、一瞬にしてかき消えた。

「剣聖の父を持つ次期当主を戴《いただ》くオルフェンスは、絢爛《けんらん》たる黄金の時代を迎えるでしょう！　オルフェンスの権威は一国の王を遥《はる》かに超え、異種族の、エルフたちでさえ蔑《ないがし》ろにすることはできません。オルフェンスはシルヴェリアの東の領地の枠を超越し、飛躍の時を迎えるのです――！」

「ヴェラ、あなたを解雇するわ」

熱に浮かされたように目を潤《うる》ませていたヴェラが、ぴたりと口を閉ざした。

「荷物をまとめて今日中にオルフェンス公爵家から出ていきなさい」

「……何故《なぜ》です？　メルティア様は私のことを、オルフェンスを体現する、誇《ほこ》り高きオルフェンスの化身だと言ってくださったではありませんか。オルフェンスの娘だと」

「きっとオルフェンスに関してはあなたの言葉が正しいのだと、今も思っているわ」

「だったら……！」

「ロイを蔑《ないがし》ろにするオルフェンスなら、私が滅ぼすわ」

何を言われているのかわからないとばかりに、ヴェラがぱちくりと瞬《まばた》きをする。

私は彼女から顔を背《そむ》けて部屋を出た。

腸《はらわた》が煮えくり返っている。何を口走るか、自分でもわからないくらい。

人気《ひとけ》のない場所まで、なんとか逃げて、逃げて、逃げた先で零れ落ちるままに悪態を吐《つ》く。

「神託なんてクソくらえだわッ」

離れの端の廊下の隅で、壁を拳《こぶし》で叩き、額《ひたい》を打つ。

そんな私の拳《こぶし》を、後ろから伸びてきた手が柔らかく包み込む。

「手を怪我してしまいますよ、メルティア」

「……どうしてついてくるのよ、バカロイ」

「ついていかないわけがないでしょう」

「ロイに、汚い言葉を吐いているところなんて見られたくなかったのに」

「昔から散々見ていますので、今更ですよ」

言われてみれば、昔は貴族連中が飽きないように様々な語彙《ごい》でロイを罵倒《ばとう》していた。

あの頃は一瞬一瞬が必死だったから気にしていなかったけれど、今思えば恥ずかしくて顔から火が出る。

「あ、あれは演技だったからいいのよ！」

「どちらにせよ、可愛らしい顔で汚い言葉を吐くメルティアも僕は嫌いではありませんので」

「趣味が悪いわ」

「僕の趣味が悪いとしたら、それはメルティアのせいですね」

私の悪役令嬢ムーブのせいでロイの性癖がねじ曲がったんだとしたら、お詫《わ》びのしようもない。

――ねじ曲がってしまったものは、それだけじゃない。

「僕の気持ちが少しはわかったのではありませんか？　メルティア。あなたが蔑《ないがし》ろにされるくらいならオルフェンスが滅んだほうがましだと思う、僕の心が」

「嫌というほど」

ロイにそっと抱き寄せられて、私はその胸に体を預けた。頭突きをしたい気分なのに、目の前にあるのがロイの胸板じゃ痛くないように額《ひたい》をこすりつけることしかできない。

壁とは違って温かいせいで、溶けるように涙が溢れてくる。

「ごめんなさい。ロイの言うように、私が最初から頑張ればよかったんだわ。誰も馬鹿げた希望なんか持たないうちに、みんなに認められるくらい、すごいオルフェンス公爵になればよかった」

「……改めて並べ立てると、僕はかなり難しいことをメルティアに要求してしまっていたようですね」

「私にできないと思うわけ⁉」

「僕があなたに相応《ふさわ》しいと認められるほうが早いように思います」

ロイの腕の中で泣きながら彼を睨《にら》みつけるも、そういう言い方をされると引き下がらざるを得なかった。

「そりゃあ、ロイのほうが早いでしょうけど。でもそれは、あなたが選ばれる立場に転落するって話じゃない」

「結果的にそうなってよかったと思いますよ。あなたに、こんなにも不安で不愉快な思いをさせずに済みます。マルスには改めて感謝をしなくてはいけませんね」

ロイが不安で不愉快な思いをしている。私のせいで。

肩代わりできることを喜んでいる、その気持ちがよくわかった。

ロイに大切にされているのだと、ロイを大切に思って初めて気づいた。

「私、また逃げようとしていたみたい……重圧から、責任から……申し訳なくて、辛《つら》くて、怖くて……でも、もう逃げないわ」

「どうしたらその圧迫感からあなたを助けられますか？」

「もう大丈夫よ。ロイ以外を選ぶことが正解だと世界が言うなら、最悪以外のましな選択肢ならどれを選んだって同じだから」

たった一つしかない正解を選ばなければいけないと、私は勘違いしていたらしい。

もう正解を選びたいとは思わないから、どんな選択肢だって選べる。

「であれば、僕に腹案があります」

「教えて、ロイ」

「要は僕とあなたの絆《きずな》が分かちがたいものであるのだと、知らしめればよいのです」

ロイは涙で濡れた私の頬を拭《ぬぐ》いながら、にっこりと微笑《ほほえ》んだ。

二章　公爵就任式

十二月になり再び王都シールズにやってくると、招いてもいないアリスがオルフェンス公爵家のタウンハウスを訪れた。歓迎されていない、どころじゃないのに。

この屋敷内で彼女がやらかしたことについては、表沙汰になってはいないものの、オルフェンス公爵家の人間なら末端の使用人に至るまで知っている。

知人、友人――恋人や家族を亡くした者もいた。アリスが直接手を下したわけではないとはいえ、彼女は災厄《さいやく》を招き入れた張本人だ。

敵意を通り越して殺意に近い感情を抱く者だっている。

それなのに、アリスはまったく気にする様子がない。

貴族以外の人間の感情に注意を払わないその姿は、ある意味この世界の貴族然としている。

「さっさと治療薬をよこしなさいよォ!!」

「精霊の継承者の肉体には魔物は入り込めないから、あなたは安全よ」

手紙にそう書いて送っていたのだけれど、青ざめたアリスは私の肩を掴《つか》んでガクガクと揺さぶる。

「わかんないじゃない！　万が一があるかもしれないじゃない!!」

「……大事な人のために薬が欲しいとかいう話じゃなさそうね」

「大事な人なんていないもの。家族はいないし」

アリスの言う家族というのは、実の両親のことだろうか。

「国王陛下やテオバルト殿下のために欲しいのかと思ったわ」

「あいつらなら欲しけりゃ勝手に手に入れるでしょ。王様と王太子なんだから」

王太子テオバルト。

小説でのアリスの相手男キャラの一人で、私が唯一分岐エンドを読んだことのあるキャラクター。

恐《こわ》い人ではなかったはずだけれど、それでもシルヴェリア王国のトップとその息子をあいつら呼ばわりするアリスの豪胆さに恐れをなしつつ、用意しておいた包みを引き寄せる。

「一応、あなたのために取り置いておいた『メルティア・ティー』があるわ」

「自分の名前を付けてるわけ？　売名にはもってこいね」

アリスは包みを受け取りながら言う。皮肉っぽくはあるけれど、その反応は平坦だ。

この治療薬に自分の名前が付くはずだったことを、彼女は知らないとしか思えない。

「あんたって多分、小説の読者でしょ」

「えっ？」

いきなり何を言い出すのかとアリスを見つめると、彼女は頬杖をついて項垂《うなだ》れた。

「弱みになるし隠しておきたかったけど、あんたって甘ちゃんだからわたしが危なくなったら助けてくれそうだし、言っておくわ。わたしは漫画読者なの」

「漫画……？」

「小説がコミカライズされてたのよ。知らないわけ？　キャラごとに話がまとめられてるの。わたし、ロイ様サイドの漫画しか読んでないから、ロイ様の周りで起きることしか知らないのよ」

「でも、幼竜のルルちゃんの名前のこと、小説とは違うと言っていなかった？」

「コミカライズ版じゃマスコットみたいな扱いで、名前は出てこないのよ！　だからルルって呼んでたのに、小説読者にマウント取られたことがあるから知ってるの！　でも、小説のイベントのことを何も知らないわけじゃないのよ⁉　二次創作なら小説でも読むし……！」

虚勢を張るように言《い》い募《つの》るアリスが嘘を吐《つ》いているようには見えなかった。

「それなら、ライン領の話を知らないのは納得だわ」

「魔物害って何よぉ……！　でも見たことあるぅ！　ネットのでっちあげだと思ってたわ……多分、聖なるアリスの話でしょ」

「それは知っているのね」

「これについてはなんにも知らないわよ。わたし、病気だったから。自分の話を読んでいるみたいで読めなかったのよ、あのあたりの話。漫画にも病気の話が出てきた気がするけど、読み飛ばしたし」

アリスは前世、病気だったらしい。転生したからには前世のアリスは死んだのだろう。

その死因は病死だったのだろうか。

「可哀想なものを見る目をやめなさいよ！　むかつくわね」

本人曰《いわ》く社会人だったみたいだけれど、とてもそうは見えないのは、病気の鬱屈《うっくつ》で性格がねじ曲がってしまったからなのかもしれない。

「あんた、なんか失礼なことを考えてない……？」

「アリスが今は元気でよかった、って思っているわ」

「他の奴が言ったら嘘だろうと思うけど、あんたってアホだから本当にそんなことを考えていそうなのよねえ」

失礼なことを言うアリスの腕の中にいる幼竜のルルが、気づかわしげにアリスの頬を舐《な》める。それを見て、アリスの手が震えていることに気がついた。

彼女がロイからルーンの指輪を掠《かす》めとった件でも思ったけれど、アリスは怖がりなのだ。

怖がりなら人から向けられる悪意にもっと敏感でもいいのに、そのあたりは無神経らしい。

「安心して。治療薬ならそれなりの量を確保しているわ。ライン公爵家のロゼリア様と話はついているし、魔物害がシルヴェリア王国に蔓延《まんえん》する前に、ライン領内で被害を食い止められるはずよ」

「全部あんたに任せたわ」

アリスは嫌そうな顔で『光の王女』の物語を変更する権利を私に託す。

「……わたしの助けが必要なら言いなさいよね」

「あなたって本当にアリスであってる？　別の人と中身が入れ替わったりしていない？」

「失礼ね!!」

元気な憤慨《ふんがい》ぶりを見せてくれたものの、すぐにアリスは意気消沈したように机に沈み込んだ。

「あんたがこういう話で嘘を吐《つ》くとは思わないし、協力くらいするわよ。病気で死ぬって、本当に最低なんだから。こんなこと、政治に利用する奴がいたらぶちのめしてやるわ」

「アリス……」

神妙な顔つきで言う彼女の基本的な倫理観は前世のもので、私のそれととても近い。

カインやヴェラ、ロイとさえ共有できない、この価値観に慰《なぐさ》められる。

「ありがとう、アリス。助けが必要になったら連絡するわ」

「慰問《いもん》とかは無理だから」

「はいはい」

彼女を憎むオルフェンスの者たちには申し訳ないけれど、アリスの存在は心強かった。

＊　＊　＊

カーリン・フォン・ルイラガスからの矢のようなお茶会の催促《さいそく》と、そんな催促《さいそく》があるだろうから予定を合わせようというリゼル・フォン・ツェーゲからの手紙を調整して、私たちは今、ルイラガス公爵家に招かれていた。

ルイラガス公爵家のタウンハウスは、カーリンの雰囲気から想像していたより無骨だ。

門扉《もんぴ》の前にニコリともしない兵士が立ち、鉄の大きなそれを開いて私とリゼルを迎え入れる。

ちらりと覗くことのできた庭園にはほとんど花がなく、雑然と見えないぎりぎりの状態に整えられた木々の合間に、踏み荒らされて汚れた雪が残っていた。

玄関ホールに入ると、剣や盾、明らかに血が滲《にじ》んでいるようにしか見えない汚れた旗が飾られていて、玄関から入り込んだ冬の隙間風のせいだけではなく、背筋にぞくりと悪寒《おかん》が走る。

勲章の数々が並び、戦場や鎧姿《よろいすがた》の人物の絵が金の額縁に入れられていた。

武勇を誇《ほこ》る物々しい美術品やトロフィーの数々に圧倒されていると、遠くから声が聞こえてくる。

「メルティア様〜！　お会いしたかったですわ〜!!」

「カーリン、うぷっ」

優雅に見える最大速度で近づいてきたカーリンに、出会い頭に抱きしめられた。豊かな胸に顔が埋まって窒息しかける私の襟《えり》を、リゼルが引っ張って助けてくれる。

「会えて嬉しいのはわかりますが、メルティア様を殺す気ですか？」

「だってだってだって、とっっってても待ち遠しかったんですもの！　聞きましたわよ！　忠誠の騎士からの求婚のお話!!」

なるほどそれで、とカーリンの興奮ぶりが腑《ふ》に落ちる。

騎士マニアとあだ名される彼女ならば、確かに興味を引かれる話題だろう。

「たっくさんお話ししたいことがありますわ！　さあ、わたくしの部屋にいらっしゃって！　長話の準備はできていますわ!!」

嬉々としたカーリンに手を引かれて辿り着いた彼女の部屋は暖かかった。

暖炉《だんろ》にごうごうと火が焚《た》かれているからというのもあるけれど、部屋の内装の雰囲気が、彼女の人柄がよく出てメルヘンで可愛らしいせいだろう。ところどころに騎士の絵姿が飾られてはいるものの、騎士に熱烈に憧れるご令嬢の部屋、といった範囲に収まっている。

私とリゼルが外套《がいとう》を脱いでいるうちに、カーリンはかなり適当な手順で私とリゼルにお茶を淹《い》れる。

私たちが席に着くや否《いな》や、待ちきれないとばかりに話を切り出した。

「自分を選んでくれるなら、剣聖の座をオルフェンスにもたらすとおっしゃったって……素敵！　子どもの頃から乳母に様々な騎士物語を読ませてきたけれど、これほど素敵な話は聞いたことがありませんわ!!」

「人間が剣聖の座を得るなどと、非現実的すぎて物語にもなりませんからね」

興奮のあまり倒れかかるカーリンを支えながら、リゼルが苦笑した。

「メルティア様、どこからどこまでが本当のお話なのですか？　どうせ背びれや尾ひれが付いているのでしょう。求婚の贈り物としてマルス様がエルフの泪《なみだ》を用意した、というくだりなんて、聞いた時にはカーリン様のような方々がどれほど噂を大袈裟《おおげさ》にしたのかと、笑ってしまいましたよ。現実を知れば、カーリン様も落ち着くと思います」

「……頭の痛いことに、全部本当にあったことよ」

「キャーッ!!」

カーリンが歓声を上げ、リゼルは唖然《あぜん》とした。

エルフの泪《なみだ》を用意したのはマルスではないけれど、彼が手に入れたものである、ということになっている。護衛として連れてきたマルスを早くも帰らせたい気持ちでいっぱいだ。

それなのに、マルスはしれっとした顔で壁際に立っている。

気持ちとしては睨《にら》みつけてやりたいものの、私への求婚とやらはロイのためにしたことだ。ロイのためになったとは口が裂けても言えないが、ロイ自身が納得しマルスの忠誠心を認めている。

「……マルス様は余計なことをなさった」

「ああ？」

一瞬、私の心が読まれたのかと思った。

ぼそりと呟《つぶや》いたのは、マルスの反対側の壁際に立つ男、ヒューゲルだ。

カーリンの忠誠の騎士は、動きやすそうな服装に無骨な剣を佩《は》き、暗い面持《おもも》ちでマルスを睨《にら》む。

「夢見るご令嬢方がますます調子づいてしまい、騎士たちはみんな迷惑しているんですよ。どうしてくれるんですか？」

「俺の知ったことじゃない」

「ヒューゲル、マルス様のおっしゃる通りだわ。マルス様が誰に忠誠を誓おうと、きゅ、求婚なさろうと、マルス様のご勝手よ！」

きゃっ、と顔を赤らめるカーリンを見下ろして、ヒューゲルは溜《た》め息《いき》を吐《つ》く。

「うちの主《あるじ》はこうだが、求婚を無理《むり》強《じ》いしたりはしない。だが、余所《よそ》はそうじゃないんですよ、マルス様。あなたにはご自身の影響力ってものをもう少し考えてほしいですね」

「己の意志を貫《つらぬ》き通《とお》せる強さを持たない奴は、騎士なんぞ名乗るべきじゃない。未熟な騎士にも満たない奴らの弱さの責任を、俺が取る義理はないな」

冷たく突き放すマルスに、ヒューゲルはぎりりと歯を食いしばる。

彼の主《あるじ》であるカーリンは慈悲深《じひぶか》いけれど、彼の親しい平民の騎士たちは困難な状況にあるのかもしれない。マルスを憎々しげに睨《にら》みつけ、ヒューゲルが怒鳴った。

「あなただって意志を貫《つらぬ》き通《とお》せはしなかったでしょう！　最初は前オルフェンス公爵の息子である、ロイ殿に忠誠を誓いたがっていたではありませんか！　それなのに、妥協して――！」

ダン、と、壁を打つ鈍い音が先に聞こえ、気づくとマルスがヒューゲルを壁に叩きつけていた。

「妥協など――侮辱《ぶじょく》するな」

「マルス、離しなさい」

私が命じると、マルスはすぐに従ってみせる。噂との整合性を違《たが》えないようにだろう。

解放されたヒューゲルは壁を滑るように尻もちをつき、咳《せ》き込《こ》む。

「ごめんなさい、ヒューゲル、カーリン様」

「愛する主《あるじ》を侮辱《ぶじょく》されて怒りに震える、並び立つ者がいないほど優秀な騎士……！　素敵……！」

「カーリン様にはそういうふうに見えているのね」

感動するカーリンに水を差して、わざわざ訂正する必要はない。

マルスの激昂《げっこう》の理由は図星だからにすぎない、なんて言う必要はなかった。

でも、鋭い人はみんな気づいているはずだ。マルスが本当に忠誠を誓いたかったのは、ロイ。ロイに剣を受け取ってもらえないから、彼に一番近しい私に剣を捧《ささ》げて傍《そば》に仕えることにした。

忠誠の剣も求婚も、すべてが私のためではなく、ロイのための行為。

神への誓いも騎士の矜持《きょうじ》も足蹴《あしげ》にするような行為なので、外聞《がいぶん》は悪い。

「カーリン様、リゼル様、私、今回広まってしまった噂に困っていて、助けてほしいの」

「困る？」

「助けてほしいとは……一体？」

きょとんと目を丸くする二人を前にして、私はごくりと生唾を飲みつつ、腹を決めて言う。

「わ、私が愛しているのはロイだし、ロイも私を愛してくれているの。私たちはあ、あ、愛し合っているから、マルスの噂が広まりすぎると困るのよ……！」

顔から火が出そうなくらい熱い。

私に感応するイグニスが肩の上で小さな嘴《くちばし》からプスプス炎を吐いている。

下手をすると文字通り顔から火が出るかもしれない。

でも、これがロイの言う『絆《きずな》が分かちがたいものであるのだと知らしめる』ということ。つまりは、私とロイのラブラブ作戦である。

「以前から愛し合っていらっしゃるのは存じていましたが――」

「存じていましたが⁇」

「え？　はい。確かにそれでは、マルス様の噂が好意的に広まりすぎるとお二人にとってはよろしくありませんね」

リゼルは淡々と納得してみせる。

存じていましたが、とは一体なんのこと？　なんて問いただせなかった。

前から愛し合っているように見えていたなら、そのほうがいい。

いいけれど、どうしてそういうふうに見えていたの……⁉

「忠誠の騎士の愛が叶わないのも切なくてたまりませんわね……！」

カーリンは現実の騎士物語をあらゆる角度から堪能《たんのう》している。

「カーリン様のおっしゃる角度で話を広め直すとよいかもしれませんね」

「わたくしの角度？」

「忠誠と叶わない恋を同時に抱く騎士の物語として、噂を広めるのです」

「なんて美しく物悲しい物語なのかしら……！」

カーリンはすでに感涙《かんるい》している。

この熱意と勢いで話を方々に広めてくれるのであれば、確かに誤解は解けるかもしれない。

マルスにもオルフェンス公爵の伴侶になる可能性があるという、ロイを蔑《ないがし》ろにするおぞましい誤解を打ち消せるかもしれない。

「でも、マルス様の目の前でする話ではないと思いますわ」

出会い頭から興奮していたカーリンがすんっとまともなことを言う。私は手を振って彼女の気づかいを退《しりぞ》けた。

「この男のことなら何も気にする必要はないわ」

「ああっ……愛も忠義も捧《ささ》げているのにぞんざいに扱われてしまう、忠誠の騎士、最高……！」

私が何をしてもカーリンが萌《も》えてしまう。リゼルも処置なしという顔をしている。

公爵就任式の招待状を置いて、今日のところはおいとましようかと席を立ちかけた時だ。

バタンと音を立てて部屋の扉が無遠慮に開かれた。

「お兄様！　今日はお客様がいらっしゃるから、そのように勝手に入ってこないでと――！」

「生意気な妹よ。俺に命令するんじゃない。おまえにそんな権利はないだろう？　ん？」

「わたくしにお兄様を咎《とが》める権利はなくとも、お客様には礼儀を尽くしてくださいませ！　今日のお客様は、とっても高貴な方でいらっしゃるんだから！」

「四大公爵家の精霊を継承しているくらいで、戦えもしない女に偉ぶられてもな」

「お兄様!!」

カーリンが絶叫に近い声を上げると、お兄様と呼ばれる男はうるさそうに耳を塞《ふさ》ぐ。

葡萄色《ぶどういろ》の髪をした、焦《こ》げ茶色の瞳の男。マルスより拳《こぶし》一つ分背が低いものの、マルスよりも体格のいいこの男の名は、聞かなくてもすぐにわかった。

「ランドルフ様、お控えください。こちらにはオルフェンス公爵もいらっしゃいます」

ヒューゲルの言葉に、ランドルフは聞いているのかいないのか、適当な調子でうんうんと頷《うなず》いてみせる。平民あがりの騎士に声をかけられて、無礼と感じているという様子ではない。

小説に出てくるキャラのうちの一人、ランドルフ・フォン・ルイラガス。

ルイラガス公爵の弟であり、ルイラガス騎士団の騎士団長。

彼は身分によって人を差別しない実力主義者だ。

「で、隣にいるのはルイラガスの領土であるエレールを他領に売り払った売国奴《ばいこくど》ならぬ売領奴《ばいりょうど》のリゼル・フォン・ツェーゲだな」

「ルイラガスの領土ではなく、ツェーゲの領土でございます。当家はルイラガス公爵家の家門になった覚えはございませんので」

ランドルフは至極軽い口調でリゼルを罵《ののし》る。

彼は武力至上主義者であり、それ故《ゆえ》に女性差別主義者だ。

侮《あなど》るランドルフに、リゼルは表情を一切変えずに淡々と反論する。

「西にあるのだから、ツェーゲはルイラガスの管轄《かんかつ》だ」

「ルイラガス公爵家の一部の者が一方的に言っているだけです、メルティア様。王国法では間違いなく当家の領土であり、メルティア様に譲ったものですので、お気になさらず」

「ルイラガスの女の分際で、いい度胸だな」

「私はツェーゲの者であり、ルイラガスの者では——」

ランドルフが手を振り上げたのを見て、とっさに体が動いた。リゼルを抱き寄せる私の前に、赤が広がる。

「——これはこれは、一時は次期剣聖とまで噂されていたマルス殿ではありませんか」

顔を上げると、私とリゼルを守るようにイグニスが小さな羽を広げている。ランドルフの腕はイグニスの羽寸前まで振り下ろされていた。

イグニスを殴りかけるランドルフのその腕を、マルスが横から掴《つか》んで止めている。

「たわいもない女に忠誠を捧《ささ》げたのは、真の主《あるじ》の傍《そば》に仕えるためのやむを得ない行為ではなかったのですか？　求婚したなどという与太話《よたばなし》はまさか本当ではありませんよね？　もしも真実ならば、俺はあなたに憧れた過去を葬《ほうむ》りたいほど落胆してしまいます」

おそらく彼はマルスに会いに来たのだろう。小説のランドルフはマルスの信奉者だ。人族でありながら異種族に並び立つ力を持つマルスを尊敬していた。

小説のマルスが忠誠を捧《ささ》げていたのは私ではなく男であるロイだったから、ランドルフの尊敬の妨《さまた》げにはならなかったのだ。

でも、私に忠誠の剣を捧《ささ》げてしまったマルスはランドルフにとって尊敬に値しないらしい。

「お前の落胆なんて知ったことか。炎の精霊イグニスの羽に触れかけていたところを止めてやったんだから、まずは感謝するべきところだろうよ。火傷《やけど》では済まないぜ？　女を殴ろうとして腕を失っただなんて、笑い話にもならない」

「うちの領地の女です。俺が教育してやろうというのに邪魔をしないでもらえませんか？」

「俺の主人が前に出ちまったんで、そうはいかない」

「マルス殿もその女主人に、男のやることに差し出口を叩くなと教育していただきたい。えーと、なんという名前だったかな？　平民の娼婦上がりだというのは聞いているが……ぐっ⁉」

ランドルフが苦痛に顔を歪《ゆが》める。マルスが掴《つか》む、ランドルフの腕がみしりと軋《きし》んでいた。

顔色を失ったマルスがランドルフの横顔を瞳孔の開いた目で見据《みす》える。

「次に俺の主人を侮辱《ぶじょく》したら決闘を挑《いど》んでお前の口を切り裂いてやる。しかし、決闘を挑《いど》むにも名前が必要だが、お前の名前はなんて言ったか？」

「なっ!?」

「あいにく俺は弱者に興味がないんで、八大神域の一域すら突破していない雑魚《ざこ》の名前なんて覚える気にもなれなくてな」

マルスの挑発にランドルフが顔を赤らめる。憧れのマルスに敵意を向けられ傷ついたのだろう。

ランドルフは悔しさを紛《まぎ》らわせるように吐き捨てた。

「女に剣を捧《ささ》げてヘラヘラしているあなたに突破できるのだから、八大神域というのは噂ほどの難所ではないのだろうなっ」

「挑《いど》まない弱虫ほど大口を叩く」

「くっ……！　あなたがルイラガス家に来たというから会いに来たが、来るべきではなかった！がっかりだ!!」

ルイラガス領の西、正確に言えば北西にはリファス帝国がある。

略奪で主な生計を立てる騎馬民族がお互いを食い合い肥大化した国で、その価値観からシルヴェリア王国とは諍《いさか》いが絶えない。

そのような国と国境を接しているルイラガスでは、武力を尊《たっと》ぶ気風がある。

その反動か、戦う力を持たない女の地位が低い。

カーリンの騎士への熱烈な思い入れも、力ある騎士でなければ尊重されない環境から来ているのだろう。ランドルフもまたその価値観にどっぷりと浸《つ》かっていた。

私たちに対して失礼なことをしたという意識もないのだ。

だからマルスと対立してしまったことに、ランドルフは憎まれ口を叩きながらも純粋に戸惑《とまど》っている様子だった。

このランドルフ、小説では確か、アリスに一目惚《ひとめぼ》れしていたような……？

「カーリン様、ランドルフ様ってアリス王女を見たことがあるかしら？」

「お兄様は最近までルイラガスとリファスの間の緩衝地帯にいらっしゃったので……」

こっそりとカーリンに訊《たず》ねると、こんな時にと首を傾《かし》げながらも教えてくれる。

運命の時はまだ訪れていないらしい。

小説でアリスの人柄に触れて恋をした者たちが今のアリスに恋をすることは、多分ない。

でも一目惚《ひとめぼ》れをしていたランドルフは、この世界では一体どうなるのだろうか……

小説の中のアリスですら、ランドルフから受ける扱いに憤慨《ふんがい》していた。ロイにまつわること以外知識があまりないらしいこの世界のアリスが、果たしてランドルフをどう思うのか。

「悲劇……いや、これは喜劇ね」

「おい、何を面白がってるんだよ。こいつはお前を侮辱《ぶじょく》したんだぞ！」

「私を侮辱《ぶじょく》しただけだから、もういいわ、マルス。その手を離してあげなさい」

マルスと違って、ランドルフはお母様を娼婦と呼んだわけじゃない。

私が大好きだった、心から愛した、あの人を。

マルスはものすごい苦痛を堪《こら》えるような顔をした。よほどランドルフが気に障《さわ》ったのだろうか。

苦渋を滲《にじ》ませながらもゆっくりと、諦《あきら》めたように彼はランドルフの腕を離す。

ランドルフは飛びしさるようにマルスから離れた。

「俺は男の陰に隠れ精霊に守らせるだけの女など、継承者として認めはしない！」

「お兄様に認められなくたって、メルティア様はオルフェンス公爵家の精霊の継承者ですわ！」

「カーリン、弱いくせに俺に口答えをするな！」

ランドルフは精霊を力とみなして使役するような者たちとは違い、精霊を守る力のある者こそ継承者に相応《ふさわ》しいと思っている。そのための力こそが爵位であるという考え方の持ち主だ。

一理あるのだけれど、言葉足らずで、家族にすら傲慢《ごうまん》な態度の裏にある真意が伝わっていない。

わなわなと震えていたカーリンが、堪《た》えかねたように叫んだ。

「マルス様より弱いくせに口答えをしているのはお兄様ですっ！」

「なっ……！」

「わたくしのお客様なのに！　どうしてせっかくのお茶会を台なしになさるの⁉　ルイラガス家に足を踏み入れるのは絶対に嫌だとおっしゃっていたリゼル様が、やっと来てくださったのに！　いくらわたくしが弱いからって、酷《ひど》いわ‼」

ランドルフは力ある者が実権を握るべきだと考えている――大切な家族を守るために。

その実、今の公爵であるランドルフの兄よりもランドルフのほうが腕力的に強く、そのせいですれ違っていた。それでも結局のところ、互いを思いやっているはずなのだが。

「お兄様なんて大っ嫌い‼」

「……ああ、そうかよ。俺もお前みたいなお荷物は大嫌いだ‼」

出ていくランドルフを、涙を堪《こら》えて見送るカーリン。私は彼女を友人として抱きしめる。

「申し訳ないですわ、メルティア様、リゼル様……！」

どうやら今の会話からすると、リゼルはルイラガス公爵家を避けていたらしい。間違いなくランドルフと、ルイラガス家の家風のせいだ。

「カーリン様、お気になさらず。先日のお茶会では私も迷惑をかけたもの。これでおあいこね」

「ということは、今度は私が迷惑をかける番ですね」

リゼルが珍しく冗談を言うと、カーリンはみるみるうちに目を潤《うる》ませる。

私とリゼルに抱きついて泣き出したカーリンを抱き留め、落ち着くまで泣かせてあげた。

＊＊＊

新しい年を迎え、本格的に公爵就任式の準備が始まった。

「公爵就任式に招待する貴族のリストをまとめました。四大公爵家のライン公爵家、ルイラガス公爵家、クライスラー公爵家のすべてに招待状をお送りしました。ルイラガス公爵家からは欠席の返事が届きましたが、ライン公爵家からは快諾の返事が届いております。北のクライスラー公爵家は例年より早い降雪のため、領地と王領を隔《へだ》てる川の橋が落ち、春まで使者の往来もままならない可能性がございまして――」

「どうして当たり前のような顔でヴェラがここにいるのよ」

執務室の私の机の前に立ち、きょとんとした顔をするヴェラを睨《にら》みつける。

賢《かしこ》い彼女が私の質問の意図を理解していないはずがない。

睨《にら》み続《つづ》けると、ヴェラは肩を竦《すく》めて微笑《ほほえ》んだ。

「公爵就任式の手伝いをしに来たオルフェンスの家門の貴族としてここにおります」

春に公爵就任式をここオルフェンス公爵邸で開催する。

その準備のため、今、オルフェンス公爵邸には当日招待されることが決まっている家門の貴族たちが集まっていた。彼らはオルフェンス公爵家を盛り立てる主催者側のスタッフでもある。

タウンハウスを持つ者はそちらから、ない者はホテルから、オルフェンス公爵家に通って、式典の準備に勤《いそ》しんでいた。

ヴェラはその一人として、しれっとオルフェンス公爵家の邸内に舞い戻ったらしい。

「私を追い出すのでしたら相応の理由を提示してくださらなくては困りますわ、メルティア様。メルティア様のお相手としてマルス様を推薦することは、私を排除する理由には成り得ません」

私が酷《ひど》い裏切りだと感じていることは、きっと理解しているのだろう。

それを理解した上で私の感情など歯牙にかけず、オルフェンスのために彼女はここにいる。

「今からでもお父様を反逆罪に問いますか？　そうすれば娘の私を排除することも可能です」

「……一度下した裁決を覆《くつがえ》すつもりはないわ」

「そのほうがよいですわ。コロコロ言うことが変わる君主は信用できませんから」

ヴェラは朗《ほが》らかに笑った。自分と父親の名誉と命がかかっているのに、一切の動揺がない。

思えば最初から彼女はそうだった。

仮にもオルフェンス公爵である私に、自分の産んだ子を育てろと言える度胸の持ち主だ。

小説のヴェラなど、前オルフェンス公爵の暗殺を企《たくら》んでいる。

その時の彼女は幼かったため実行にまでは至らなかったものの、お養父《とう》様をオルフェンス公爵として不適格だと見なし引きずり降ろそうとした、その気持ちだけは本物だ。

その点でヴェラはロイに信用されていた。

このエピソードの見方を変えれば、オルフェンスに相応《ふさわ》しいかどうかにオルフェンスの血を引いているかどうかは一切関係ないのだとは、流石《さすが》に気づけなかったが。

「私とロイは、あ、愛し合っているのよ！」

「今は確かにそうでしょう。ですが、心は移り変わるものですから」

「い、今は……？」

ヴェラにさらりと受け流されて、私のほうが戸惑《とまど》ってしまう。

その場しのぎの嘘を吐《つ》くなと言われるよりいいけれど、何故《なぜ》、賢《かしこ》いヴェラにラブラブ作戦が見破られないのかがわからない。

「そんなことより、喜ばしいことに、テオバルト王太子殿下からも出席の返信を頂いております」

ヴェラは何事もなかったかのように報告を続ける。

小説でのテオバルトの印象は、完全無欠の王子様の顔をした苦労人だ。

できすぎる国王の父親と、精霊を継承したぽっと出の妹に挟まれて、胃の痛い思いをする真面目な人。

小説の中のアリスは向こう見ずなところがあるとはいえ、善良な子だ。そんな妹でさえ苦労していたテオバルトが、今のアリスという妹を持って、どれほど大変な思いをしていることだろう。

顔を合わせたこともないのに、謎の親近感が湧く。

「王女殿下も、オルフェンスにとってはわだかまりのある相手ではございますが、光の精霊の継承者が出席する就任式、という状況は悪くはございません」

アリスのネームバリューだけは、オルフェンスにとっても有用のようだ。

eメールかと思うほどの頻度で送られてくる手紙によると、暇だから出席してくれるらしい。

理由はなんであれ、問題さえ起こされなければオルフェンスにとっては箔付《はくづ》けとなる。

「テオバルト王太子殿下、アリス王女殿下、ライン公爵家のロゼリア様の出席をにおわせれば、出欠の可否を様子見している家々からも続々と出席の返事が届くでしょう」

「だったら、におわせる出席者にもう一人追加しておけ」

「マルス様のお知り合いの方ですか？　どなたでしょう？」

入り口の前で黙って突っ立っていたマルスが口を挟んでくると、ヴェラは顔を輝かせた。

「前剣聖、ラミロ」

マルスが淡々と言い、ヴェラは言葉を失う。

私の予想とヴェラの期待を、彼は軽々と超えてきた。

「俺がお前に剣を捧《ささ》げて婚約者候補に立候補したことを知れば、師匠は必ずやってくる」

「滅多に人里に下りない人……エルフだと聞いているわ。人間どころかエルフとさえも関わらず、俗世を捨てているはずよ」

聖木会の長老の一人でありながら、議会にもほとんど参加しない。それでも除籍にならず、敬意を集め続けるエルフの大人物。

一介の人間が爵位を継承する式になんて出るはずがない。

小説のロイの公爵就任式にだって出席していないのだ。

「いや、間違いなく参加するだろう――俺を殺すために」

「はあ⁉」

「俺がロイ様に執心していたことを師匠は知っているからな。ロイ様の傍《そば》にいるためにお前に剣を捧《ささ》げたと知れば、剣の神性を信じている人だから、俺を絶対に許さないはずだ」

「マルス様、でしたら呼ぶべきではないのでは……？」

ヴェラでさえ戸惑《とまど》いながら止めるが、マルスは首を横に振った。

「どうせいずれ知られるんだから、利用して招待しておけ。前剣聖のエルフが公爵就任式に参加すれば箔《はく》が付くどころの話じゃないぞ。俺が殺されたとしてもな」

「そんな話、聞いてないわよ……。私に剣を捧《ささ》げたら前剣聖が怒るなんて！」

「師匠は別に、お前には怒らないさ。俺を殺す埋め合わせとして、オルフェンスに有利になるように動いてくれると思う」

「勝手に殺されないでくれる⁉　あなたは必要な人間なのよ！」

ロイにとって、必要だからここまで連れてきた。それを勝手に死なれたら、許しがたい侮辱《ぶじょく》にすら堪《た》えた甲斐《かい》がない。

「闇討ちされるより待ち構えられるほうが、俺が助かる可能性が高いんだよ。ある程度の実力を示せば、命は助けられるだろうからな……多分」

「多分じゃないわよ！　死ぬのは絶対に許さないわ！」

「おう。主人が死ぬなと命じるなら、剣を捧《ささ》げた騎士は石に齧《かじ》りついてでも生き残らなきゃな」

「まどろっこしいわね。ロイのためにあなたには生きていてもらわなくちゃ困るわ」

私に捧《ささ》げた忠誠が偽《いつわ》りであることが露見《ろけん》して困る人間などここにはいないのだから、ロイのためだと素直にそう言えばいい。

「……そうだな」

マルスは沈んだような低い声で同意した。

「ロイ様のために、生きなければ。ロイ様のためにこの剣をお前に捧《ささ》げたんだ——そう、神の前で誓ったんだから、な」

彼は私に剣を捧《ささ》げたことを後悔しているのかもしれない。

ロイはマルスを許し始めようとしてくれている。

傍《そば》にいたいからと無理をして私に剣を捧《ささ》げずに、もう少し堪《た》えていれば、マルスは小説と同じようにロイに剣を捧《ささ》げられたかもしれない。

すべては後の祭りだから、目を伏せるマルスに私は何も言えなかった。

＊＊＊

「――ありがとう、ロイ」

差し出されたロイの手を借りて、私は馬車に乗った。

こんなことは初めてではないのに、一緒の馬車に乗り込む彼に緊張する。

「歌劇は初めてですよね？　あなたが楽しめるといいのですが」

「『シルヴェリアの創国』よね？　きっと楽しめるわ」

歌劇の題材は、シルヴェリア王国が神から精霊を賜《たまわ》った時のエピソード。シルヴェリア王国に暮らす人間なら平民でも慣れ親しんでいる物語だ。

「創国神話の歌がお母様の歌のレパートリーにあったの。まったく同じではないでしょうけれど、楽しみだわ」

「お義母上《ははうえ》の……」

しんみりと言ったロイは私の手を取り、エレメンタル・エメラルドの指輪に口づける。

「な、何よ。魔力が枯渇《こかつ》でもしていたの？」

「メルティアに口づけたくなったのですが、許可を得ずに素肌に触れるのが躊躇《ためら》われまして」

「く、口づけたいって……」

「お嫌でしたか？」

ロイが切ない表情で顔を窺《うかが》ってくるから、たじろいでしまう。

「い、嫌なわけないじゃない……！」

「いつになく可愛らしい反応をしてくださるんですね、メルティア？」

「まだ誰にも見られていないのに、あなたが雰囲気を作ってくるんだもの……！」

ロイと私の絆《きずな》をみんなに見せつけるため、私たちはデートすることになったのだ。

つまり今は、ラブラブデート作戦の真っ最中である。

「ふりだとわかっていても、恥ずかしいわ」

「……ふり、ではないのですが」

「もうっ！　馬車の中の会話なんて誰も聞いてないんだから、ここでは演技しなくていいわ！」

「演技でもありません。僕は本心からあなたに口づけをしたくてたまらないのです。あなたに嫌な思いをさせたくないので、我慢をしていますがね」

ロイが強《し》いてそう言うということは、マルス並の聴力を持つ人間がこの馬車に聞き耳を立てているのかもしれない。だったら、恥ずかしくても応じるべきだろう。

「私はロイにならら、直接キスされたって構わないわよ……」

ガタン、と馬車が揺れた衝撃で、ロイが窓枠に頭を打った。

「ロイ！　大丈夫!?」

「……本心、に見えるのは、僕の欲目なのか……？」

ロイは魔眼で人の嘘と真を見分けてしまうので、私の言葉の真偽がわかる。

そう思うと恥ずかしくて、顔が熱い。

「いや、きっと何かの誤解でしょう」

ロイは一人納得した様子で顔を上げる。

「口づけされたい、という意味ではないのでしょう？」

苦笑を滲《にじ》ませながら言う。

誰かが私たちの会話を聞いているのなら、そんなことは言わないほうが都合がいいだろうに。

「キスされたい、わ！」

「うーん、それは本心ではありませんね」

「なんでそういうことを言うのよ！」

もしかして、私の演技はわかりやすい？　だから嘘を吐《つ》くのはやめろってこと？

親戚連中を騙《だま》し続《つづ》けてきただけに演技は上手《うま》いと自負していたのに、自信をなくしそう。

「キスされたいかどうかはよく、わからないけど……」

昨年の夏に私は二十一歳になり、今年の夏には二十二歳になる。

それなのに子どもじみたことを言うのは恥ずかしいが、肉体の年齢が十五歳なのだから、そういうことに疎《うと》いのは仕方ないと思わない!?

「ロイに触れられるのは、好きよ。唇で触れられても、それは同じ……」

本音で答えると、ロイが顔を覆《おお》って天を仰《あお》ぐ。

「何よ、嫌なの!?」

「まさか……逆ですよ」

彼は咳払《せきばら》いをして真顔で答《こた》えた。

ほんのり頬が赤いような気がする。それ以外、ロイが何を考えているのか全然わからなかった。


しばらくして、シルヴェリア国立劇場に到着した。

人気の歌劇で、馬車の停留所にはたくさんの馬車が集まっている。

「ロイはずるいわ。私にはロイの本音なんて読み取れないのに。私ばっかり恥ずかしい思いをしているみたい」

「だから僕の腕に体重をかけようとしているのですか？」

「そうよ！」

「羽のように軽いので、まったく負担になっていないどころか褒美にしか感じられませんね。愛する人に寄り添《そ》われているのですから」

「愛する人って何よ！」

「前から愛しているとお伝えしているのに、反応が違いますね？」

ロイがおかしそうに言う。家族愛と恋愛では、感じ方が全然違うのは当たり前じゃない。

たとえ演技だろうと、愛し合っているふりは悪役の演技よりずっと恥ずかしい。

「あれがオルフェンスの――」

「ロイ様と次期剣聖を手玉にとっているという、あの――」

「お気の毒なことだ――」

現に、悪意の籠もった囁《ささや》き声が聞こえてくると、恥ずかしさが引いていく。

悪役の演技自体を恥ずかしいと思わなかったのは、それが生きるために必要だったからだ。

ロイとの仲を見せつけるべき相手がそこにいる。

私のためでもオルフェンスのためでもなく、他ならないロイのために。

それがはっきりしているので、背筋が伸びた。

子どものようにロイの腕にしがみつくのをやめて、色めいた関係に見えるように体を添《そ》わせる。

「悪女が選んだのはロイだって、はっきり見せつけないとね」

「あなたを守りたいと思うのに、戦いに挑《いど》むあなたはどうしてこうも美しいのでしょう」

かつて悪女として振る舞う私の心を見抜いていたなら、ロイの目にはもしかしたら、本当に私の姿が美しく見えていたのかもしれない。

そう思うと惨《みじ》めにも思えていた日々すら輝かしく思えてくる。

「そう思ってくれるなら、私にロイを守らせてね」

「メルティア、それは――」

「あなたを守るため、権威と実権を握っていたほうがいいって言ったのはロイじゃない」

私を守りたいなら、ロイが実権を握る立場になるべきだった。

私を傀儡《かいらい》にしてヴェラを取り込めば、リス伯爵家を後ろ盾としたロイにはそれが十分可能だ。その選択肢を選ばなかったのはロイだった。

「名実ともに認められるオルフェンス公爵になった暁《あかつき》には、その力を使ってロイを守るわ」

力がなかった過去。私は滑稽《こっけい》な手段でしかロイを守れなかったけれど、オルフェンス公爵としての力がすべて私のものになるのなら、もっと違う手段が取れる。

「私を守りたかったのなら、私に力を持たせたことを後悔するのね」

「本当に敵《かな》いませんね、あなたには……」

私が本物の力を手に入れれば、ロイが望んでいない形で彼を守ることすらできるのだ。

このまま私が増長していけば、ロイは太刀打《たちう》ちできなくなるだろう。

その事実を反芻《はんすう》しながらも、彼が気分を害した様子はない。

「愛《いと》おしくて、胸が張り裂けてしまいそうです」

「大袈裟《おおげさ》ね」

人目があるから大仰に言っているのだろうか。

それでも、そこには真実が混ざっているかもしれない。

面映《おもは》ゆくて、自然に微笑《ほほえ》みが零れた。


私たちの席は二階のボックス席で、舞台袖のすぐ近くだった。

照明が落ちていても、一階の客が見上げると私たちの姿が見える。ここでイチャイチャしていれば、自然と人の噂になるはずだ。

だから長椅子に二人並んで座り、ぴったりとくっつかないといけない。

「ベッドで一緒に眠ったこともあるのに、恋人のふりをしていると思うと緊張するわね」

ボックス席は他の席とは壁で仕切られ、会話ができるようになっている。

なんなら、舞台や客席からも見えないようカーテンを閉じることもできた。

貴族の男女の密会の場となることもある場所だ。

そう思うと肩が触れ合うだけで体が強《こわ》ばり、お互いの吐息《といき》の熱さまで気になってしまう。

「僕はあなたと臥所《ふしど》を共にする時も緊張していましたよ」

「えっ？　どうして？」

ロイはほとんど睨《にら》むような非難の目つきで私を見下ろした。

「恋する女性が腕の中で眠っているのに緊張しない男がいるでしょうか？」

「あっ、えーと」

「あなたと深い絆《きずな》を結びたいという浅ましい欲望を行動に移さないよう、努力しているのですよ？」

耳元でどろりと蕩《とろ》けそうなほど甘い声で囁《ささや》かれ、頬がカッと熱くなる。

なるほど、つまり——誰かが聞き耳を立てているのね!?

「私だって、ロイと深い絆《きずな》、を結びたいのを我慢しているわよ！」

「メルティア、誰かが聞き耳を立てていると思って演技していますね？」

「大きな声で言ったら作戦がバレちゃうわっ」

しい、と口に当てた指を、ロイに搦《から》め捕《と》るように奪われて指先に口づけられる。

熱い唇を押しつけられたせいか、指先が痺《しび》れた。

ロイの紫色の瞳がひたりと私を縫《ぬ》い付《つ》けているようで、身体が動かない。

「嫌ですか？　メルティア」

「嫌じゃないって、馬車でも言ったわ……っ」

「そうでしたね」

ロイが嬉しそうに目を細める。ロイの魔眼が、私の嘘と真を見分けてしまう。

すべてを見透《みす》かされているようで落ち着かない。

「嫌がられないのは嬉しいが、僕はあなたに危機感を抱いていただきたいので、困りましたね」

「私がロイに、危機感を……？」

「あなたに恋《こ》い焦《こ》がれる男が虎視眈々《こしたんたん》と狙っているのだ、と思い知ってほしいのですが」

どこで誰が聞き耳を立てているのだろう、とチラッと扉のほうを見ると――

「メルティア、誰も僕たちの話を聞いていたりはしませんし、これは演技ではありませんよ」

ロイにばれて釘を刺される。

でも、演技じゃないという言葉が嘘や方便でないのなら、一体なんだというのだろう。

「何度も言っていますが、僕はあなたを愛しているのですよ、メルティア」

「ええ、そうね。私も――」

「男として、女性であるあなたに恋をしているという意味ですよ」

告白の一種にしては、苦笑に近い笑みを浮かべて言うと、ロイは舞台に視線を向けた。

「お義母上《はははは》が歌っていたという歌は、劇のどのあたりでしょうか」

あからさまに話を逸《そ》らす。

絆《きずな》を見せつけるラブラブ作戦の一環なら話を続けたほうがいいだろうに、彼は話を戻す気はないとばかりに舞台から目を逸《そ》らさない。

「今は光の精霊ルクスが人間に恋をして人間界に降りたシーンですね。ここから先は精霊たちと人間の猥雑《わいざつ》な話が続きますので、もし苦手なら見なくても構いませんよ」

気づかうロイに私は首を横に振った。

「お母様がよく歌っていたのはこのあたりの歌だわ。酔っ払った男たちが、お母様にお金を払って歌わせてたの」

この場面は、精霊が人間に恋をして、人間のために力を貸してくれるようになるところだ。人間社会に突如現れた精霊のせいで、既存の人間関係がめちゃくちゃになる。

「猥褻《わいざつ》な内容の歌でもお母様が歌うと、酔っ払い共も大人しく耳を傾けて、最後にはジーンと感動してしまうのよ」

精霊は気ままに妻のいる男を誘惑し、恋人のいる女に浮気させる。あるいは精霊を六人目の恋人にしようとした男に激怒したり、孤児の子どもを不憫《ふびん》に思って拾い育てた精霊が大人となった元孤児に熱烈な求婚を受け、ほだされて結ばれたりするエピソードまであった。

笑いあり涙あり、この精霊たちというのがおそらく四大公爵家に今もなお継承されている精霊たちだから、この演目が許されているのが不思議なくらいの不謹慎な乱痴《らんち》気騒ぎ。

「一流の劇場でもここまで人間くさく描くのね」

創国神話なのに、悪く言えば国の恥になる内容だ。

シルヴェリア神教の教会では創国神話はもっと美しく語られるため、私が知っている話は場末の酒場流の下世話な改変だと思っていたのに、王国劇場でも驚くほど赤裸々《せきらら》だ。

『いやあ、いやあ！　懐かしい話だなあ！』

「あ、なるほど……」

精霊イグニスが楽しげに手摺《てすり》の縁《ふち》を跳ねながら観劇している姿を見て、気づいた。

この世界では、シルヴェリアが創国された際にその場にいた当事者の精霊が実在していて、創国神話を美しく改編したところで正誤を簡単に言い当てられてしまうのである。

『違うところはままあるが、ご愛敬《あいきょう》ってやつだな！』

本人もとい本精霊は歌劇として歌われることを楽しんでいた。

「歌もお母様のとは違うけど、懐かしいわね」

何を歌っても清らかに聞こえたお母様とは全然違って聞こえるし、歌の内容にも差異があるけれど、重なる部分が確かにある。

イグニスもそんなふうに楽しみ、懐かしがっているのだろう。

しんみりと舞台を観ている内に、気づいたら最後までしっかり見終わってしまった。

「ロイ！　どうしてイチャイチャしてくれなかったわけ!?」

フィナーレの後、呑気に観劇する私を止めなかったロイを、理不尽だと思いつつ睨《にら》んでしまう。

するとと彼はくすりと微笑《ほほえ》んだ。

「あれで十分でしょう」

「十分って、何が？」

「観劇を楽しむあなたを僕が愛《いと》おしく思いながら見つめていたので、傍《はた》から見ていた者たちには十分僕たちの関係が伝わったはずです」

「ずっと私を見ていたってこと……!?」

恥ずかしくて、けれどロイはただ当初の計画通り、私たちの仲を盗み見する者たちに見せつけていただけだから、怒るわけにもいかない。

「私、絶対に変な顔をしていたのに！」

「笑ったり泣いたり、見ていて飽きませんでした」

「化粧直ししてくるわっ！」

温かな笑みを浮かべるロイに見送られ、私はボックス席を飛び出した。


「あの精霊たちのうち、イグニス様はどの精霊なの？」

『……黙秘する！』

化粧室で身支度を整えながら本精霊に直接聞いてみると、黙秘権を行使されてしまった。

「黙秘するってことは、孤児を育ててあげて求婚をされた精霊ではなさそうね。あれはほっこりとしたいい話の枠だったもの」

『推理しようとするんじゃないっ。あの頃は人間社会の掟《おきて》を知らなかったのだ！』

イグニスは鏡台でヒョコヒョコとステップを踏む。

小鳥の体ながらに恥ずかしさにジタバタしているらしい。

可愛らしい姿に私が声を上げて笑っても、イグニスは机の上をコロコロ転がって抗議するだけで、怒ったり無礼な人間の私に天罰を下したりすることはない。

「あなたって、思っていたよりずっと親切で可愛いわね」

この精霊が想像より遥《はる》かに寛容《かんよう》で気のいい存在だということを、継承して初めて知った。

小説ではロイが継承者だったし、彼は精霊の継承に失敗して苦しんでいたからこんなふうに会話することはなくて、性格まではわからなかった。

『ま、継承者はおれたちにとって特別だからな』

精霊にとって継承者以外の人間は塵芥《ちりあくた》にも等しい。

歌劇でも、いくら精霊が継承者に親切で優しくても勘違いしてはいけないと、何度も歌われていた。この演目は庶民的だけど、教育的な内容も含まれているのかもしれない。

この世界には実際にあの精霊たちがいるのだから。

「そろそろ行くわよ、イグニス。ほら、いつまでも転がっていないの」

「ピイ……」

不服そうに鳴きながらも、イグニスはテチテチと音を立てて机を歩いてきて、爪を立てて私のドレスの袖を登った。肩口に収まるのを待ってから、私たちは化粧室を出る。

ロイはボックス席か、近くの廊下で待っているだろう。

戻る途中、廊下に不審な人物を見つけ、私は立ち止まった。

豪奢《ごうしゃ》な黄金のドレス姿で柱の陰に身を屈《かが》めて、柱の向こうの廊下の様子を窺《うかが》っている。

身なりと不釣り合いな行動だ。こんな振る舞いをする女の子、たとえ後ろ姿に見覚えがなくとも一人しか思い当たらない。

「そこで何をしているの、アリス？」

「今わたしの将来の伴侶候補を見定めているんだから静かにして！」

そう言うアリスに肩を組まれ、強制的に柱の陰に引きずりこまれてしまった。

そこにはアリス以外にも先客がいる。

本来なら柱の陰にコソコソ隠れるような経験など、生涯積むはずのない人物だ。

相まみえるのは初めてだけれど、身体的特徴とその身なりからすぐに誰であるか察した。

「もしかして、テオバルト王太子殿下、ですか……？」

「このような形で四大公爵家の当主のうちの一人にお初にお目にかかることを、私としては、大変遺憾《いかん》に思っているよ……」

金色の頭髪をアリスに押さえられ柱の陰に隠れさせられている、この国の王太子であるはずのテオバルトは、腕に金色の猫を抱いて死んだ魚の目をしている。

あの猫は縮んだ姿のアリスの精霊のルクスだろうか。アリスのような妹を持って苦労をしているだろうと予想はしていたが、まさに苦労している真っ最中のようである。

「黙って！　今いいところなの」

アリスが小声で私たちに注意する。

何がいいところなのか、彼女の後ろから覗き込むと、そこにはロイがいて心臓が跳ねた。

伴侶候補、とアリスは言った。まだ諦《あきら》めていなかったのだろうか？

だが、ロイの向かい側に、見知らぬ、けれどおそらくよく知っている人物がいる。

「余計なお世話だ」

「俺は友人として心配しているんだよ、ロイ！　君は騙《だま》されているかもしれないんだ……！」

ロイと言い争いをしている男は歌劇の客の一人だろう。この廊下に立ち入ることができるロイヤルボックス席の客だということは、高位の貴族だ。

ロイはうるさそうにしながらも、男を追い払わない。

「僕には魔眼があることを忘れたのか？」

「君は人間の言葉の嘘と真を見分けられてしまうから、人間の感情の機微《きび》に疎《うと》いだろう！　君は、まんまと食い物にされているのかもしれないんだぞ！　すべてがあの女の掌《たなごころ》のうちだとしたら？　腹が立たないのか!?」

「オルフェンスの臣である僕の前で当主を侮辱《ぶじょく》するとは勇気のあることだな、ヘンリック」

ヘンリック・フォン・ライン――ロゼリアの弟、小説の主要キャラの一人。

ライン公爵になるはずだった人物だけれど、この世界では本来の次期公爵であるロゼリアが生きているからそうはならない。

ロイとは既知の間柄で、口ぶりからして親しいらしい。

ヘンリックが言うあの女というのは、私のことなのだろう。アリスが声を潜《ひそ》めて問うてくる。

「あんた、何かやらかしたわけ？」

「私がオルフェンス公爵家の精霊を継承してしまったことを言っているんじゃないかしら？」

「わたしたちの秘密をバラしたんじゃないわけね」

この世界の未来を『光の王女』という物語として知っているということ。

そんな秘密を漏らすはずがない。首を横に振ると、アリスは深い溜《た》め息《いき》を吐《つ》く。

「じゃ、なんであんたみたいな甘チャンをあんなに警戒してるのかしら？　ヘンリック様って今は商業ギルド長じゃなかったっけ？　国中の情報が入ってくる立場じゃない。それなのに情報収集能力もないわけ？　はぁ、小物っぽくて幻滅……」

アリスはヘンリックを伴侶候補として見定めていたらしい。主要な男キャラの一人だから、ヒロインであるアリスにとっては確かに伴侶候補の一人と言って差し支えないだろう。

結局お眼鏡には適わなかったようで、落胆している。

ヘンリックは姉であるロゼリアを失ってライン公爵家の次期当主となる覚悟を固めるまではへたれっぽいキャラなので、小物っぽいというアリスの指摘は正しい。

「アリス」

その時、テオバルトがアリスの意向に従って声を落としつつも、毅《き》然《ぜん》とした態度で言った。

「君は光の精霊を継承しているのだから、私と君が結婚するのが国にとって一番よい選択肢なのはわかっているだろう？」

「あんたみたいな口うるさい小姑《こじゅうと》と結婚して王妃になるなんて死んでもごめんよ」

アリスはテオバルトの国を思う言葉を感情的にはねのける。

「今日はテオバルト殿下とデートだったの？」

「お父様に言われて仕方なくね」

アリスはジキスヴァルトには弱いようで、よく丸め込まれていた。

王家にとっては彼女の結婚相手として最も都合がいいのはテオバルトなのだろう。ジキスヴァルトの娘という触れ込みではあるけれど、この国では異母兄妹なら結婚しても問題はない。

小説でも、王太子テオバルトはメインキャラだ。

でも、テオバルトではアリスを大人しくさせられないらしい。

「アリスにはシルヴェリア王国の国民のために義務を果たしたい、という思いはないのかい？」

「ないわ！」

テオバルトの口調はとても真摯《しんし》で、アリスにほんの僅《わず》かでも罪悪感があればそれを刺激されただろうけれど、当の本人の心は鉄壁だ。

「わたしにとって一番大事なのは、わたし自身の幸せよ！」

「……そうか。うん、市井《しせい》育ちだから仕方ないか……」

テオバルトは遠い目をして自分を納得させている。けれど私を見つけると、わざとらしいほどがっくりと肩を落とした。

「……しかし市井《しせい》育ちでも民を思いやれる高潔《こうけつ》な者もいる……」

「殿下、私はオルフェンスの民を思いやっているわけではなく、ロイを愛しているから彼のものであるオルフェンスを大事にしようとしているだけですわ」

「そう、なのかい……？」

だからアリスだけが特別おかしいというわけでもないし、私が高潔《こうけつ》だというのは誤解だ。

救いを求めるように問われて、ラブラブ作戦を織り込みながら言う。

「もしもオルフェンスがロイに敵対するのであれば、私はオルフェンスを捨てるでしょう。高潔《こうけつ》に見えるとしたら、それは私の愛するロイが高潔《こうけつ》だからですわ」

すらすらと自分の口が言葉を紡《つむ》ぐ。それはまったく本心で、嘘偽《うそいつわ》りは欠片《かけら》もない。ロイへの愛の言葉として間違いなくテオバルトにも届いただろう。

その証拠に、テオバルトは照れたように頬を染める。

「そう聞くと、自分勝手な発言も熱烈な愛の言葉に聞こえるね。私もロイと同じように、アリスに惚《ほ》れ込《こ》まれるような男になって、私の信念を我がものとしてもらえるようになればよいのだが」

私たちの会話に耳を傾けるつもりもなく覗き見にも飽きたらしいアリスが物陰から出て、冷え冷えとした空気を漂《ただよ》わせるロイとヘンリックに突っかかりに行った。

空気を読むだとか遠慮するだとか、そういう概念は彼女にはない。

その後ろ姿を眺めるテオバルトは、荒《すさ》んだ目つきでぽつりと言う。

「――私には荷が重い気がしてならない」

小説の彼は、ポッと出でありながら多くの人に認められていくヒロインに王位を譲るべきではないかと葛藤《かっとう》して病《や》んでいたけれど、この世界ではそういう心配はなさそうだった。

アリスに続いて私とテオバルトが現れると、ヘンリックはそそくさと立ち去ってしまった。

私を睨《にら》んだのは、商業ギルド長として情報収集能力がむしろあるからなんじゃないだろうか。

「私たちに挨拶《あいさつ》もなしに退《しりぞ》くとは、ラインの長男は態度が悪い。私から当主に抗議を入れておこう」

「テオバルト殿下、オルフェンス公爵家の名も抗議に連《つら》ねていただきたく存じます」

「うん。君たちは本当に仲がいいんだね。羨《うらや》ましいよ、ロイ」

テオバルトは本当に羨《うらや》ましげな口調だ。

ロイはアリスとテオバルトの姿を見比べ、事情を察したらしい。

精霊を継承してしまった、私とアリス。ロイとテオバルトは、ほとんど同じ状況だ。

ロイは同情するように曖昧《あいまい》に微笑《ほほえ》んだ。

「ロイ、君の微笑《ほほえ》みは非常に貴重なものなのに、何故《なぜ》だか悲しくなってくるよ……」

「殿下が僕のように幸せになれることを遠くからお祈りしております」

「せめて近くで手伝ってくれ」

「それが僕の愛する人の利益となるのであれば、考慮いたします」

「さしあたってヘンリック卿に厳重注意を伝えることにしよう」

ロイとテオバルトは軽い口調で会話を重ねる。

現主のジキスヴァルトとロイは、ロイから一方的にとはいえピリピリとした関係だったけれど、その息子であるテオバルトには思うところはないらしい。

「ロイ。かつての私の情報を正確に握っているのなら、ヘンリック様が警戒するのも仕方ないわ」

噂話しか知らない人たちからすると、私が悪役令嬢ムーブをしていた頃に出回っていた話とまったく違う今の態度を前にして、噂は悪意のある嘘だと思えるらしい。

それくらいあの頃の私の言動が酷《ひど》かった。

だから、噂を事実として知っている人からしてみれば、今の私は相当胡散臭《うさんくさ》く見えるだろう。

「だとしても誤解ですし、不快でしょう？　あの男との友人関係は今日をもって解消します」

「ロイったら、極端だわ」

「友人であるカーリン嬢やリゼル嬢が、僕があなたを騙《だま》しているに違いないと言い出したらどうなさいますか？」

「説得するわよ。誤解があるならね」

ロイは瞠目《どうもく》して固まった。私が自分と同じように、友人関係を解消すると言うと思っていたようだ。

「……では、僕もヘンリックを説得する努力はしてみます。ですが、あなたのかつての行動の嘘と真を間近で見分けている僕だから理解できることを、表面的な情報しか知らない彼に理解できるとは思えません」

「それはそうなのよねぇ」

ロイにも憎まれて当然だと思っていただけに、伝わっていたことが奇跡のようなものなのだ。善意の他者から見れば、私は悪女に違いない。

むしろヘンリックから忠告を受けているだろうに、ロゼリアが私に好意的なのが不思議だ。彼女のような鋭い人間には、私はわかりやすく手玉に取りやすいと思われているのかもしれないが。

「こうやって聞いていると、あんたも苦労していたのね。でも、わたしだって苦労しているのよ」

アリスは私に理解を示す素振りで自分の苦労話を始めた。

「ドレスを破かれたり、無視されたり、身分で差別されたりね」

小説のヒロインも同じような嫌がらせを受けていたから、彼女の言葉は事実だろう。

「何か助けが必要だったら言ってね、アリス」

「わたしに相応《ふさわ》しい伴侶の情報をちょうだい。ロイ様とテオバルトとヘンリック様以外で誰がいたかしら？」

「え？　あの、私が助けると言ったのは、あくまであなたへ嫌がらせをする者たちからで――」

「そんなのとっくにやり返してるわ。三倍返し、いいえ、十倍返しでね」

確かにこのアリスが嫌がらせをされて黙っているとは思えない。

小説のヒロインは自分にも悪いところがあったのかもしれない、早く王宮に馴染《なじ》まないと、なんて健気《けなげ》な姿勢を見せていたけれど――このアリスがそんな殊勝《しゅしょう》な態度を取るわけがなかった。

「王弟にも結婚を迫られてて気色悪いのよ！　早く結婚相手を見つけないといけないの！」

王弟は王太子であるテオバルトを退《しりぞ》けて、自分が王位に就《つ》こうと狙っていたはずだ。

だったら相手はテオバルトでいいんじゃないかと思うけれど、アリスは気に入らないらしい。

「オルフェンス公爵……」

悲しげな目でこちらを見てくるテオバルトを裏切らずに済む、最適な相手をアリスに告げておく。

「知っているかもしれないけれど、ランドルフ・フォン・ルイラガスなら今、王都にいるわよ」

「あー、見たことあるかも」

漫画で見たことがあるのだろう。分岐エンディングを持つ男キャラであれば、アリスも文句はないはずだ。

ロイのストーリー中心の漫画でランドルフがどういうふうに描かれていたにしろ、この反応から察するに印象的な描かれ方ではなかったらしい。アリスはランドルフのことを知らないのだ。

「今度の王宮舞踏会に招待してみるわ！」

「……まあ、会ってみたいというのなら私は止めないよ」

テオバルトがランドルフの招待を認める。

アリスの人柄とランドルフの人柄、どちらも知っていれば、何が起きるかは大体想像がつくからだろう。


後日、風の噂で聞こえてきた話。

アリスはランドルフに対して両手の中指を立ててみせたという。誰にもその仕草の意味はわからなかったそうだ。

けれど、アリスがランドルフに激しく腹を立てていたことから、市井《しせい》の酷《ひど》く侮辱的《ぶじょくてき》なお行儀の悪い表現なのだろうということだけは、誰もが察したという。

＊　＊　＊

「どうして最後の頼みの綱《つな》のクライスラー家の男キャラが来ないわけ!?」

「……アリス、私は今日とっても忙しいのよ。今日はオルフェンス公爵家の公爵就任式だから」

「あんたの公爵就任式が成功しようと失敗しようとどうでもいいけど、このままじゃ、わたしがテオバルトか王弟と結婚させられちゃうのよ!?」

「それこそ私にとってはどうでもいいことね」

公爵就任式の始まりは正午からなのに、朝から来てくれたアリスの目的は自分の伴侶探しらしい。

「クライスラーの領境に流れる川の橋が豪雪で壊れてしまったらしいから、春の終わりくらいまで王都に来られそうにないんですって」

小説でもこんな展開があっただろうか？　記憶にない。

でも、小説だとこの頃はライン領で蔓延《まんえん》した魔物の被害が王都にまで届き上を下への大騒ぎで、描かれていなかっただけなのだろう。

「あんたに会いたくなくて橋を落としたんじゃない？」

「そこまで嫌われるようなことをした覚えはないわ」

よくも悪くもクライスラー公爵家とオルフェンス公爵家は以前から没交渉だった。

ライン公爵家と違って以前の代に交流があるわけでもないので、クライスラー公爵家からの出席者がいないことは想定の範囲内だ。

王都にいる家門の貴族が名代《みょうだい》として出席してくれるという。

なんにせよ、クライスラー公爵家一つだけなら欠席も問題はない。

ライン公爵家だけでなく、最終的にルイラガス公爵家までもが参加を表明してくれたのだ。

「アリス、テオバルト殿下の何が不満なの。真面目な方よ」

「えっらそうに上から目線で指図される度にイライラするのよ！　あんなのと結婚したら、頭の血管が切れて早死にしちゃうわ！」

「ランドルフ様はどうなの？」

「あの男尊女卑野郎は地獄に落ちるべきだわ」

アリスが血《ち》の気《け》の引いた真顔で言う。酷《ひど》い出会い方をしたらしい。

「彼も主人公の相手キャラだし、あなたに一目惚《ひとめぼ》れするはずなんだけど」

「あれが愛情表現だと思っているならゴミね。幼稚園児でももう少しマシなプロポーズをするわ」

一目惚《ひとめぼ》れはされていて、その上でランドルフはアリスの怒りを買ったようだ。

「女をコケにするあの感覚がルイラガス領全体の常識なら、わたし、ルイラガスを冷遇しそう」

「光の王女のあなたが言うと洒落《しゃれ》にならないわね」

愚痴を聞き流しつつ、私は今日の段取りを確認する。予定は大まかに分けて、前半と後半がある。

正午から夕方にかけて招待客を接待し、夕方から夜にかけて公爵就任式を行う。

前半の私の主な仕事は招待客への挨拶《あいさつ》だ。

細かいトラブルの調整は、主にオルフェンスの貴族たちが請《う》け負《お》ってくれる。ヴェラがいれば大きな問題にはならないだろうと、彼女の存在を頼もしく思うなんて負けた気分になる。

「ていうか、なんでルイラガスが参加するのよ！　欠席の連絡が来たって言ってたじゃない！」

「前剣聖ラミロが出席すると聞いて、会いたいそうよ。ランドルフは来ないから安心して」

ラミロがマルスの招待に応じたという情報が出た途端、ルイラガス公爵家から卑屈《ひくつ》なくらい丁重な内容で、すでに私に届いていた欠席回答の撤回を求める手紙が送られてきた。

馬車四台にいっぱいの贈り物と一緒にだ。

ランドルフからの馬鹿丁寧な謝罪の手紙も同封されていた。

後から届いたカーリンの手紙によると、前剣聖ラミロに会いたいがために、ルイラガス公爵家の人間は血相を変えたという。

武を誉《ほま》れとする彼らにとって前剣聖ラミロは神よりも尊い存在で、もしも欠席回答の撤回を受け入れられなかった場合に備《そな》えて、招待状を持っているカーリンのパートナーに選ばれようと、これまで彼女を冷遇していた親兄弟がずらりと足許《あしもと》に跪《ひざまず》く惨状《さんじょう》を呈《てい》したそうだ。

ランドルフが私に礼を失したと知ったルイラガス公爵家では、私の靴の裏を舐《な》めてでも許しを得るようにという意見で一致し、家族に圧をかけられた彼は必死の思いで私に謝罪の手紙を書いたらしい。

謝罪を受け入れないと本当に靴を舐《な》めに行くかもしれない、というカーリンからの脅迫めいた手紙を読んで、即座に許しの返事と複数の招待状をカーリン宛てに送った。

私の友人である彼女が認めた者だけに招待状を渡すようにと手紙を添《そ》えて。

「へー、あの厭世的《えんせいてき》なおじいちゃんが出てくるの？　マルスがあんたに求婚したから？　どうせロイ様のためなのに、律儀ねえ」

「……マルスによるとそれが原因で、マルスを殺しに来るらしいわ」

「うわっ。剣に忠誠を捧《ささ》げてる人、いやエルフだもんね。マルスがロイ様のためにあんたに不実の剣を捧《ささ》げたとなったら、そうなるのね」

ロイの周辺人物についてはアリスは理解が早い。他のイベントについても知らないわけでもないようで、諸々の相関関係を脳裏に描いた様子になり、最後には悟った顔で私を見た。

「……この公爵就任式、無事に終わらせられるわけ？」

私はアリスににっこりと笑って、期待の眼差《まなざ》しを送ってみる。

「朝早くから来てくれたってことは、アリスは私を助けにきてくれたってことなのかしら？」

「そんなわけないでしょ！　わたしを巻き込まないでちょうだい！」

薄情に言うと、彼女はそそくさと執務室から逃げ出していく。

「……無事にアリスを追い出せたわね」

全部、彼女を追い出すための脅《おど》しだったらよかったのに、今、語ったことはすべて事実なので頭が痛かった。

＊＊＊

ロイ様はメルティア様を尊重し、メルティア様はロイ様を尊重している。

私としてはどちらに転んでもよいように思えた。

確かにヴェラ様の提案はいずれ名実ともに元のオルフェンスが戻ってくる計画ではあり、一考の余地はあると感じる。

だが、ロイ様の瞳に宿る炎の輝きを見ると、その案が採用されるはずがないことは明らかだ。

メルティア様が手練手管《てれんてくだ》に長《た》けた女性であるのならば、ロイ様を説得することができたかもしれないが——そもそも何故《なぜ》あの提案をメルティア様が支持していたのか。

ロイ様のためとはいえいささか過剰な献身だ。

結局、説得は失敗に終わったのだから仕方がない。メルティア様が漏らした秘密を黙秘し、私はリス伯爵を陥《おとしい》れた。

とは言っても、選択したのは彼ら自身。

私はただ、あのパフォーマンスがどれだけの騒動を起こしうるかを知っていて、彼らが庭園に茶葉を積み上げるのを手引きし、黙認しただけだ。

——メルティア様からは睨《にら》まれてしまったが、予定通り。

私を疑い、嫌えばいい。私はオルフェンス公爵家に空く風穴だ。

今後この屋敷に悪意をもたらそうとする者たちが、誰もが一度は私を思い浮かべて協力を求めるくらい、メルティア様との関係が険悪になることこそ望ましい。

私のロイ様への忠誠心は周囲に露見《ろけん》しているが、メルティア様を嫌悪しているふりをするのは簡単なことだ。

「カイン、久しぶりね？　あなたは王宮の舞踏会に来てくれないんだもの」

――しかしこの女にはいくつかのオルフェンスの内情をつかまれている。

光の精霊ルクスの継承者である、シルヴェリア王国の王女アリス。

我が物顔でオルフェンス公爵家の廊下を悠々と闊歩《かっぽ》する厄介《やっかい》な王女は、私を見つけると目を細めて近づいてくる。

「家宰《かさい》ごときが王女殿下にお声をおかけいただけるとは、恐悦至極に存じます」

「御託《ごたく》はいいわ。話があるから部屋を用意して」

「……殿下がそう望まれるのでしたら、客室をご用意いたします」

オルフェンス公爵家にドブネズミを引き込んだ張本人。

それによって公爵であるメルティア様の命を危《あや》うくした人物であり、かつては前公爵夫人フィリーナ様の所持品であるルーンの指輪を奪った盗人《ぬすっと》だ。

大捕物《おおとりもの》の際には挑発のために口汚く罵《ののし》ったので、私に個人的な報復をするつもりかもしれない。

公爵就任式当日を狙うあたり、やはりまだメルティア様への敵意があるのだろう。表向きは良好な関係を築きつつあるように見せかけていたが、本性というものはそうそう変わらない。

その刃《やいば》がロイ様でもメルティア様でもなく、私に向いているならば好都合だった。

装飾品に紛《まぎ》れる護身の魔道具の位置を確認しつつ、王女を人目につかない客室に案内する。

報復したいというのならばさせてやる。

自分が堪《た》えればオルフェンス公爵家に害の及ばない種類のものであるなら、いくらでも甘んじて受けるつもりで、私は王女と二人きりになった。

だが、王女の要求は意外なものだった。

「わたしにぴったりの、顔がよくて有能でわたしをイライラさせない男を知らない!?」

「……はい?」

「カイン！　あんたは国中の情報を入手しているはずよ。わたしはどうにかしてこの苦境から脱しないといけないの。力を貸しなさい！」

「……苦境、というのは察するに、テオバルト王太子殿下との婚約についておっしゃっているのでしょうか？」

王宮では内々に王女アリスとテオバルト殿下との婚約が整い、今は発表の時期を選定している段階にあると聞いている。

王弟は反対しているらしいが、国王主導の話のため時間稼ぎになっていないという。

「結婚して、あいつを支える王妃になって、小言を言われながら生きていくだなんて絶対に嫌よ！」

「つまり王女殿下は王弟派でいらっしゃる、ということで――」

「おじさんと結婚するくらいなら平民の若いイケメンと結婚するわ!!」

今のオルフェンス公爵家にとって王弟は友好的な存在とは言いがたい。

長年、ベンヤミンを匿《かくま》いその力を養《やしな》っていた人物だ。

だが、婚姻により力を増すことはなさそうで、その点は安心ではあるが。

「……王女殿下はこの私に、結婚相手について相談されているのですか？　私はオルフェンス公爵家の一介の家臣にすぎないのですが」

「だってあなたって頭がいいでしょう。わたし、知っているんだから」

王家の象徴である光の精霊を継承した王女の結婚相手などというものには、多くの人間の利害が絡む。慎重な議論の末に決定されるものであり、間違っても四大公爵家の一介の家臣が口出ししていい問題ではないはずなのに、何故《なぜ》かその権利を王女はくれてやろうと言う。

「メルティアのあんぽんたんが教えてくれた奴はクズみたいな男だったし……あんなのと今後王宮で顔を合わせないといけないなんて、本当に頭に来るわ」

「ランドルフ様のことをおっしゃっておいでですね。お好みではなかったようで」

罠にしろ、王女の心情は周辺の使用人に金を掴《つか》ませても滅多に手に入らない有益な情報だ。耳を傾ける姿勢を取ると、王女は勢い込んで言う。

「好みの問題なんかじゃないわ！　第一声が、女ごときが光の精霊ルクスを継承するだなんてシルヴェリア王国にとって大きな損失だが、だったのよ!?」

ルイラガス領では武勇が尊《たっと》ばれ、武官が幅を利かせ、文官は蔑《さげす》まれている。私も文官なので、ルイラガスの人間特有の選民意識は身をもって体感していた。

かの領では戦えない女性の地位が特に低い。

だが、王女であるアリスに対してまでそのような態度を取《と》るのは、ルイラガスでも指折りの実力者であるランドルフくらいだろう。

「その後でいくら容姿を褒めてくれようと、わたしを女であるという理由で見下したって事実は消えないのよ！　そんな差別野郎に！　この俺が目を離せないだなんて面白い女だから特別扱いしてやる、なんて言われた日にはもう、全身サブイボよ!!」

言葉通り、肌中に鳥肌を立てて王女アリスは肩を抱く。

とにかくルイラガス公爵家の公弟は王女の機嫌を損ねたらしい。

この様子では、王女と敵対的な関係に陥《おちい》ったはずの当家よりも嫌われていないだろうか。

「……なんて、こうしてわたしがいくら嫌がったって、あんたたちには本当の意味では伝わらないのよね。偉そうな態度が男らしい、特別扱いしてもらえるなんて羨《うらや》ましいって、うちの侍女たちなんかキャッキャしてたわ」

王女は溜《た》め息《いき》を吐《つ》いてソファに深く腰かけると、私が用意させた『メルティア・ティー』を啜《すす》った。

「……結局、わたしを理解できるのはあの女だけなのよね」

諦念《ていねん》を込めて呟《つぶや》く王女が誰の話をしているのかは、すぐにわかる。

「メルティア様が同じ、平民出身だから、ということでしょうか？」

「さあね。とにかく、他にいい男を知らない？　テオバルトと王弟のおじさんがわたしを取り合ってるから、さっさと結婚したいのよ。条件に合う男がいればオルフェンスに有利な奴を選んでもいいのよ？」

王女は誤魔化《ごまか》すように魅力的な提案をした。

「やはり、テオバルト王太子殿下ではいけないのですか？　この国でもっとも優れた若く見目麗《うるわ》しい男性ですし、人柄もお優しく、殿下のご希望があれば聞いてくださると思いますが」

「たとえ小言を言わなくなっても、わたしはわたしより偉い奴は無理よ」

「なるほど」

王女の理由は簡潔で、彼女の性格からして納得できる。

「光の精霊ルクスから道を示すお告げはないのですか？」

「お告げの中ではロイ様と結婚していたのに、それはもう無理だから別の道を探しているのよ！」

王女の性格を知れば、ロイ様との結婚などあり得ない未来であることは火を見るよりも明らかだ。

「お告げというより、殿下はロイ様と殿下が結ばれるはずだった未来を見たのではありませんか？

しかし、それは各々《おのおの》の行動次第で変化してしまう種類のものなのですね？」

「げっ。メルティアがなんか言ったわけ⁉　言うなって言ったのに！」

「……メルティア様はすでにご存じのことでしたか」

薄々そうではないかと思っていたが、口の軽い王女のおかげで確信を得る。

「メルティア様も殿下と同じく未来を知っておいでなのですね」

「な、なんのことだか！　言ってる意味がわかんないわ！　あの女がわたしと同じ能力を持っているわけないじゃないのっ！　ルクスの力なんだから！」

王女の態度がわかりやすすぎて、演技をしているのではないかと疑うほどだ。

エレールのこと、ラインのこと。

メルティア様の奇妙な先回りは気になっていた。

しかし、これが未来視の賜物《たまもの》であるならば、この自己顕示欲の強い王女はエレールとラインについてもまっさきに嘴《くちばし》を挟むのではないだろうか？

そもそも、それは精霊のもたらす奇跡なのか？

それにしては、ラインもルイラガスもクライスラーも未来を知っている者の動きをしていない。

王女もメルティア様も、彼ら精霊の継承者が未来を知りうると思っている動きをしていない。

精霊由来ではない、と見るべきだろう。

であれば一体、この未来視はどこからもたらされるものなのか。

「ふん！　わたしを引っかけたからって見くびらないことね！　わたしはねえ、あんたがそうやって冷たく偉そうにしていたって、実は繊細《せんさい》な人間だって知っているんだから！」

「私が繊細《せんさい》、ですか」

「ふふ、そうよ？　自分でも気づいていないのかもしれないけど、あんたは冷酷ぶってるだけで、本当は傷つきやすい人間なんだから」

王女の見透《みす》かすような言葉には嫌悪を覚えたが、それ以上に既視感が気に掛かる。

そういえば似たようなことを、メルティア様が言っていた。

「もしや私は、あなたの見た未来で己が背負った罪に心を病《や》み、死ぬのですか？」

「はあ!?　わたし、そんなこと言ってないでしょ!?」

王女が動揺のあまり椅子から立ち上がり、その拍子に机が揺れ、カップが倒れてお茶が零れる。

「図星のようですね、殿下」

「い、言ってないじゃない。一言も！　わたし、何も言ってないじゃない!!」

「殿下のその態度では、正解だと言ったも同然では？」

「カマをかけたってこと!?　だとしても、なんでそんなことわかるわけ!?」

王女が青ざめて頭を抱えた。これに関しては、王女の言葉だけをヒントに気づいたわけではない。

メルティア様が言っていた。

私のことを、放っておいたら勝手に悪い方向に突き進んで死んでしまいそうだ、と。だから自分を姉とも母とも思えと言って寄り添おうとしていた。

彼女の言葉の真意に触れると溜《た》め息《いき》が零れそうになる。

どうしてあの人はそうやって、見返りもなく人を救おうとするのか。

「何も言ってないのに当てるあんたが怖いわ。わたし、あまり喋《しゃべ》らないほうがいいのかも……」

王女は今更己の口の軽さを悔やみ始めたらしい。

この得体の知れない情報が拡散されないよう、王女の口が堅くなるのは歓迎だ。

「私は一体どうして死ぬのでしょうか？」

「嫌なことを聞かないでよ！　でも、どうせ死なないわ」

「それは一体？」

「メルティアがどうにかするでしょ」

王女が何げなく放ったその言葉に、初めて心臓が脈打った。

「メルティア様は私を嫌っていらっしゃいますが、それでも？」

「あの女に嫌いな人間とかいるの？」

王女が眉を顰《ひそ》めて疑問を呈《てい》する。

自分の命を幾度となく脅《おびや》かした王女に友愛すら覚えているらしいメルティア様の姿を思い描くに、その見解のほうが正しいように思えてしまう。

「……死ぬべき運命の者が死んだだけだとでも、納得していただくことはできないでしょうか」

未来で私が自死を選ぶとしたら、それが必要だからだろう。私が自分の命を有用に使うだけなのだ。

万が一の時が来たとしても、メルティア様に気にしてほしくはなかった——悲しませたくなかったために零した、無意識の吐露《とろ》だったのだが。

「それを言ったらまず死ぬべきなのはメルティアだから、それ、あの女に言うんじゃないわよ」

王女は酷《ひど》く軽々しく己の知る未来を語った。

「四大公爵家でわたしに従ってくれるの、あの女くらいしかいないのよ。ロイ様のことなんてどうでもよくなった今となっては、メルティアはいてくれたほうが都合がいいの。死ぬべき運命の人間は死ぬしかないなんて、あの女が思い込んで自殺でもしたら困るわ」

メルティア様を思いやっているわけではなく、御しやすいからと私利私欲のためにその命を惜しむ言葉だからこそ、真に迫っていて息を呑んだ。

「で、カインはいい男を知らないわけ？」

「――リストを作ってお送りします。中には殿下が気に入る者もいるかもしれません」

「それはいいわね！　じゃんじゃん送ってちょうだい！　片っ端から会ってみるわ！」

安請け合いしたものの、下手に王族の血を引く男などを紹介してしまえば王太子派と王弟派の他に、新たな派閥間闘争の引き金になりかねない。

王女自身が許容しているのであれば、それこそ平民すれすれの爵位の低い家の次男三男とでも恋愛結婚してもらい、その縁結びを恩に着せるのが一番だろう。

必要な時にだけ光の精霊の継承者としてオルフェンス公爵家に利する働きをしてもらえれば理想だが、果たしてこの王女が思惑《おもわく》通りに動いてくれるのか。

「今日の公爵就任式で相手が見つかれば一番なのよね。邪魔をしないでちょうだいね、カイン！」

それはこちらの台詞《セリフ》なのだが、敵対関係が解消されている現在、私の口から王女に告げることは憚《はばか》られるので、恭《うやうや》しくお辞儀をするに留めておく。

「共にオルフェンスの新公爵就任を寿《ことほ》いでいただければ幸いでございます」

「祝ってあげるわ。せいぜいわたしの役に立ってもらうためにもね」

弾んだ足取りで部屋を出ていく王女を見送った。

王女アリスはロイ様にだけでなく、私に対しても馴れ馴れしい。

彼女の知る未来では、よほど親しい関係であったのかもしれない。

だが、王女の思惑《おもわく》は成らなかった。

王女が初拝謁の儀で言い放った言葉を思い出す。あの時は、美貌《びぼう》を持つロイ様への執着のために傍《そば》に立つメルティア様に嫉妬《しっと》して放った言葉だと、王女の言葉を聞き流していた。

だが、この王女は確かに言った。

あの悪女はとっくに死んでいるはずだ、と。

「あなたたちの未来視の中で、メルティア様は悪女だったのか」

本来の性分を知れば、似ても似つかない悪女のふりをしたメルティア様。

ロイ様を助けるためとはいえ、どうしてその手段を選んだのかは疑問だった。

「メルティア様が悪女として振る舞うことがロイ様を助けると、知っていたのか……」

マルスに刺されて血の海に溺《おぼ》れていくメルティア様の譫言《うわごと》が脳裏に蘇《よみがえ》る。

もっと上手《うま》くやれたはずだと、あと二年はもたせられるはずだったと悔いていた。

未来を知っているとしても、その通りに動くのは難しいのだろう。

それでもメルティア様は、期間は短くなったとしても、命をかけてやり遂《と》げた。

「メルティア様、やはりあなたは信頼できる」

そのロイ様への忠誠に敬意を払わず、他の何を信頼できるというのだ。

「だからといって、未来視の通りに死なれては困る――参ったな」

メルティア様にとっても同じなのかもしれない。私だけは例外だと思ってはいただけないだろうかと思えども、メルティア様がそう考える未来はまったく思い浮かばない。

「私がただで死んでは、死ぬべき者は死ぬ運命だと思わせかねない……だからといって私が死んでも構わないと思わせるほどメルティア様に嫌われる前に、ロイ様に殺されてしまいそうだな」

実に利用しがいのある情報なのにと、私は頭を抱えて溜《た》め息《いき》を吐《つ》いていた。

＊　＊　＊

オルフェンス公爵邸の玄関ホールから庭園までいっぱいを使って式典前の歓談の場を設《もう》けている。

幸いにも天気はよく、空は青々と晴れ渡っているため、立食パーティー形式で料理の載ったテーブルを並べた庭園には人が多かった。

「オルフェンス公爵！　本日は公爵就任式にお招きいただきありがとう！　では！」

簡潔な挨拶《あいさつ》を済ませると、ルイラガスの前公爵と現公爵が走り去る。

「うちの父と兄たちが申し訳ございません、メルティア様……」

彼らを見送り頭を下げるのはカーリンだ。

屋敷にやってきた招待客たちはまず、主催者である私のところへ来て挨拶《あいさつ》をするのが礼儀である。

それなのに私を無視してロイのところへ行く人たちに比べれば、彼らは礼儀正しいほうだ。

「謝ることなんてないわ、カーリン様」

「ランドルフお兄様のこともありますもの」

「謝罪の手紙も頂いたし、カーリン様が気にすることじゃないわ。ランドルフ様はカーリン様にも謝罪したのかしら？」

「ええ、人生で初めてランドルフお兄様がわたくしに謝りましたわ！　でも、招待状は渡しませんでしたけれど！」

カーリンは晴れやかな笑顔で言った。

「それに、あれでいてウェンデルお兄様はメルティア様に感謝していますの」

「ルイラガス公爵が、私に？」

私への挨拶《あいさつ》もそこそこに駆け出していったルイラガス公爵ウェンデル。

前剣聖ラミロに会いたいという純粋な下心しかない目を輝かせて、父である前公爵と共に今は数いる招待客の間を回遊魚のように歩き回りながら探し人を尋ね回っている。

誰であろうルイラガス公爵家の当主に話しかけられるのはどんな人間にとっても悪い気にはならないらしく、トラブルにはなりそうにないので、放っておいてもいいだろう。

小説では、ルイラガスの当主なのに弟のランドルフより弱く、影の薄かった人物だ。

「あの方に感謝されるようなこと、あったかしら？」

思い当たる節《ふし》がなくて困惑していると、カーリンが説明してくれる。

「ルイラガス公爵家では貴重なものは騎士の決闘による力くらべで勝ち取る決まりがあるのです。でもそうなると、ウェンデルお兄様は剣術ではランドルフお兄様やその部下の方にすら敵わないので、本来ならオルフェンス公爵就任式に参加できなくなるはずでした」

オルフェンスとしては公爵に来てほしいのに、ルイラガス公爵家の独自ルールのために当主であるルイラガス公爵があわや来られなくなるところだったらしい。

「メルティア様にとってはウェンデルお兄様が伺うほうが都合がいいでしょうから、わたくしの判断でお兄様に招待状を渡しましたの」

「ありがとう、カーリン様。助かるわ。今日は楽しんでいって、ヒューゲルもね」

「うふふ。ヒューゲルまで気にかけてくれるなんてメルティア様は本当にお優しいですわ。行きますわよ、ヒューゲル」

「はっ」

ヒューゲルはルイラガス公爵たちのように駆け出しはしないながらも、ぎょろぎょろと視線を動かして誰かを捜している。彼も騎士として、ラミロに会いたくて気が気ではないらしい。

小説で読んだことはある。挿絵も見たことがある。

けれどラミロがどんな人物なのか、私はよく知らない。

——不意に、風が吹いた。

風の音があまりに大きく、続々と到着しつつある招待客たちのざわめきがかき消えるほどだ。これほどの風ではせっかくの設営が吹き飛んでしまうかもしれない。

料理の皿に、砂塵《さじん》が入り込んでしまうかも。

そんな心配などまったく不要なほど、私の耳元以外どこにも風は吹いていないと、周りを見回していて気がつく。

でも木々の間に一人、風に吹かれて服をはためかせている人物がいた。

背が高く、耳が長く、白い髭《ひげ》を生やしている。

耳長族と呼ばれるエルフたちの大半は細いけれど、彼は細いだけではなかった。

厚みのある体躯をしているために、とても大きく見える。

実際、マルスよりも背が高いはずだ。けれど威圧感はない。

緑の瞳に宿る知性の輝きが、遠目にも見て取れるからだろうか。

「ラミロ様──」

「ほう、初対面のはずだが私が誰だかわかるのだね？　マルスに聞いたかい？　いや、エルフなど私しかいないいないからすぐにわかって当然か」

「きゃっ」

数メートルは離れた場所にいたはずのラミロが瞬《まばた》きの間に目の前にいた。

というより、私がラミロのほうに引き寄せられていた。

自分では動いた感覚はまったくない。

「話をしないかい、オルフェンス公爵。私と二人で余人を挟まずに。これでも有名人なので、こっそりとで頼みたい」

何か起きたらすぐにロイに知らせるように言われていた。

でも、ラミロの不興を買うわけにはいかない。

シルヴェリア王国国内のことなら、いや、人間世界での出来事なら、私が精霊の継承者であるというだけである程度の問題は乗りこえられる。

けれどラミロを敵に回してしまったら、物語の知識を駆使してもどうしたらいいかわからない。

そもそも、エルフのことは小説ではほとんど語られていないのだ。

大した要求でもないのだし、私は頷《うなず》いて案内した。

「ラミロ様とお話できるだなんて光栄ですわ。こちらから裏手に回れば招待客に会わずにすみます。お茶を用意させてくださいませ」

「今オルフェンスで話題の『メルティア・ティー』というものを飲んでみたいが、可能かね？」

「もちろん、喜んでお出しします」

マルスがラミロに出した手紙の中身は確認している。

それは無礼なほど簡素な招待状だった。私のことなどほぼ何も書いていないし、マルスはラミロに手紙を送ったことなど他にはないと言っている。

それなのにラミロは私について、かなり知識があるらしい。

弟子であるマルスの剣の主《あるじ》となった私の存在は気になるのだろう。

「よろしければ、『メルティア・ティー』の原料である『華麗なるメルティア』の花を見ていかれますか？　今はほとんど蕾《つぼ》みですが、開いている花もありますので」

「温室は招待客の出入りを禁じているのではなかったのかい？」

前剣聖として、ラミロは特別扱いされることを好まない。

これは小説の知識でもあり、ラミロについて当たり前に知られている一般知識でもある。

怒りを買わないよう、私は微笑《ほほえ》んで言った。

「ラミロ様は私の剣であるマルスの剣の師ですもの。私にとっても師のような存在ですから、オルフェンス公爵邸ではご自身の屋敷のようにおくつろぎください」

「なるほど、身内扱いをしてくれるのか。それならぜひとも拝見しよう」

私の答えはラミロの機嫌を損ねずにすんだらしい。

ラミロに頼みたいことがあるので、些細《ささい》なことで不興を買うのは避けたいのだ。

ほっと息をついてから、ラミロを案内し、温室の四阿《あずまや》にお茶の用意をする。

ラミロが人目を気にしていたので、すべて私が行った。

「こちらの温室で『華麗なるメルティア』を管理しています」

「この毒々しい花がガルジャガルの特効薬になるとは、長く生きているが知らなかった」

「ガル……？」

「ああ、今、人間を媒体に数を増やしているその魔物を、我々エルフはそう呼んでいる」

「え？　あの魔物のことをご存じなのですか……？」

『光の王女』の物語の中でも、そんなことは書かれていなかった。

でも、エルフたちがこの魔物害のことを知らないと書かれていたわけじゃない。

エルフについてはそもそも何も書かれていないようなものだ。

「昔々、エルフの村もこの魔物に潰されたことがある。恐ろしい魔物だよ。目に見えないから、深刻な事態が発生するまで気づきようがない。エルフの里にもこの魔物を駆逐《くちく》する特効薬になる薬草があるのだが、この花にも同じ薬効があるのだろう」

小説では、エルフの薬草の話などまったく出てこなかった。エルフたちはシルヴェリア王国に広がる病《やまい》の正体が自分たちの知る魔物だと、最後まで気づかなかったのかもしれない。

魔物の名前も物語には出てきていない。後になって、すべてが魔物の害によるものだと判明したと綴《つづ》られるだけだ。

「エルフの皆様との友好的な交流が成されていれば、その薬草を薬として交易させていただくことも可能だったのでしょうか……」

「偶然にも君が好んで育てていた花に薬効があることがわかったのだから、エルフとの交易など不必要だったということだ」

エルフは人間との取引を拒んでいる。人間程度は取引相手に値しないと思っているからだ。

個々人での小規模な取引はあるけれども、稀少な例だ。

ラミロも同じ考えらしい。口調こそ柔らかいけれど、ばっさりと私の考えを切り捨てる。

エルフが私にエルフの泪《なみだ》を贈ったのも、非常に珍しい例なのだ。

素性を明かさないのは同族の手前、立場というものがあるからなのかもしれない。

「しかし、エルフの学者にはこの花に興味を持つ者がいるかもしれん。こちらのほうが遙《はる》かに味もよい。この花を欲しがるエルフは贈り物を持ってオルフェンス公爵家を訪ねるだろう」

「オルフェンスとラインの領境の森の奥地に生えている花ですので、私を訪ねずともエルフの方なら見つけられると思いますわ」

「それでは、この花を見つけ薬効を見出した先駆者であるオルフェンス公爵に対して無礼だろう」

エルフがそういう考え方をする生き物なら、人間は無礼者だらけに見えるに違いない。

千年生きるエルフのいる世界で、人間がエルフより先を行けることはほとんどないだろうから。

「今、君が身につけているその真珠と同じものも、求めればいくらでも手に入れられる」

真珠――エルフの泪《なみだ》を私はネックレスにして身につけている。

ルイラガス家の人間はカーリンも含め見向きもしなかったけど、他の貴族の間では恐ろしく注目を集めていた。

貴族女性の服装に疎《うと》いロイたちは、今日のドレスに関してはオルフェンスの貴族女性に采配《さいはい》を任せたそうだ。ヴェラはオルフェンスの貴族女性界隈《かいわい》に強い影響力を持っているので、彼女の差し金のような気がする。この真珠はいわば、マルスの求婚の証《あかし》だから。

「宝石の中で私に一番似合うのはエメラルドなので、真珠は必要ありませんわ」

「我が不肖《ふしょう》の弟子が送った求婚の証《あかし》は、どうやら君のお気に召さなかったようだ」

「……申し訳ございません、ラミロ様のお弟子さんを悪く言うつもりではありませんでした。マルスの求婚は本心によるものではないので、見せかけのための真珠は必要ないと言いたかったのです」

「本心ではない、とは？」

マルスはラミロが自分を殺しにくると言った。

実力を示せば生き残れる可能性もある、とも言っていたけれど――その可能性を今ここで上げられるものならば、少しでも上げておきたい。

「私が愛するロイのために、マルスに最善の行動をさせた結果があぁだった、というだけです」

マルスが私に求婚したのは、ロイのためではなく私のため。

マルスはロイに忠誠を誓うために私に剣を捧《ささ》げたのではなく、剣を捧《ささ》げた私がロイを愛しているからそのように見えるだけなのだと、ラミロにそう思わせたい。

「オルフェンスの複雑な関係は聞き及んでいる。君とロイ君の関係は長年生きた私の目にも面白く映るぞ。お互いを思いやっているにしても、君たちはどうしてそうなるのやらと」

ラミロは声を上げて笑う。

色んな人に私とロイの食い違いを指摘されるけれど、これほど高らかに笑われるのは初めてだ。

エルフに笑われるほどのことをしているのだと、ロイには自覚してもらいたい。

「しかし、マルスが君に求婚したのはやはりロイ君のためだろう」

「私が愛するロイのため、ですわ」

「君が愛するロイ君のための行動なのだから、それはあくまで君のための行動である、というわけだ。忠誠の剣は主人である君のために行動しただけである、と君はマルスを庇《かば》うのだな」

私の言いたいことなどすべて見抜いていて、ラミロは目を細めた。

笑っているように見える。威圧感があるわけでもない。

それなのに、何故《なぜ》か背筋が寒くなる。

「……庇《かば》っているわけではございません。事実ですから。私はロイを愛しているのです。気づいたら、この命をかけてでも守らなければと思うほど、愛してしまっていたのです」

ラミロが魔眼を持っているだなんて聞いたことはないけれど、彼が嘘を見抜けないとは思えない。

だから正直に、私の中にある言葉だけでラミロを納得させないといけない。

そう考えながら自分の口から紡《つむ》がれる言葉が自分でも不思議だった。

私はロイを愛している。確かに、愛しているのは間違いないのだ。

けれどその愛という言葉に込められた意味は果たして、前からこんな形をしていただろうか――

「忠誠の剣を捧《ささ》げた剣の主《あるじ》がこの命に代えても守ろうとするものを、あらゆる手段で守ること。これは、騎士にとって当たり前のことだとは思いませんか？」

「君の言葉にも理があるな。君はロイ君に心底惚《ほ》れているようだし、君に剣を捧《ささ》げると神に誓った騎士ならば、たとえ君本人を守りたくとも、君の意思を尊重し、ロイ君を優先して守るということもあり得るだろう。だが――」

「その、ラミロ様、ちょっとお待ちください」

「うん？」

今聞くべきではないとも思った。けれど今聞いておかないと、他の誰に聞いたとしても信じられない気がして、ついラミロの言葉を遮《さえぎ》る。

命知らずなことをしてしまったと考えつつも、聞かずにはいられない。

「……惚《ほ》れ、ているように、見えるのですか？」

「ふむ？」

「あの、私はロイに、心底惚《ほ》れている……ラミロ様から見ても、そのように見えるのですか？」

ロイとのラブラブ作戦を始めてから、たくさんの人の前で彼への愛を主張したが、誰一人、疑わなかった。家族愛としてではなく、私とロイとの間には強い恋愛感情があるのだと誰もが信じた。

それは、私の演技が上手《うま》いということだと思っていたのだが……

ロイにはどんな演技をしても見抜かれてしまうけれど、それは彼が魔眼の持ち主だから。

十二歳から十四歳まで、私はオルフェンスの屋敷でこの演技力一つを頼りに命を繋いでいたわけで、それなりの実力の持ち主だと自負している。

でも、いくら私に演技力があるとはいえ、ラミロを騙《だま》せるなんてあり得ない。

「ロイを愛しているのは、その、事実ではあるのですけれど、それが恋愛感情から来るものだとは、私自身は思ってはいなくて、でも、ロイへの愛を語ると、みんなそれが恋愛感情だと思うみたいで、それは私の演技が上手《うま》いからだと思っていたのですが――――！」

「わはははは！　自分が抱く気持ちの正体もわからないとは、まったく子どもだ。あはははは！」

「ううっ……！」

ラミロに大笑いされて身の置きどころがない。

ずっと前から気づいていたような、けれど、気づくのが怖かったこと。

気づいた以上は向き合わなくてはならない。

この後すぐにロイと顔を合わせるのに、どんな顔をしたらいいのだろうか。

「まったく――状況を理解しての時間稼ぎではないこともわかってしまうから、邪険にできなくて困るな」

「時間稼ぎ?」

「そうだとも、メルティア君」

名前を呼ばれ、ぎょっとする。

小説では、ラミロはマルスの剣の主《あるじ》となったロイに対して、厳しい眼差《まなざ》しを向けていた。己が育て上げた稀代《きだい》の剣士であるマルスの剣に、相応《ふさわ》しい主《あるじ》であるかどうか。

及第点だと判断したからこそ、ロイのことは名前で呼んでいたはず。

ラミロは特別理由がなければ人間を名前でなど呼ばないのだ。

私には、名前で呼ばれる理由がない。

「ラミロ、様?」

「愚かな弟子がロイ君の傍《そば》に仕えるために、君を利用したことなどわかりきっている。聖なる剣の誓いを侮辱《ぶじょく》したこの罪を、私は師としてマルスに償《つぐな》わせ、後悔の苦渋を味わわせねばならない」

「ですがラミロ様、マルスを殺されては困るのです!」

立ち上がるラミロの前に跪《ひざまず》く。

国王ジキスヴァルトの前でさえ、これほど卑屈《ひくつ》に頭を下げたりはしなかった。

「どうかお許しいただけませんか、ラミロ様! 他に償《つぐな》う手段があるのなら、オルフェンス公爵として私にできることをいたしますわ!!」

「……」健気《けなげ》なメルティア君を見ていると胸が痛む。自らの身を擲《なげう》ってでも大事なものを守ろうとするのは、短命の人間らしい美しさだ。長所とは思わないがね」

ラミロは喜ぶでもなく、悲しむでもなく、平坦な口調だ。

私を見下ろす緑の目には憐《あわ》れみが滲《にじ》み、言葉を交わしてはいても対等に見られていないことをまざまざと思い知らされる。

「せめて安らかな眠りのうちに終わらせてあげよう」

『ピッ!?　待て――――!』

何かに気づいた様子のイグニスが嘴《くちばし》を開いた時には、ラミロが私の額《ひたい》を人差し指でついていた。

意識が暗闇に落ちていく寸前、「師匠!」と叫ぶ怒号のような声が聞こえた気がした。

＊　＊　＊

朝からオルフェンス公爵邸のあちこちで騒動が起きていた。

オルフェンス家門の貴族でどうにでもできる範囲の騒ぎは全部無視していたが、その騒ぎには俺が自ら向かわねばならないと思わされる剣呑《けんのん》さがあった。

誘い出されているのはわかっていたが、警備兵ごときに対処できる相手ではない。

「初めましてだな、オルフェンスの。オレの名はプラシド。ラミロ様に腕を認められた、剣聖だ!」

白に黒のまだらの毛皮を持つ獣耳を生やした男。見た目は若く、ロイ様とそう変わらない。

どうやってオルフェンス公爵家の敷地内に入ってきたのか、そいつは双剣を抜き払い周囲を警備兵に囲まれて、ロイ様と対峙《たいじ》している。

いつでも前に出られるようロイ様の後ろにつく俺を見て、奴は馬鹿にしたように笑った。

「久しぶりだな～、マルス。人間の女に剣を捧《ささ》げたって聞いたが、マジかよ。ばっかじゃねーの！　仮にもラミロ様の弟子のくせに、ラミロ様の名に傷がつくだろーがよ！」

剣聖プラシド。獣人であり、ラミロの一番弟子を自認する男。だが、実際には最初の弟子は俺であり、間に何人か挫折《ざせつ》した弟子を挟んでいるから、プラシドは二番目以降の弟子というのが正解だ。

俺はこの男との手合わせで負けたことがない。

だが何故《なぜ》か、世界最高峰の剣の使い手が手にすべき剣聖の称号はプラシドが得ている。

「ラミロが剣聖を引退したかった時にたまたま近くにいただけで剣聖になったお前に比べれば、マシなもんだよ」

「オレは前よりずっと強くなった！　ラミロ様の許しさえあれば！　オマエなんかすぐにでもぶっ殺してやるんだからな!?」

「お前との殺し合いを師匠に禁止されているのを、俺も残念に思うぜ」

威嚇《いかく》をしてくるプラシドの様子に違和感を覚える。

この男がここにいるのは、俺が師匠のラミロを招待したからだろう。師匠のあるところ、こいつはどこまでもついてくる。プラシドがいること自体には違和感はない。

だが、プラシドがロイ様に一体なんの用があるというのか。

「――おい、師匠はどこにいる？」

「ああ？　なんでオマエなんかにラミロ様のことを教えなくちゃならないんだよ。ベロベロバー」

プラシドはガキのような挑発をする。

貴族どもは、プラシドの持つ剣聖という称号のためにこいつが何をしても色めき立っていた。

だが、浮かれたざわめきはすぐにやむ。

「というわけで、オルフェンスの……ロイ、だっけ？　今からオマエを殺す!!」

プラシドのロイ様に対する唐突な殺害宣告。

それを聞き、気づいてしまう。

「剣聖が僕に宣戦布告とは、オルフェンスに恨みでもあるのですか！」

「いいや？　なんもない。オレ、オマエのこと知らないし」

「ならば何故《なぜ》！　よりによって今日という日に!?」

カインは動揺し、ロイ様ですら理解していない。

だが、俺にはわかった。師匠のラミロが今どこにいて、何をしようとしているのか。

俺自身、どうして気づけたのか不思議だ。

「ロイ様……申し訳ございません」

「マルス？」

「ご自身で対処してください!!」

プラシドの発言は馬鹿のものだが、殺意だけは本物だった。ロイ様を本気で殺す気でいる。

それ自体は俺がいれば止められるだろう。剣聖とはいえプラシドよりも俺のほうが強い。

だが、気がつくと俺はロイ様を置いて駆けていた。

温室にいると知っていたわけではない。気配を感じたわけでもない。

いや、もしかしたら、なんらかの形で察していたのかもしれない。

どちらにせよ、俺の本来の知覚の範囲外にあった手がかりをたぐり寄せ、温室に乗り込む。

「師匠!! ——メルティアに何をした!?」

そして、師匠の足許《あしもと》で、その体から力が失われる瞬間を見た。

炎の鳥が体当たりするが、師匠は難なくその鳥の形をした炎の精霊を掴《つか》み取《と》る。

拳《こぶし》に収められたその小鳥はイグニスという、この国では神のように崇《あが》められる精霊のはずだが、
師匠の手の中から出られないようで『離せ！　元に戻せ！』と羽をばたつかせている。

師匠がイグニスに気を取られている隙に、メルティアの脱力した体を抱える師匠に斬りかかった。

師匠はメルティアに執着せずに離すと、精霊を握り込んだまま飛びしさる。

俺はメルティアの呼吸を確認した。息はしている。

だが——その身体は生きているとは言えない状態だ。

「この女の魂《たましい》を傷つけたのか!?」

「体から剥《は》がそうとしただけだ。少し浮いているくらいだろう。いくらお前を諭《さと》すためとはいえ、苦しめて殺すのは気が引ける。これなら何も感じることなく死ぬことができる」

生き物はすべて肉体と魔力と魂《たましい》の三つの要素で構成されている。

魂《たましい》は霊界ともアストラル界とも呼ばれる超次元に位置していて、人間だろうとエルフだろうと、

生涯アストラル界に触れることはない。

だが、超越者たちはこのアストラル界に触れる方法を身につけ、それを操る力を持っている。

その力を持っていることこそ、超越者の証《あかし》とも言えた。

俺はまだこの力の片鱗《へんりん》に触れたばかりだ。魔眼を誤魔化《ごまか》し、嘘を吐《つ》くことくらいしかできない。

この力を扱う方法をまだ、習得できていないのに――

「マルス、何故《なぜ》お前がここにいる？　プラシドはお前の前でロイ君を殺すと言わなかったか？」

「……プラシドごとき、ロイ様の敵じゃない。魂《たましい》を体に戻せばメルティアは目覚めるんだな⁉」

「ああ。これはお前への罰だから、私に戻す気はないがね」

「クソッ‼」

メルティアの体を横たえる。

アストラル界の代物《しろもの》に触れるには、同じ世界のもの、つまり魂《たましい》でしか触れられない。

だがそもそも、魂《たましい》なんて普通は動かせるものではないのだ。自らの身のうちにある肉体でも魔力でもない力を探り当て、それを死力を尽くして制御しなくてはならない。

「曲がった剣を打ち直す前に、誤って剣を手にしてしまった者を排除せねばなるまい。気の毒ではあるが、神の誓いは破れない以上、致し方のないことだ」

師匠の言葉に言い返す余裕もない。

魂《たましい》――アストラル体は、肉体、魔力よりも上の次元に位置する力だ。

上手《うま》く扱えばロイ様に嘘も吐《つ》ける。だが、今の俺にできるのはロイ様に嘘を吐《つ》くほんの数秒の間だけ、アストラル体で己の魔力を覆《おお》い隠《かく》すこと程度だ。

力加減を間違えれば、俺のアストラル体でメルティアのアストラル体を傷つけてしまう。

そうなれば、取り返しはつかない。

「プラシドの力はお前もよく知っているはずだ、マルス。普通の人間が抗《あらが》えるような存在ではない。だからこそ剣聖なのだぞ？　ロイ君を助けに行かなくていいのか？」

「うるっせえ!!」

全身から冷や汗が噴き出す。

アストラル体も己の一部だ。それを動かそうとしているだけなのに、生まれたばかりの子鹿《こじか》が立ち上がろうとする以上に心許《こころもと》ない。

だが、師匠のラミロにいくら情で訴えかけようと無駄なのは、これまでに課された血も涙もない修行の日々で、骨身に沁《し》みて理解している。

俺の力でメルティアの魂《たましい》を元に戻さなければならない。

「クソッ、クソッ、クソクソクソクソッ!!」

上手《うま》く力が動かない。

だが、動かさなければならない。

本来動くはずのないものを無理に動かそうとする反動で、酷《ひど》い不快感に腸《はらわた》がよじれて千切れそうだ。だくだくと汗が噴き出して、心臓は限界だとばかりに胸を打ち、息が苦しい。

それでも、ぎりぎりぎり、ぎりぎりぎりと、力を振り絞っていく。

歯を食いしばってでも、引き絞れば威力の上がる弓のように。

たとえ弦が千切れても構わないから届けと念じながら、メルティアの体に手を添《そ》える。

やがて、そこにないはずのものに届いた手応《てごた》えがあった。

メルティアが本当の意味で息を吹き返す。

「ハアッ！　ハアッ、ハア、ハッ、ハア……！」

俺は深い海の底に潜《もぐ》って戻ってきたかのように呼吸を繰り返した。

椅子に座り優雅に茶を飲んでいた師匠は、これ見よがしに溜《た》め息《いき》を吐《つ》く。

「……二十年かそこら生きただけの人間が、よくもアストラル界にまで辿り着けたものだ。お前を見る度に私は戦慄《せんりつ》するよ、マルス。お前がもしも長命種であれば、この世界が滅んでいたかもしれないとね。だからお前が人間であってよかったと、何度安心したか知れない」

「何が、世界が滅んでいただ。ふざけやがって……！」

「この私が称賛しているんだぞ。素直に喜べ、可愛げのない弟子め。私がアストラル界に辿り着いたのは四百歳代だ。目の前で起きた奇跡にはまったく、頭が痛くなる」

自分が今、新たな壁を越えたのだということは理解している。師匠と同じ、超越者の次元に達したのだ。

「その対価に忠誠の剣を捧《ささ》げた主人の命を脅《おびや》かすんじゃ、割に合わねえだろうがよ……！」

俺は息を整え、無理やり体勢を立て直す。

無理やりアストラル体を動かした対価に、腸《はらわた》はよじれたように痛んでいるし、呼吸をするだけで肺が千切れそうだった。

だがそれでも、メルティアを殺そうとする師匠の前に立《た》ち塞《ふさ》がらなければならない。

「師匠、メルティアに手を出すなら、俺はあんたが可愛がってるプラシドを殺す！　たとえあんたが死闘を禁じようとも、その時にはもう関係ねえからな⁉」

「うむ、わかった」

たとえ脅《おど》そうともビクともしないだろうと思っていた師匠があっさりと頷《うなず》いたせいで、しばらく意味がわからなかった。

「……それは、つまり？」

「頭の回転が遅いのが致命的にならないのは、天性の勘のよさで相手の敵意の有無を感じ取れるからなのだろう」

「馬鹿にしてんのはわかったが⁉」

「つまり、メルティア君に手を出すのはやめるということだ」

気力だけで起こしていた体、足から力が抜けて、俺は尻餅《しりもち》をついた。

師匠が近づいてきて、メルティアに手を翳《かざ》す。

師匠に限って嘘を吐《つ》くということはない。やがて、メルティアは閉ざしていた瞼《まぶた》を開いた。

「ここは……あっ、ラミロ様！　それにマルス⁉」

メルティアは跳ねるように起き上がると、俺の前に立《た》ち塞《ふさ》がり師匠を見上げる。

「ラミロ様！　どうか、マルスの命だけはお助けください！」

「ははは！　安心するといい、メルティア君。マルスはしばらく見ない間にかなり力を付けたようだ。満足したので、殺すのはやめることにした」

「そうなのですか？　はあ、よかった……」

殺すつもりだったのは俺ではなくメルティアだったくせに、しれっと誤魔化《ごまか》し好々爺《こうこうや》のような顔で師匠が言う。

「先程は気絶させてすまなかった。おかげでマルスの面白い成長ぶりを確かめられたよ」

そして、握りつぶしかけていた精霊を離した。

イグニスはメルティアの懐《ふところ》にすっ飛んでいき、胸元に潜《もぐ》り込《こ》む。そこからピイピイ鳴いて師匠に威嚇《いかく》した。

超越者の力には精霊さえ太刀《たち》打ちすることができない。魔力の塊《かたまり》である精霊は、人間界では絶大な影響力を誇《ほこ》るが、魂《たましい》の領域の力には敵わないのだ。

……俺は、精霊をも滅しうる力を手に入れた。

それを素直に喜べないのは何故《なぜ》なのか。

この女の命が危険にさらされた結果でさえなければ、純粋に己の力が増えたことを嬉しく思えただろうに。

「安心しているところ悪いのだが、どうも私のもう一人の弟子が暴れているらしい気配を感じる。止めに行くつもりなのだが、メルティア君も共に来るかね？」

「ご一緒させていただきますわ！」

「マルスは――おっと、まるで子羊《こひつじ》のように震えているな？」

「ラミロ様に稽古をつけていただいたの？」

「そんなものだ。マルスは放っておいて行くとしよう」

この期に及んで師匠がメルティアを殺すはずはない。

プラシドを止めに行くと言っているのだから、本当にそのつもりでいるのだろう。だが――

「俺も、行く!!」

「剣を杖についてまで？　鞘《さや》が傷《いた》むわよ」

「お前に歩みを合わせるとなると、ロイ君が危なくなるかもしれないのだが」

「大変！　早く行きましょう、ラミロ様！」

体を引きずり二人についていく。メルティアの身の安全を確保できたのだと確信すると、やっと己が放り出してきたことの重大さについて考えられるようになった。

ロイ様はご無事だろうか。師匠が言っていた通り、プラシドはアホだが実力だけは本物で、俺はそれをよく知っている。

ロイ様の剣の腕は、悪くない。貴族としては卓越した腕前だと言える。俺という一級品を長年傍《そば》で見てきた賜物《たまもの》だろう。

だが、それはあくまで人間社会の範疇《はんちゅう》の話。

プラシドを相手にしたとしても、ロイ様なら時間を稼ぐぐらいは、できるはず。

……それは何も根拠のない期待だ。

俺はどうしてロイ様を置いてきてしまったのだろうか。

「ロイ様、どうかご無事で……！」

「キャア……！」

願いも虚《むな》しく、先行した現場を見たメルティアの悲鳴が聞こえた。

「嘘、だろ……!?」

ロイ様の傍《そば》に仕え、ロイ様のために戦うためにメルティアに忠誠の剣を捧《ささ》げたはずだ。

それなのに、メルティアの命を助けるために、命の危険にさらされているとわかっていたロイ様を見捨ててしまった。

目の前が真っ暗になったような心地で人垣《ひとがき》をかき分ける。

その先に、野次馬どもが囲んで遠巻きに物見している、ロイ様を見つけた。

「ロイ、あなたが踏んづけているのって……まさか」

「剣聖と名乗っていましたが、今は僕の椅子に生まれ変わりたいそうです」

「オレに座ってくれ～ロイ様♡」

ロイ様が蔑《さげす》みの眼差《まなざ》しで足蹴《あしげ》にしているプラシドを見下ろす。あいつはロイ様の革靴に頬ずりをし始めた。ロイ様がますます踏む力を強めているが、頑丈な獣人であるプラシドは意に介するどころか喜んでいる。

どんな手を使ってロイ様がプラシドを陥落《かんらく》したのかは明らかだった。

「魔力で魅了したのね、ロイ。大丈夫？　嫌な気持ちになってない？」

「……自分でやっておきながら、吐き気がします。慰《なぐさ》めてください、メルティア」

メルティアがロイ様に頬を寄せられ、赤くなりながらその頭を抱きしめる。

どちらも無事で、仲睦《なかむつ》まじい。

それは俺にとって喜ばしい事態のはずだが、何故《なぜ》か喉に魚の骨がつかえたような違和感を覚える。

何もわからないのに、何も知りたくないと直感的に理解した。

——違和感の正体を知れば、俺は俺のままではいられなくなるだろう。

＊　＊　＊

「マルス、一応聞くのですが、ロイ様の魔力はもう完全に収納されていますか？　結界を解いても大丈夫ですか？」

「あ？　ああ……残り香はあるが、魅了されるほどじゃねえよ」

マルスは体は辛《つら》そうではあるものの平気な顔をしているし、私も何も感じないけれど、剣聖プラシドを制圧するほどのロイの魔力は、常人をくるわせる代物《しろもの》のはず。

カインが結界の魔道具を使い、ロイとプラシドの周りを隔離していたらしい。

「はあ……ロイ様の膨大な魔力が結界内に充満していく様《さま》を見るのは生きた心地がしませんでしたよ。結界が耐えられて何よりでした」

ロイが身につけていた宝飾品にも似た魔道具が転がっている。

魔力を抑え込むための魔道具の枷《かせ》。

それを外して、魔力でプラシドを圧倒したのだろう。

……ロイって、こんなに膨大な魔力を持っていたっけ？

小説でも確かにロイは強かったけれど、剣聖を魔力だけで制圧できるほどだった印象はない。

物語の中では精霊の継承に失敗した後遺症で魔力を使う度に苦痛に苛《さいな》まれていたから、もしかして本来の力を発揮できていなかったの？

「大変気色悪いので、剣聖殿を早急に引き取っていただけますか？　前剣聖のラミロ殿」

「迷惑をかけてすまないな、ロイ君」

ラミロがロイに応《こた》えると、周囲のざわめきが加速する。

「前剣聖のラミロ様がいらっしゃるぞ！」

「ということは、あいつは本当に剣聖なのか？　ロイ様に尻尾《しっぽ》を振ってるあの情けない猫獣人が？」

「剣聖を跪《ひざまず》かせたってことは、ロイ様が次の剣聖ということか!?」

だんだんとヒートアップしていくざわめきに、ロイは頬を掻いた。

「……剣は一合も交えていないのですが」

「大変なことになっちゃったわね。そもそもどうして剣聖と諍《いさか》いになったの？」

「急に僕を殺すと言って、あちらが襲いかかってきたのです」

プラシドのことはラミロのことよりは知っている。

ラミロが大好きで、マルスに強烈な対抗意識を持っている男。

何故《なぜ》なら、マルスがラミロの一番弟子で、しかも挑戦権さえ持っていればマルスがプラシドに勝利して剣聖になることは疑いないと誰もが思っていたからだ。

それ故《ゆえ》に、マルスは次期剣聖とあだ名されていた。

「ロイに手を出せばマルスを挑発できるから、それでかしら」

「傍迷惑《はためいわく》な話ですね」

「でも、話題性として悪くはないわ」

異種族が起こす問題に対し、不利益さえ被《こうむ》らなければ、貴族はとても寛大だ。異種族の話題はなんであれ、貴重だから。特に剣聖側から理不尽に戦いを挑《いど》んできて勝手に負けてくれるなら、これほど人族にとって面白おかしい話題はない。明日にはシルヴェリア王国中に噂が広まるだろう。

聖木会が認めるかどうかは別として、この国ではロイが剣聖と呼ばれるようになるかもしれない。箔《はく》が付く、どころの話ではない。すべてが急すぎる。

「一波乱では済まないかもしれないわね……」

ざわめきが頂点に達した瞬間、背後で大きな物音がした。それを見て、人々は一斉に絶句する。

「呆けていないでさっさと起きろ、プラシド」

ラミロがプラシドの頭部を掴《つか》み、地面に叩きつける音だった。

庭園は踏み固められているとはいえ、芝生《しばふ》の生えた平地だったのに、それが割れて陥没《かんぼつ》している。

それほどの力で、弟子の頭を何度も地面にめり込ませるラミロは、終始にこやかだ。

「う……ラミロ、様……？」

「気がついたか？　それでは、自分がどのような状態にあったかも理解できるな？」

プラシドが顔を上げる。額《ひたい》から出血をしているものの、それ以外はピンピンしているようだ。

獣人は魔力耐性が低い代わりに頑丈だという。

確かに、少なくともオルフェンス公爵家の庭園の地面よりは頑丈らしい。

「え、あ、うわあっ⁉」

一度掛かれば解くことが難しいロイの魅了を、ラミロから活を入れられることで振り払ったプラシドは、獣人にしては魔力耐性が強いほうだろう。

「オ、オルフェンスの……！　キ、キサマ！　よくもオレ様に、あんな恥をかかせてくれ、ぐあっ」

「プラシド、恥をかかされたのは私も同じだ」

ラミロがプラシドの脳天に拳骨を落とした。

「数年前、私は剣聖の座を引退し、合意のもとにお前に剣聖の座を譲ったが、剣聖の座をこのような形で穢《けが》したお前に、これ以上預けておくわけにはいかないようだ」

「そんな……！」

「よって、私は剣聖の座をかけた挑戦をお前に申し込む」

こんな展開、『光の王女』では絶対に、起きていない。

ポカンと一瞬固まったプラシドは、みるみるうちに笑みを深めていく。

「つ、つまり！　ラミロ様と命をかけた殺し合いができる、ってことですか……⁉」

「もしお前が私の剣に屈しても往生際悪く負けを認めない場合は、首を斬り落とすことにはなるな」

「やった～！」

プラシドは手を叩いて大喜びした。

「ラミロ様と真剣勝負ができる日が来るなんて夢にも思いませんでした！　オレはいつでもラミロ様と戦いたかったのに、ラミロ様は適当だし！」

「稽古は真剣につけてやっていたはずだが」

「稽古は稽古！　命がけの剣聖戦とは違います！　恥をかいた甲斐《かい》があった～！」

「お前がわざとロイ君に負けたのならば、私は剣聖戦を挑《いど》むことなく、お前の首を斬り落としていた」

「もっちろん！　真剣に殺そうとして返り討ちにされただけです！」

「うむ。剣聖の座に相応《ふさわ》しくないので、やはりお前から奪わねばな」

命のやりとりの話を、剣聖プラシドと前剣聖ラミロはにこやかな笑顔で交わしている。プラシドに至っては浮かれているほどだ。理解しがたい感覚だったが、マルスにはわかるのだろう。

その時、ゆらりとラミロが私たちに視線を向けた。

「しかしロイ君が、プラシドを魔力で制圧したことをもって剣聖の座を手に入れたと主張するのであれば、私が剣聖の座を巡って挑《いど》むべきは、君になるのか？」

うっすらと笑うその笑顔は恐ろしく、言外に訴えるものが大いに伝わってくる。

「……いいえ。僕に至っては剣を抜いてすらいませんから、剣聖戦をしたという認識はありません」

「同じ認識を共有できて何よりだ、ロイ君」

ロイが剣聖の座を得たと主張していれば、オルフェンスにとっての箔《はく》付《づ》けにはなっただろう。

けれどラミロからの不興を買う不利益を避けるなら、ロイの答えが正解だ。

「そこでメルティア君に頼みがある」

「ひゃいっ⁉」

あまりの出来事についていくことができず、茫然《ぼうぜん》と見守る人間のうちの一人だった私は、名前を呼ばれて跳び上がってしまった。

「剣聖戦について、その場所にここ、オルフェンス公爵邸を借りたいのだが、構わないだろうか？」

「も、勿論《もちろん》ですわ、ラミロ様。当家を剣聖戦の舞台に選んでいただけるだなんて光栄です」

「無論、本日は君の公爵就任式だ。後日、メルティア君の都合のいい日を選んでこの庭園を貸してほしい」

招待客たちが、今日でないことを惜しがる姿が視界の隅に映り込む。中でもルイラガスの人間の残念がり方は、この世の終わりが来たのかと思うほどだ。

「剣聖戦は神聖な戦いであり、見世物ではない」

ラミロも彼らの反応を見ていたのか、静かに言う。

指摘されてしまったルイラガスの人たちは、背筋を正してピタリと嘆《なげ》くのをやめた。

「……だが、メルティア君たちには迷惑をかけてしまった。マルスとプラシドの二人の弟子のみならず、私自身もだ。これで償《つぐな》いになるかはわからないが、私とプラシドの剣聖戦を見世物にしてくれても構わない」

ルイラガスの人々だけでなく、その場にいる人間すべてからの視線が痛いほどだ。

「オレたちの戦いを見世物に？　見物客が多すぎても戦いに巻き込みそうですけど」

「数十人程度なら避けて攻撃するくらいわけないだろう？　それに周りに被害が及ぶ前に、お前を仕留める予定だ」

「……サイッコー……！」

嬉しそうに打ち震えるプラシドとラミロの会話から、招待客の人数は数十人までに決定した。

今この場にいる公爵就任式の招待客の十分の一以下だ。

ルイラガス家の人々の必死の懇願《こんがん》の眼差《まなざ》しがビシバシと刺さる。

「メルティア君が選んで剣聖戦に招待するといい。君にとって特に親しい友人を呼ぶといいだろう」

友人というとカーリンとリゼルが思い浮かんだ。ロイとカインは勿論《もちろん》だし、アリスは呼ばなかったら大騒ぎするはずだ。

マルスを数えなくてもすでに五人。

「傲慢《ごうまん》かもしれないが、これを君の公爵就任の祝いとさせてもらいたい」

「手土産《てみやげ》なんて持ってきてるはずがないもんなぁ？」

「マルス、絡まないで」

ラミロと親しいマルスにはピンと来ないのかもしれないけれど、これほど価値のある贈り物なんて他にはない。

「神聖なる剣聖戦を拝見する栄誉を賜《たまわ》り光栄ですわ、ラミロ様。オルフェンス公爵として、ラミロ様と剣聖プラシド様からの贈り物に心からの感謝を申し上げます」

夕方からの公爵就任式はスムーズに進んでいった。

場所をオルフェンス公爵邸の礼拝堂に移す最中も、厳粛《げんしゅく》な静寂に満ちる。

誰一人問題を起こさなかったし、しわぶき一つで招待客は顔面蒼白《そうはく》になっていた。

野次が飛んでもおかしくないと予想していただけに、そこまで気にしなくてもいいのにと思う。

今からお行儀良くしたところで、剣聖戦に呼ぶ気になるわけではないのだから。

招待客が席に着くのを見計らい、裏に控える楽団が荘厳《そうごん》な音楽を奏《かな》で始める。

正装した私はロイに伴われて祭壇に向かった。

毛皮の縁《ふち》がついた重たいベルベットのマントを引きずって、赤い絨毯《じゅうたん》を歩いていく。中の服装そのものは、初拝謁の儀よりは簡素だった。

重厚な黒の布地に金糸銀糸で刺繍《ししゅう》を施《ほどこ》したドレスには、それ以上の飾りはない。

物語の中のロイが公爵に就任する時に身につけた壮麗《そうれい》な装束と似た布地、似た雰囲気のデザインで作らせたもの。似合う似合わないはまったく考えていなかったけれど——

「よくお似合いですよ、メルティア」

「ありがとう、ロイ」

「僕の色を身につけたあなたが、万人に認められてオルフェンス公爵になる姿を見られるだなんて、これほど嬉しいことはありません」

ロイが菫色《すみれいろ》の目を潤《うる》ませて言うのを聞いて、初めてこれが彼の色なのだと気がついた。

本来、祭壇に向かって就任者と共に歩くのは名付け親や代母といった人らしいけれど、私にはそういった存在はいないので、ロイが代わりをしてくれている。

彼が祭壇の手前で止まり、祭壇の前に立つ白い服のおじいさんに私を引き渡して跪《ひざまず》いた。

祭壇に上る前に清めの儀式を行うのが慣例だ。

四大公爵の就任式には、慣例的に司教の位《くらい》を持つ者が来て清めの儀式を行うものらしい。

それなのに、私の就任式には司祭が来る予定になっていた。教会は司教の位《くらい》を持つ者が出払っているからと理由をつけて、オルフェンス公爵家あるいは私を軽んじていたのだ。

それなのにいつの間にか、大司教に交代している。司祭にも予定ができたそうだ。

そんな偶然があるわけないので、剣聖戦の場に立ち会いたくて必死なのだろう。

私のような下賤《げせん》な人間が継ぐオルフェンス公爵家なんて祝福する価値もないと侮《あなど》って、明らかに新人の司祭をよこしたり、急に遜《へりくだ》って大司教が出てきたり、シルヴェリア神教は忙しい。

私は大司教の言葉に耳を傾ける価値を見い出せず、大半を聞き流す。

けれど一つだけ、適当には答えられない質問があった。

「汝《なんじ》、金の冠《かんむり》を被る覚悟はあるや？」

「あります」

オルフェンス公爵になる覚悟はあるか、と問われると、今でもそんなものはないと言いたくなる。

けれど奥歯を食いしばって「ある」と答えた。

よどみなく、迷いのかけらもないかのように。

演じるようでいて、少し違う。

言葉の重みに心と行動を沿わせていくという、誓いだ。

聖水による清めを受けると、私は祭壇のある壇に上る。

この壇に上がれるのは爵位の継承者と、前継承者だけだ。

私の前に継目の当主はいないから、私は一人で壇上に上った。

祭壇の上には公爵の証《あかし》である、金の王冠が載っている。

形は簡素な冠《かんむり》だ。これとほとんど同じものがあと四つ、他三公爵家と王家に存在する。

偉大な精霊を継承する五つの家として、対等な存在であることを示すもの。

私は清められて濡れた手でその冠《かんむり》を手にし、自らの頭に被せた。

「私も剣聖戦に招待してはもらえないだろうか……！」

「陛下を、でございますか？」

ジキスヴァルトの名で王宮に呼び出され、緊張しつつもオルフェンス公爵に正式に就任した以上はしっかり対応しないと、と気合を入れて向かうと、切実な顔をしたジキスヴァルトに頼まれた。

すでに出会い頭に、オルフェンス公爵就任を祝われ、贈り物も貰《もら》っている。

もしかしたらあれは賄賂《わいろ》だったのかもしれない。

「陛下、剣聖戦についてなのですが、当家の庭園に舞台を作ろうとして、ラミロ様にすでに止められているのです」

剣聖戦にはただ開けた場所があればよく、たまたまその場に通りかかる人間が何十人かいてもいい。それが私の親しい友人であってもいい――ラミロが言っているのはそういうことだ。

「観覧席を設《もう》けるわけではありません。基本、立ち見です。ラミロ様の意向を反映するなら、たまたま通りかかったという体《てい》で、私たちは覗き見るような形になります。陛下にそのような振る舞いをさせるわけには参りません」

「剣聖戦を見るためなら私は偶然通りかかった物乞《ものご》いの扮装をしてみせる！」

「父上、お願いですからご自重《じちょう》ください」

隣に立つテオバルトが頭を抱える。

彼がジキスヴァルトを父と呼ぶということは、この謁見《えっけん》は私的なものなのだろう。ストッパー的な存在としてここにいてくれるのかもしれない。

「オルフェンス公爵の就任式にのみ出席するのは公平ではないからと、ラミロ殿が来ると聞いていたのに、私は我慢して王宮にいたのだぞ！　剣聖戦くらいよいではないか……！」

「父上は国王なのですから、仕方ないでしょう。オルフェンス公爵を困らせないでください」

国王を屋敷に呼ぶとなれば、相応の準備が必要となる。

その準備をラミロに断られているのだ。

聖木会の名誉長老でありおそらく剣聖に返り咲くラミロの意向は、国王よりも優先される。

「テオバルトよ……そなた、今すぐ王位が欲しくはないか？」

「そのようなふざけた理由での譲位はおやめください！」

剣聖戦が見たいあまりに、ジキスヴァルトは私の目の前で息子に王位を譲ろうとする。流石《さすが》に冗談なのは私にもわかり、笑ってしまった。

「して、剣聖戦はいつ頃行う予定なのだ？」

「私がオルフェンス公爵に正式就任したばかりで忙しいため、落ち着いてから剣聖戦を行っていただく予定です」

ラミロからは、暇だからいつでもいい、と言ってもらっている。

いつまでもオルフェンス公爵家に留まってもらうわけにはいかないけれど、マルスによるとエルフの時間感覚はかなり緩いらしく、十年くらいは引き留めようと思えばできるとまで言っていた。そんな長い時間いてもらっても困るため、一ヶ月後くらいを予定している。

「まあ、オルフェンスにとっては絶好の機会だからな。せいぜい有効活用するがいい。ラミロ殿の不興を買わない範囲でな」

駄々《だだ》をこねたりテオバルトに譲位をほのめかしたりしたお茶目な姿はなりをひそめ、すべてを見《み》透《す》かしたような目をして笑うジキスヴァルトに気圧《けお》されずに、私は何とか微笑《ほほえ》んでみせた。

＊　＊　＊

「この機を逃せばシルヴェリア神教からどんな横やりが入るかわかりません。今のうちに結婚証明書だけは発行しておきましょう」

結婚証明書。シルヴェリア王国では国ではなく神殿が発行する。結婚というのは神に許されて行う神聖な誓いの一つなので、婚姻に関する書類はシルヴェリア神教の管轄《かんかつ》なのだ。

王国貴族は国王の許しを得た後で、シルヴェリア神教の名のもとに結婚することになる。

国王が利害関係のために許さないことはあっても、普通の貴族の結婚に、シルヴェリア神教が口出しすることはほとんどない。

けれどシルヴェリア神教は、以前から私とロイの結婚については難色を示していた。

アリスがかつて、私についてあることないこと言いふらしたせいだろう。

それこそヴェラが当初提案していたのと同じように、私の血筋を残さないという条件でのみ、結婚証明書を発行するとほのめかしていた。

「メルティア、味気ない話で申し訳ありません。人生で一度の結婚の話だというのに拙速《せっそく》で」

「いいのよ、ロイ。あなたとの結婚を邪魔されるほうが困るもの」

オルフェンス公爵家の公爵の選出については、シルヴェリア神教に口出しをする権利はない。それはオルフェンス公爵家内のことだからだ。司教を手配するはずの儀式に司祭を派遣するのが、シルヴェリア神教のできる精一杯の嫌がらせだった。

結婚においては、シルヴェリア神教がここぞとばかりに邪魔してくる可能性がある。

「多額の献金をして内部に伝手《つて》を作るつもりでいましたが、今なら剣聖戦の観戦をちらつかせればどんな書類にでもサインさせることが可能です。ちらつかせるだけちらつかせておいて、実際には招待する必要もありません」

「それは流石《さすが》に申し訳がないような……」

「恩着せがましく、あたかも僕の権利を取り戻す手伝いをしてやるという口ぶりで、あなたから権利を奪おうとしていた者たちです。気の毒に思う必要はありません」

ロイは冷酷に言い捨てる。私を思いやっての言葉だと思うと照れくさい。

「大司教が別の式典に出席している日を狙って教会に赴《おもむ》くのもいいでしょう。司祭以上なら誰でも結婚証明書の証人になる権利がありますからね。さて、いつ教会に脅《おど》しをかけにいきますか——」

「その……ロイ」

物騒な顔つきをしていた彼だけど、私が袖を引くと優しい表情になる。

かつて私が必死の演技でロイを守ろうとした恩のためだろうか、それとも家族愛だろうか、共に戦う者への友愛だろうか。

たとえどんな意味だろうと、ロイへの気持ちに気づいた今はその笑みが愛《いと》おしい。

「メルティア？　どうしましたか？」

「結婚証明書を発行する前に、ロイと一緒に行きたいところがあるの。付き合ってくれないかしら？」

「メルティアが望むのでしたら、どこまでも共に行きますよ」

ロイはきっと本心でそう思ってくれている。

そう確信できたから、嬉しくて笑みが零れた。

「それじゃ、まずは準備をしないといけないわ」

「準備ですか？　何を用意しましょうか」

どれだけ高価なものでも用意してくれそうなほど優しい声を出すロイがおかしかった。

「平民の服よ」

準備をしなくてはならない。

ロイと結婚する、その前に。

「――汚い服を着せてごめんなさい、ロイ」

「古着を洗って着るのは平民にとってごく普通のことのはずです。汚いなどとは思いませんよ」

大抵の貴族なら顔を顰《しか》めるだろうに、ロイは平気な顔をして古着を着こなしていた。

母親と離れに閉じ込められていた頃は中々服を洗うこともできなかっただろうから、それで慣れているのかもしれないと思うと気の毒だ。

でも、それを言って悲しいことを思い出させるわけにはいかない。

今日は、デートなのだから。

「それにしても困ったわ……古着を着ていてもロイの美貌《びぼう》と品格がぜんっぜん隠れないわね」

「あなたこそ、天から舞い降りた女神がお忍びなのだということがバレバレです」

お互い自分が容姿に優れているのはわかっているので、謙遜《けんそん》はしない。

「まあ、お忍びだってことが伝わるならいいわ。行きましょう、ロイ！」

停まった馬車からロイと手を繋いで降りる。

私たちがやってきたのは貴族街から遠く離れた場所、下町だ。

「まずはメイン通りを冷やかすわよ！」

「楽しみですね、メルティア」

笑顔のロイに道行く女がさっそく見とれている。

彼の布製のキャスケットを引っ張り目深《まぶか》に被らせてから、私たちは手を繋いで歩き出した。

＊　＊　＊

剣聖戦の招待客を未だ決めかねているふりをしているこの状況で、僕たちに手出しをする者はいないと思っていたが、頭の悪い者はいつの世にもいるらしい。

気配を感じ、身を隠してついてきている護衛に、メルティアには気づかれないように指示を出す。

なんにも気づかせずに楽しんでもらいたかったのに、僕の様子に違和感を覚えたらしいメルティアが、嬉しそうに屋台で購入していた串焼き肉から口を離す。

「付き合わせてしまってごめんなさいね、ロイ」

「何故《なぜ》謝るのです？　あなたと町を歩くと様々な発見があり、とても面白く過ごしていますよ」

本心の言葉だ。メルティアが見るもの、興味を抱くもの、喜ぶもの。

貴族の女性なら見向きもしないようなものに彼女が様々な感情を抱くことは、実際に目の当たりにしなければ気づけなかっただろう。

「ロイにとって少しでも興味が引かれるものがあればいいんだけど」

「メルティアが十二歳までの間生きていた世界を見ることができていると思うと、興味が尽きるわけがありません」

メルティアは曖昧《あいまい》に微笑《ほほえ》んで、指を指した。

「……私が生きていた世界は、こういうところじゃないわ。オルフェンスと王都では違うけれど、強《し》いて言えばあちらのほうよ」

そこは暗く細い路地だ。数人、汚れた身なりの子どもがいる。

側を通る時、メルティアを近づかせたくなくて、僕は彼女と場所を入れ替えた。

気づかっているつもりだったが、あの時――メルティアはどんな表情を浮かべていたか。

「ああいう、いかにも暗くていかがわしいところに続いていそうな路地の先には、大抵歓楽街があって……私はそういうところの一つで生きていたわ。そんなところで暮らしてる子どもが町の表側に出てくるのは歓迎されないから、私たちは路地からこちらを覗いていたの」

きっと、先程の路地にいた子どもたちのように。

遠くを見る目でメルティアが教えてくれる。その語り口は穏やかで、しかし切ない目をしていた。

「表通りを楽しそうに歩く人たちが羨《うらや》ましくて、あんなデートをしてみたいと思っていたのよ。歌劇でのデートも素敵だったけれど、私が幼い頃に夢見たデートはこういうものだったから、結婚前にしてみたかったの」

「メルティア、もしあなたを傷つけていたら申し訳ありません」

「なんのこと？」

本当に僕が何を謝罪しているのかわからない様子だが、それをもってメルティアを傷つけずに済んだのだ、とは思えなかった。

「……先程あの路地にいた子どもたちを避けるような振る舞いをしました。あなたを守ろうとして、過去のあなたを傷つけてしまったようです」

「あら、そんなことは気にしなくていいわ」

メルティアはあっけらかんと言う。

「あの子たちがあそこにいるのはスリをするためだろうから、避けて当然よ。獲物に狙いをつけているんだから、警戒心を見せなかったら掏《す》られるわ。特に私たちは隠そうとしても隠しきれない貴族のオーラがあるんだから気をつけないと」

「……そういうもの、なのですか？」

「そういうものよ。私だってスリ……いえ、なんでもないわ」

メルティアが口を噤《つぐ》んで咳払《せきばら》いする。

調査の末、メルティアが過酷な幼少時代を送っていたのは知っているが、これは知らなかった。

口を滑らせ気まずそうに顔を青くしているメルティアに、伝えなくてはならないだろう。

「あなたがしたたかに生きていたようで、よかったです。辛《つら》い思いをされるよりずっといい」

元より、路地から明るい場所に焦《こ》がれながら一人涙を流しているような人ではない。

自分の母親と領主であるオルフェンス公爵を引き合わせ、公爵令嬢の座に収まるような人なのだ。

「僕のものならなんであれ、盗んでいただいて構いませんよ？」

「これ以上は何もいらないわよ！」

そう叫んだ瞬間は、それがメルティアの本心で間違いなかった。

だが、彼女はハッと息を呑んで続ける。

「……でも一つだけ、欲しいものがあるのを思い出したわ」

頬を染め、上目使いで僕を見上げる。潤《うる》んだ緑の瞳は甘さを含み、どこかねだるように揺れていた。

覗き込むように見つめられ、僕は思わず生唾を飲む。

「なんでも差し上げます。言ってください」

「何かも聞かないうちから安請け合いはやめてちょうだい！」

「ですが本当になんでも、あなたが望むのならその手に握らせて差し上げたい気持ちなのです」

メルティアが僕の心臓が欲しいというのなら、この胸から抉《えぐ》り出《だ》してその小さな手に載せてあげたいと思うほどだ。それを言えばメルティアは怒るだろうが。

浮ついた言葉を吐かないよう口を噤《つぐ》み、気持ちだけは伝わるようにと願いながら見つめていると、顔を赤くしてメルティアはそっぽを向いた。

「その言葉だけで十分だわ」

頬を赤く火照《ほて》らせたままメルティアが僕の前を行く。

本当に十分だと思ってくれている。

だが、あげたかった。僕の持ち物のうち、メルティアが必要としているものがあるのであれば、そのすべてを差し出して喜ぶ顔が見たかった。

十分に足りていると思えないのは僕のほうだ。

心を読む魔眼を持っているはずなのに――メルティアが何を求めているのかわからない。

「ヒントだけでも頂けませんか、メルティア」

「イヤよ」

ふいっと顔を背《そむ》けられてしまう。

彼女が嫌だというのなら、それがたとえどれほど軽い口調だとしても強《し》いるつもりはない。

「わかりました……」

嫌がられない範囲で、別の方法で調べよう――そう決めて肩を落とす。

するとメルティアがおずおずと言った。

「そんな顔をしないで、ロイ。今日のデートの終わりにヒントをあげるわ」

「本当ですか？」

「ヒントをあげる、というより、ヒントになるというか」

彼女は曖昧《あいまい》に言葉を濁《にご》す。その頬は薔薇色《ばらいろ》に染まっている。

その愛らしさに息を呑んでいると、メルティアは目の縁《ふち》まで赤く染めて僕をキッと睨《にら》みつけた。

「せいぜい覚悟しておくがいい、わ！」

僕にとって覚悟が必要なものを欲しているらしい。

だが耳まで赤く染めるメルティアの姿を見ていると、覚悟の末に要求される物事が僕にとって悪いものだとはまったく思えなかった。

＊　＊　＊

最後には夜市を回った。

噴水のある広場では演奏者が音楽を奏《かな》で、その音楽に合わせて平民たちが踊っている。

私は演奏者の足許《あしもと》に置かれた帽子にコインを投げ入れた。

金貨だと気づいたらしい演奏家が音を外しても、誰も気にせず笑いながら踊り続けている。

「ロイ、踊りましょう」

「僕にはここのダンスがわからないのですが……」

「自由に踊ればいいのよ！　決まりなんか何もないわ！」

周りを見回せばすぐにわかるはずだ。誰一人同じダンスを踊っていないし、音にだって合ってない。

「メルティアはダンスが嫌いではありませんでしたか？」

「ダンスが嫌いと言っておかないと、踊らないといけなくなっちゃうじゃない」

悪役令嬢ごっこをしていた頃は贅沢三昧《ぜいたくざんまい》の生活を送る体《てい》でパーティーをよく開いていた。

踊れないふりをしていなければ、親戚たちと踊らなければならなくなってしまっただろう。

「なるほど……そういうことでしたか」

「さあ、行きましょう！」

ライトアップされた夜の町、噴水の周りで男女が踊る。

パートナーを次々入れ替えている人もいるけれど、ずっとパートナーを変えない人もいる。

ロイをチラチラ見ながらパートナーになれないか窺《うかが》っている女たちには悪いけれど、この座を譲るつもりはない。

「僕はあなたを誰にも譲るつもりはありませんので、他の男と踊りたいなどと思わないように」

「奇遇ね？　私もロイを誰にも譲るつもりはないわ」

――今、この瞬間だけは。

ロイが私の腰を掴《つか》み、軽々と高く持ち上げてくるりと一回転した。

「わ……！」

「あなたに独占欲を抱いてもらえることが、僕にとってどれほど胸の高鳴ることか、どうしたらあなたに伝えられるのでしょう」

噛みしめるような笑みを浮かべるロイから目が離せない。

すぐ側で奏《かな》でられているはずの音楽さえ遠くなる。

こんなことがあるのなら、決まった型がある貴族のダンスのほうが便利かもしれない。

ロイ以外何も見えなくなっても、一緒に踊れるのだから。

「それはお義母上《ははうえ》の歌声に合わせてあなたが踊っていたダンスですか？」

「違うダンスよ。一度として同じ踊りはないの」

前世、ダンスの授業は嫌いじゃなかったけれど、音楽にワンテンポ遅れるのが常だったから、大学ではダンスの授業を選ばなくていいと思うとホッとした。

生まれ変わった自分がダンスが好きだということに気づいたのは、生まれてすぐのこと。

お母様の歌う子守歌を聴いたら身体を動かさずにはいられなかった。

「どうして私がお母様の歌声に合わせて踊っていたのを知っているの？」

「あなたについては調べました。とある酒場には天上から舞い降りた歌姫がいて、妖精の可愛らしいダンスが見られると評判だったそうですね」

「私も客寄せに貢献していたのね。なら、私もお給料を貰《もら》えばよかったわ」

「いくらであっても支払うので、僕に独占させてはいただけませんか？」

くるくる回っていると、ロイに腕を引かれてその胸の中に倒れ込んでしまう。

「できるなら……誰にもあなたを見せたくはない」

「ロイがそう望むのなら、いいわよ」

できるだけ彼の意向に従うつもりだと言ったのに、後継者についても彼の意向に反したあげく、結局は迷惑をかけてしまった。

ロイのためになると思ってしたことが、結局、彼のためにならなかった。

最初からロイの言うことを聞いていれば、マルスは求婚だなんてせずに済んだだろうに。

不意に音楽が、止《や》んだ。

「いいとは、一体どういう意味ですか？」

「ロイが望むのなら私のことを閉じ込めてもいいわ」

「メルティア……？」

オルフェンス公爵である私。

ロイの望み通り、私こそがオルフェンス公爵に相応《ふさわ》しいと祝福するために、剣聖までもが公爵就任式に訪れた、ということになっている。そんな私を野放しにしておくのは負担だろう。

まだこれからも色んなことが起こる。

けれど、すべてをこの手で解決するのはもう諦《あきら》めるべきだ。

できるだけたくさんの人に救われてほしい、なんて——そんな自分の望みを叶えようと思ったら、いつまでもロイの望みを叶えられない。

「ロイ、もう心配しなくてもいいわ。オルフェンス公爵家の爵位と精霊を持つ私が、あなたの傍《そば》を離れるかもしれないだなんて、不安に思わなくて大丈夫なの」

「それは一体、何故《なぜ》でしょうか？」

警戒するように険《けわ》しい顔つきになるロイ。

これまでの私があまりに彼の意思を蔑《ないがし》ろにしてきたから、信じがたいのだろう。

ロイに、信じさせてあげたかった。

私が、ロイの味方だってこと。

籠絡《ろうらく》しなくても私たちの間に温かな愛があり、手駒にしなくてもお互いを思いやっている。

それ以上のものが、ここにある。

「私、ロイのことを好きになってしまったの」

ロイが息を呑んで目を瞠《みは》り、咳払《せきばら》いした。

「それは家族として……という意味ですか？」

「違うわ、ロイ。私はあなたに恋をしているのよ」

ロイの目を見て想いを吐露《とろ》する。

その菫色《すみれいろ》の瞳なら、私の心のすべてを見抜けるはずだ。

ロイの大きく見ひらかれた瞳がきらきらと輝いていた。夜空のような瞳に黄金のきらめきが星のように瞬《またた》いている。

「一体、いつから――？」

「きっと、あなたが解毒剤を飲ませてくれた時よ」

ロイの私を見る優しい眼差《まなざ》しが、私を思いやるものだと知った時。

その眼差《まなざ》しが酷《ひど》く見慣れたものであると気づいた時。

長い間、ロイが私を想ってくれていたと知った、あの時から。

「これが恋だなんて知らなかったから、気づくまでに時間をかけてしまったわ」

『光の王女』を読んでいた時にロイに対して抱いていた想いが、恋だと思っていた。

だから、この世界で長く暮らしてロイに対するあの頃の想いがなくなってしまい、私は彼に恋に落ちてはいないのだと考えた。

今思えば、前世の気持ちは恋に恋していただけの独りよがりな想いだった。

私もアリスとそう変わりはない。

「メルティア、僕も――」

「この鍵をロイに託すわ！」

ロイが何を言おうとしたのかはわからない。

けれど、柔らかな口調で口にしようとした言葉がなんであれ、すぐに変化する予定の代物《しろもの》だ。余計な迷いが生まれないよう彼の言葉を遮《さえぎ》り、私は変化をもたらすために声を張り上げる。

「鍵？　これは公爵家の金庫の鍵ではありませんか」

「その中に、私のすべてを書いた帳面を入れておいたの」

生涯誰にも言うつもりはなかった秘密を書《か》き記《しる》した。

本当なら、たとえ誰に露見《ろけん》しても、ロイにだけは知られたくなかった。

だけど、すべてを知る私がロイの意向に従うつもりならば、誰かに託さないといけない。

様々な問題を本来解決するはずのアリスは何もしてくれないだろうし。

「最初はロイが一人で見てちょうだい。必要だと思ったら、カインでも誰でも見せたらいいわ」

「……すべてとは一体なんのことですか？」

「私の秘密よ。ロイ、あなたが気づいていないはずはないわ。あなたはとても頭がいいし……」

「メルティアに秘密があることに気づいていなかった、と言えば嘘になりますね」

やっぱり、ロイにはバレていた。

マルスは私の嘘を誤魔化《ごまか》してくれたけれど、後から報告でもしたのかもしれない。

「秘密のすべてを、覚えている限り書いておいたわ」

「メルティア、泣いているのですか？」

「ごめんなさい……本当は、きっと、直接言うべきことなの」

苦しむロイを助ける聖女の話を物語として楽しんでいたこと。

それ自体に罪はなくとも、ロイにとっては気味が悪いだろう。

私が隠していた秘密を知った彼は、どんな目で私を見るだろうか。

オルフェンス公爵家に潜《もぐ》り込《こ》んだことさえ、計算だと思われても無理はない——ロイには魔眼があるから弁明はできるだろうけれど、彼の脳裏に一瞬たりともその可能性が過《よぎ》ると思うだけで、胸が苦しい。

「私の口から話して、あなたに謝るべきだけど。でも、私の秘密を知ったあなたの顔を見る、勇気がないのよ」

ロイには神経質なところがある。

だから、自分の内心を物語という形で盗み見られているだなんて耐えられないだろう。

「本当に、ごめ、うっ、ううっ」

「落ち着いてください、メルティア。ここでは人目につきますので、馬車に戻りましょう」

ロイに抱えられて馬車に戻った。馬車が動き出しても彼は私を抱えたままだ。

でも、すべての秘密を知ったら、こうして触れられることもなくなるかもしれない。

だから、縋《すが》りつくようにロイの首に抱きついた。

今なら穏やかな愛で受け止めてもらえる。

今を逃したら、二度と触れられなくなるかもしれない温《ぬく》もりを味わう。

「ロイ様、下町で何か事件が？　報《しら》せをくだされればよかったのに」

オルフェンス公爵邸に着くと、カインが出迎えた。ロイに抱えられて馬車を降りた私を見て悪い想像をしたらしい。

けれど、デート自体は無事に終わったのだ。

泣かずに終えられたら、もっとよかったのに――

「事件ではない。執務室から人払いをしろ、カイン」

その言葉に息を呑み、私はロイの胸から顔を上げた。

「まさか、今見るつもり？　嫌よ、降ろして！」

「落ち着いてください、メルティア」

「嫌よ！　一人で見てって言ったでしょう⁉　せめて私のいないところで、にして‼」

「いい子ですから、落ち着いて」

頬に口づけられ、びっくりして固まる。

動けなくなった私を見下ろしてにっこりと笑い、ロイが歩いていく。

辿り着いたのは執務室。

私が散々悩みながらもすべての秘密を記《しる》した書き物をしまった金庫がある。

「お、お願いだから、お願いよ、ロイ……！」

「あなたが僕に明かそうとしているのは、よほど知られたくない秘密なのですね、メルティア」

「そうよ！　でも、打ち明けるわ。だから、許して――」

こんなに懇願《こんがん》しているのに、ロイは私をソファに座らせて頭を撫《な》でると鍵を持って金庫に向かう。

その後ろ姿を見て気がついた。

「もしかして……私が何も話さなくてもすべて知っているの？　だから、怒っているの？　これは私に対する罰なの……？」

「メルティア」

「だ、だったら……！　仕方ない、わね……。いいわ、すべての権利は、ロイにあるもの……」

ガチャリと重い音を立てて金庫が開く。

ロイが私の座るソファの隣に座り、目の前の机に帳面を置いた。

「ここにあなたの秘密が記《しる》されているのですね？　メルティア。だが、それはあなたにとって隠しておきたい秘密で、僕に知られるのが恐ろしくてたまらない。――けれど、あなたは僕に恋をしてしまったから、僕のために教えようとしている」

「……そうよ」

彼は私の真意を確認しようとしている。

もしもこれを呪いの本のたぐいだと心配していたらいけないと思って、私は顔を上げた。

涙でぐちゃぐちゃになり、化粧も剥《は》げて酷《ひど》いことになっているだろうけれど、彼に顔を見せる。

閉ざしていた瞼《まぶた》を開き、内心を読み取りやすいようロイの目を直視した。

「きっとロイの利益になるわ」

今後は死ぬことがわかっている人を助けずに、恩が売れるようになるまで困窮する様《さま》を見過ごすこともあるかもしれない。

それが、ロイの利益になるならば、もういい。

「だから……嫌いになっても、いいから」

これは嘘になってしまうかも。でも、本当にいいとも思っている。

この矛盾した感情を、魔眼は読み取ってはくれない。

「ロイのことを、好きでいても許して……！　わ、私がロイのことを好き、なほうが……ロイにとっても利益、でしょう？」

私が別の男に恋をするほうが、ロイにとっては困るはずだ。

「ロイのためなら、なんでもするわ。何をされたって、嫌いになんてならないんだから。あなたのためになると思ったら意に反して動いてしまうかもしれないけど、それが嫌なら閉じ込めたっていいわ。恨むなんて絶対にない。裏切らない。だって、ロイのことが好きだから。だから――！」

不意に人差し指を唇に押し当てられる。

ロイが苦笑して私を見ていた。

「むごい時間を取って申し訳ありません。取り乱すあなたがあまりに可愛らしくて、呆気《あっけ》にとられてしまいました」

そう言うと、彼は机の上に置いた帳面に手を掲《かか》げる。

その瞬間、私の秘密を綴《つづ》った帳面が燃え上がった。

「ロイ!?」

「これは僕の火の魔法ですから、机が燃える心配はありませんよ」

「そういうことじゃないわ！　なんで――」

「あなたが労を割《さ》いて書いたであろう書き物を燃やしてしまったことは、申し訳なく思います。ですがあなたが隠しておきたいと思う秘密を、僕は知りたいとは思いません」

「どうして？　間違いなくあなたの利益になるのに！　エレールのこととか、ラインの魔物害のことと同じよ！　使い方次第では強力な武器になる情報なのよ!?」

「たとえどれほど僕の利益になる情報であっても、僕はあなたが胸の内に秘めておきたいと思うものを暴きたくありません」

帳面が炭となって燃え尽きる。復元は不可能だろう。

目を離せないでいる私の頬と手を取り、ロイが顔を覗き込む。

「愛しています、メルティア」

「それは、家族として――」

「義姉《あね》上、と呼んでいたから誤解をさせましたか？」

「誤解？」

「オルフェンスの血を継いでいないあなたを姉と呼ぶことで、オルフェンスの人間であると僕が認めているのだと周りの者たちに周知するためにしていたことであって、あなたに弟として見られたかったわけではありません」

家族としてではない、愛。

求めるあまり、積極的に誤解したくなってしまう。

心臓が口から飛び出しそうだ。

「あなたは逃げたがっていましたね。昔から幾度となく、実際に逃げようとしていた。僕にヴェラを宛てがおうとしたのも、逃げたいという欲求の表れなのでしょう」

「ごめんなさい、ロイ――！」

「謝ってほしいわけではありません。実は僕にも秘密にしていたことがあるのですよ、メルティア」

ロイが皮肉な笑みを浮かべる。

その笑みは私ではなく、その遠くを見る眼差《まなざ》しの先に向けられているようだった。

「あなたにオルフェンス公爵家の精霊を継承させたのは、命を助けるためだけではありません」

「私の命を助けるため、以外の目的があったってこと？」

「そうです」

ロイが静かな表情で頷《うなず》く。

静か、なのに瞳は燃えているように熱っぽい。

「メルティアをオルフェンスから逃がさないためです」

彼が私の顔を覗き込む。鼻先が触れ合いそうなほど近くから、私の瞳を覗き込んでくる。

「あなたにとって、オルフェンス公爵の座はさぞや重たいでしょう。心優しく甘いあなたにとっては茨《いばら》で編まれた筵《むしろ》のようなもの。あなたを縛り僕の傍《そば》に留めおく、鎖だ」

私の手を握る、ロイの手に力が籠もる。

燃えるように熱く重い視線が、その手以上に体を縛り付けるようだった。

「愛しています、メルティア。僕はあなたよりずっと昔から、あなたに恋《こ》い焦《こ》がれ続けていました。だからあなたを我が物のように扱うベンヤミンが憎かった。あなたを傷つけたマルスを、憎悪した」

その口ぶりでは、眠りに就《つ》くよりずっと前から私を想っていてくれたように聞こえる。

信じられなくて何も言えない私に、ロイは険《けわ》しい顔で続けた。

「臆病なあなたは、すべての苦しみの元凶である僕をもっと恐れるべきでしょう。すべてを知ってもまだ、僕を好きだと言えますか？」

貫《つらぬ》くような痛いほど強い眼差《まなざ》しは、一見冷酷にさえ見える。

でも、終始ロイは同じことを言っている。

私に自分を怖がれ、と言っているのだ。

もっと警戒しろと、危機感を抱くようにと、隠しておけば私が知るよしもない内心を打ち明けた。

たとえ自分が不利益を被《こうむ》ることになろうと、きっと、私の一番の味方でいるために。

「好きよ、ロイ」

「……僕のことが恐ろしくないのですか？　嫌にならないのですか？」

「あなたに傍《そば》にいてほしいって、思われていたことが嬉しい」

「メルティア、あなたのことが好きです」

抱きしめられて、流れる涙もそのままにロイを抱きしめ返した。

「私、ロイのためになると思ったら自分のことを止められる自信がないわ。勝手にまた動いてしまうかもしれない」

「あなた自身を蔑《ないがし》ろにしない方法なら、したいようにすればいい。僕はその手伝いをしましょう」

「ロイのためになることでも、誰かが犠牲になるなら止《や》めてしまうかもしれないわ。見捨てられる自信がないの」

「あなたの心を苛《さいな》むのなら、それは僕のためにもなりません」

ロイが子守歌のように穏やかな声で言う。耳元で囁《ささや》かれる言葉が、眠たくなるほど心地良い。

「愛する人が自分のために己を犠牲にするのを見るのがどれほど辛《つら》いことか、僕の気持ちを知ったメルティアにならもうわかりますよね？」

マルスがロイのために私を刺したことは、ヴェラが私のためにロイを刺すようなことなのかもしれない。それを、私は許せとロイに言い続けてきた。

私なら、絶対に許せないだろうに。

「私、ずっとあなたに酷《ひど》いことを言ってきたのね……ごめんなさい」

「謝らないでください、メルティア。そんなに泣いては美しい瞳が溶けてしまいそうで心配です」

ロイが涙の伝う私の頬を拭《ぬぐ》ってくれる。

くすぐったくもその指が目元に触れるのが心地よくて、彼の瞳こそ美しいのにと思いながら見つめていた。その時、不意にロイの顔が近づいてくる。

彼の唇が、触れるか触れないかの距離まで近づいて止まった。

「すみません、メルティア。許可も得ずに口づけてしまいそうに――っ」

ロイの唇が離れそうになるのを襟首《えりくび》を掴《つか》んで引き留めて、その唇に唇を押しつける。触れ合ったところから熱が混じって、蕩《とろ》けてしまいそうな心地だ。

ロイの菫色《すみれいろ》の目が見ひらかれ、頬から目の縁《ふち》までもが赤く染まるのを見てから、柔らかく触れ合っていた唇をそっと離した。

「許可なんかいらないわ、ロイ。でも、ロイは私に許可なくキスされて嫌だった？」

「まさか。嫌なわけ――その、メルティア」

「なあに、ロイ？」

ロイが言葉を詰《つ》まらせ、珍しく狼狽《ろうばい》している。

それが私のせいだと思うと不思議な満足感を覚えて、ロイの表情の移り変わりが愛《いと》おしい。

彼は切羽《せっぱ》詰《つ》まったような赤い顔で言った。

「もう一度、口づけてもいいですか？」

「許可はいらないと言っているでしょう、ロイ」

「嫌がるあなたにしてしまったら、悔やんでも悔やみきれないので」

私を思いやっての躊躇《ためら》いが、愛《いと》おしくて胸が苦しい。

だったら私が嫌がってなんていないことをわかってもらうために努力するしかない。

「あなたとキスしたいわ、ロイ」

「メルティア――」

「もっと、もっと、たくさん……触れ合ったところから溶けてしまいそうなくらい、気持ちよかったから――、んっ」

私が先程した唇を押し当てるだけのキスとは違って、唇がぴったりと噛み合って、熱が深く伝わってくる。

何度も角度を確かめるかのように噛み合った後、離れていった唇の隙間でロイが囁《ささや》いた。

「そんなことを言われたら、止められなくなってしまいます」

「いくらでもしていいのに」

ロイは熱い溜《た》め息《いき》を吐《つ》きながら私を睨《にら》む。甘さを含んだ目つきは少しも恐ろしくなかった。

「今年、あなたが十六歳の誕生日を迎えたらすぐに結婚してもらいますからね」

「二十二歳の誕生日、ね!」

「はいはい、そうでしたね――」

結婚とキスになんの関係があるのかを問《と》い質《ただ》そうかとも思ったけれど、年齢を訂正しないといけなかったし、もっとキスをしたくて期待を込めてロイを見つめるのに忙しかったので、忘れてしまった。

＊　＊　＊

俺は途中で身体強化を切り、耳を塞《ふさ》いだ。

ロイ様とメルティアの私的な会話に聞き耳を立てるのは無作法だろうし、聞いていられない。

頭が痛くて持ち場を離れる。

「痛《いて》ぇな……クソ、なんだよ……」

執務室の扉は見える位置にあるが外の空気が吸える、窓の近くまで逃げた。

胸がムカムカして吐き気がしたが、理由がわからない。

まさかこれが風邪ってやつか？

人生で一度たりとも風邪を引いたことがないからわからない。

深呼吸していると、メイドが俺の傍《そば》で足を止める。

「マルス様、ロイ様がお呼びです」

「ロイ様が？」

メイドを使ってロイ様が俺を呼びつけた？

何年ぶりのことだろう。おそらく、メルティアが長い眠りに就《つ》いて以来のことだ。

感じていた不調がいっぺんに消え、俺はロイ様のもとに駆けつけた。

ロイ様は二階の客室の一室で仕事をしていて、そこにメルティアがいないことにホッとする。

……何故《なぜ》、俺は安堵《あんど》したんだ？

「マルス、先日僕はおまえを許す努力をすると言っただろう」

「は！」

跪《ひざまず》いて頭《こうべ》を垂れる。心臓が激しく脈打つ音が耳の奥にも轟《とどろ》いていた。

決して俺を許すことはないだろうと思っていたロイ様が、俺を受け入れようとしている。

あの日それを聞いた時、俺は奇妙な感覚に囚われた。

喜びが行きすぎて頭がこんがらがっているのだろう。

今も、純粋な喜びと戸惑《とまど》いがない交ぜになり、冷や汗が全身から噴き出してくる。

だが、一体何を戸惑《とまど》っているのだろう。

何故《なぜ》、喜びだけを感じることができないのだろう――？

「まだ、おまえに対するわだかまりが完全に解けたわけではない。だが一区切りとして、今日をもっておまえのことを許そうと思う」

「ロイ、様……」

待ちに待ったロイ様の許し。

それなのにどうして俺は、恐怖にも似た感情に支配されているんだ？

ロイ様が跪《ひざまず》く俺を見下ろして、目を細めて笑った。

「おまえ、僕を裏切ったな？」

「ロイ様を裏切るなどと！」

「エレールについて、僕に嘘を吐《つ》いただろう。あれはおまえの情報網からの情報ではないはずだ」

「そ、れは……！」

「メルティアがおまえを売ったわけではないから勘違いはするな。メルティアも僕がそれに気づいたとは思っていない」

突然エレールを購入したメルティア。

その理由を誤魔化《ごまか》してやるために、俺は確かにロイ様に嘘を吐《つ》いた。

あの女のことだから、ボロでも出したに違いない。

酷《ひど》く取り乱していたようだから……どうして、あんなに泣いていたのだろうか。

最後にはロイ様が泣きやませていたみたいだが、そもそもどうして泣かせたりしたのか。

——俺は一体、何を考えている？

「僕に嘘を吐《つ》けたということは、魔力の上に位置する力を手に入れたということ……超越者の領域に足を踏み入れたということだな。おめでとう、マルス」

「あ、ありがとうございます、ロイ様」

「青い顔をするな、マルス。僕はおまえを責めているわけではない。むしろ喜んでいるのだ」

「喜んでいる……ですか？」

「おまえは剣を捧《ささ》げた主人のために嘘を吐《つ》いただけだろう？　それは忠誠の騎士としてなんら羞《は》じることではない」

ロイ様にとって大事なのはあの女だ。

だから俺がロイ様よりあの女を優先したことを、喜んでいるのだ。

そういうことなのだと、理解はできる。

できてしまうから、こそ——

「超越者の力を持つ者の剣の忠誠を信じることができて嬉しいよ、マルス。今後とも、おまえが剣を捧《ささ》げたメルティアに忠誠を尽くしてくれることを期待している」

俺は果たしてメルティアに忠誠を尽くしたのだろうか。

ロイ様がこう思われることを予想して、メルティアのために動いたんじゃないのか？

今、俺は、一体誰のために動いているのだろう。

＊　＊　＊

「人間にしては中々筋がいいな」

「ありがとうございます、ラミロ様……！　ううっ、カーリン様に忠誠を誓ってよがっだ……!!」

「オーッホッホッホ！　持つべきものは素敵な騎士の忠誠と、素敵な騎士に忠誠を誓われるに値する素晴らしい友人ですわ!!」

カーリンが高笑いしている。

その足許《あしもと》に男泣きしながら転がるヒューゲルを踏み越えて、ロゼリアがラミロに近づいた。

「次は私の稽古をつけていただけないだろうか！　いやっ、護身術程度の腕前で、稽古などとはおこがましいな！　お近くでラミロ殿の剣技を拝見したい！」

「護身術も大事な技だろう。どれ、私に打ち込んでくるといい」

「ラミロ殿！　感謝いたします!!」

男装姿の彼女は嬉しそうに言うと、ラミロに真剣で打ち込む。

数合で剣を弾き飛ばされてしまったものの、彼女は終始嬉しそうだ。

「ふっふっふ……！　これでいけすかないルイラガスの連中に歯ぎしりをさせられる……！」

悪い笑みを浮かべて言う。

ルイラガス領と隣接するライン領の次期当主であるロゼリアは、ルイラガス領の気風に染まった男との折り合いが悪いようで、ラミロの稽古を受けた自慢で彼らを悔しがらせる気満々だ。

「オルフェンス公爵、本日は招いていただき感謝するよ」

私的な友人を招くお茶会を開催する。その横で、偶然にも剣聖戦が行われる、という体《てい》で、私は友人たちを剣聖戦の見物に招待していた。

招待客のうちの一人であるロゼリアは、汗を拭《ぬぐ》いながら爽《さわ》やかに笑う。

「先日の公爵就任式では剣聖プラシドとロイ殿の戦いも、ラミロ殿の剣聖戦宣言も見ることができず、落ち込んでいたんだよ」

「邸内で騒ぎを起こしていた不届き者を取り押さえてくださったと聞いています」

ロゼリアはあの日、客人でありながら率先してオルフェンス公爵邸内で発生する問題を解決すべく動いてくれていたと聞いている。

「本来は私たちオルフェンスの仕事ですが、ロゼリア様がいてくださって助かったと使用人たちから聞いています。ご助力いただき、ありがとうございます」

「我らラインはオルフェンスに借りがあるからね。だというのに、先日は愚弟が馬鹿げた言いがかりをつけたと聞いているよ。贖罪《しょくざい》のためにしたことで、礼を言われるようなことじゃない。今日はヘンリックを連れてきてよかったのかい？」

「ええ。ロイがヘンリック様の誤解を解くために、説得したいそうです」

説得を望んでいるのは私だけれど、物は言いようだ。

ロゼリアのパートナーとしてやってきたヘンリックの説得は難航しているようで、ロイが苛々《いらいら》しているのが遠目にも伝わってくる。

「もしもヘンリック様の誤解が解けずとも、ロゼリア様が気になさることではありません。姉弟であっても、別の人間なのですから」

「ライン公爵家の人間であることに変わりはないから、気にしないというのは難しいが、そう言ってもらえると心が軽くなるよ」

苦笑するロゼリアに私は微笑《ほほえ》んだ。

以前の私なら、ヘンリックの誤解が解けないなら、ロイから離れようと思ったかもしれない。

物語の中で万人に認められたヒロインのようになれなければ、ロイの傍《そば》にいる資格はないと――

でも、今の私はそうは思わないよう、気をつけている。

「ところで、本当に王女殿下も呼んだのかい？」

「はい。まだ来ていないようですが、呼んでいます」

アリスは誰もが参加したがる舞台のプレミアムチケットは手に入れたがる種類の人間だ。

だから招待状を送って参加の返事をもらっていたのに、姿が見えない。

「ルーンの指輪騒動を見ていた私には、どうしてオルフェンス公爵が王女殿下を親しい間柄の人間としてこの場に呼んだのか、かなり疑問なのだが……ラミロ殿が何も言わないということは本当に親しいようだね」

いつぞやの舞踏会での私たちの大立ち回りを見ていたのだろう。

アリスの態度を見て、ロゼリアはオルフェンス公爵家からルーンの指輪を盗んだのは彼女本人だと悟ったようだ。

「アハハ……あれから親しくなったのです」

本当のことだから、ラミロもアリスを呼ぶのには反対していない。

ルイラガスの人間は結局、カーリンしか呼んでいない。おまけでヒューゲルがついてきている。

当初は、ルイラガス公爵とランドルフも呼ぼうかとも思っていたのだ。

けれどラミロに『それは本当に親しい間柄の人間なのかい？』と笑顔で問われて、嘘を押し通すことができなかった。

私たちが招待した客の中で、特にラミロが難色を示したのは大司教。

確かに個人的に親しいかと問われるとまったく親しくはない。

けれど、彼は私とロイの結婚証明書にサインをしたいわば結婚の証人だ。

そう、私とロイはすでに書類の上では夫婦となっている。

私たち夫婦の仲人《なこうど》的存在として、辛《かろ》うじてラミロは大司教の招待を許容した。

ただ、ラミロに難色を示されているわけで、そうなるとラミロを慕《した》う剣聖にも睨《にら》まれるわけで、
居づらいのか大司教は庭の隅のほうで小さくなっている。

「メルティア様、クライスラー家からまた使者が来ましたが、追い返しております」

「ありがとう、カイン」

報告に来てくれたカインに頷《うなず》いた。

四大公爵家のうち、私の初のお茶会に名代《みょうだい》も出さず、公爵就任式には名代《みょうだい》のみを出した唯一の家。

クライスラーは北東の山のあわいでエルフを始めとした異種族と小規模とはいえ取引をしており、異種族に詳しいという。

剣聖戦にはクライスラーの人間を招いたほうがオルフェンスのためになる。何も知らないオルフェンスの人間が剣聖とラミロに無礼な真似をしでかす前に必ず呼ぶように、とかなりの上から目線の手紙が何通も届いていた。

壊れたはずの橋はいつの間にか復旧して通れるようになったらしい。

彼ら自身が主張するように、クライスラーはその外交手腕で王宮でも上位の位置を占めている。

四大公爵家の中でもっともシルヴェリア王宮における力を持っているのはクライスラー公爵家だ。

ちなみに、もっとも立場が弱いのがオルフェンス公爵家である。

前公爵であるお養父《とう》様が外交も社交も何もかも放り出していたためだ。

そういった力関係があるとはいえ、公爵就任式に来てくれたルイラガス公爵すら呼べないのに、クライスラー公爵家の人間を呼べるわけがない。

親しいどころか顔も知らない間柄だ。ラミロの希望だと、事情を手紙に書いて何度も送っているのに、当日になっても使者を送ってくるのだからしつこいったらない。

しつこさはルイラガス公爵家も同等だ。ついさっきまで公爵と前公爵を始めとしたルイラガスの人間が、屋敷の外で恥も外聞《がいぶん》もなくおいおい泣いていた。

けれど、剣聖プラシドに「いい日だっていうのに鬱陶《うっとう》しいなあ！」と吐き捨てられてからは静かになっている。

剣聖の意向に沿おうとする素直な姿勢の分、クライスラー公爵家よりはマシだ。

「うふふ、ツェーゲ侯爵家の娘の私は剣聖戦を見られますけれど、ルイラガス公爵も前公爵もランドルフ様も見られないのですね。剣なんてなんの興味もない女の私は見られますけれど」

「ううっううっ、ううっ……！」

まだ外にはいるらしく、リゼルが柵越しに煽《あお》るたびに嗚咽《おえつ》が聞こえる。

リゼルはランドルフに殴られそうになったのだから、これくらい可愛い仕返しだ。

「お気をつけください、メルティア様。今のところ、ロイ様のヘンリック様への説得は成功していないようです」

「心配してくれてありがとう、カイン」

「心配ではなく、単なる情報の共有ですよ。メルティア様も、共有できる情報は私にも教えてくださると助かります」

「ええ……」

私が知ることができるような情報なら、カインが知らないはずがない。

それなのに情報を共有しろと言われるなんて、まるで私が秘した情報があると知っているみたい。

「高貴な女性の社交界の情報は手に入りづらいので、メルティア様からも情報を頂きたい」

「なるほど、そういうことならわかったわ」

秘密が漏れているのかと不安になったけれど、違うようで息を吐いた。

『おれはエルフのほうは好かん！　がんばれ猫獣人!!』

イグニスはラミロに敵対心を抱いているようで、見かける度に威嚇《いかく》している。ラミロを敵対視するあまり、よく知りもしないプラシドを応援しているようだ。

応援されたプラシドは精霊のイグニス相手でも気にせず食ってかかった。

「オレは猫じゃない！　豹《ひょう》だ!!」

「私にとっては可愛い子猫のようなものだがな」

「はいっ！　子猫なりに精一杯頑張ります!!」

プラシドはイグニスを威嚇《いかく》していたかと思えば、ラミロの前ではコロリと態度を変えてみせる。

誰もが剣聖戦に強い期待を抱いているようだけれど、この分だと激しい戦いにはならないんじゃないだろうか？

師匠を尊敬するプラシドと、プラシドを可愛がるラミロ。

お稽古のようなぬるい戦いになって、熱狂している人たちが不完全燃焼で帰る感じになったらどうしよう――そんな、不遜《ふそん》な不安を抱いた時だった。

強い圧迫感を覚えて息を呑む。

その圧力の発生源は、剣聖プラシド。

「全身全霊、剣に捧《ささ》げた誇《ほこ》りとこの命をかけて！　ラミロ様を殺してでも剣聖の座を守ります!!」

肌がビリビリと痺《しび》れるような迫力だ。

精霊を継承していなかったら、圧倒されて息もできなかったかもしれない。

幸い遠くの門扉《もんぴ》付近でランドルフたちを煽《あお》っていたカーリンとリゼルは無事のようだ。

ロゼリアには倒れ込みかける弟のヘンリックを支える余裕がある。元の魔力が多いからだろう。

「カイン、大丈夫？」

「……不甲斐《ふがい》ないところをお見せして申し訳ありません、メルティア様。魔道具をさっさと起動させておくべきでした」

がっくりと膝をついたカインが冷や汗をかきながらも魔道具を使う。

剣聖プラシドとラミロの周りに結界が張られ、圧迫感が嘘のように消え去った。

「その意気だ、プラシド。だが他人の家を剣聖の墓場にするのはいささか気が引ける。美しい庭園を血で汚すのも忍びない。おまえが命をかける隙も血を流す隙も与えずに完封するとしよう」

「ラミロ様ってば、どれほどの本気を出してくださる気ですか!?　片腕くらい余裕でラミロ様の剣に捧《ささ》げてでもその首を斬り落とすつもりなのに！　最高すぎません!?」

プラシドは恐ろしい言葉を口走りながら興奮していく。

可愛らしい容姿をしているのに、今は凶相に歪《ゆが》んでいて、ゾッと背筋が怖気立《おぞけだ》った。

これが剣聖の名を冠するに相応《ふさわ》しい気迫というものなのか。

これほどの強さを持つ存在なのに、小説では一瞬で退場してしまったのが信じられない。

「――どうやら長居しすぎてしまったらしい。招かれざる客も来てしまったようだ。さっさと始めることにしよう」

ラミロは招かれざる客、と言った。ルイラガス公爵家の人たちが押し入ってきた？　でも、憧れのラミロにこんなことを言われたら死んでしまいそう。

それともクライスラー公爵家が？　他の誰か？

剣聖戦は気になるものの、責任者として客の正体を確かめるため、私はその場を離れ玄関に向かう。

そこには招いた人物と招いていない人物がいた。

招いた人物のパートナーとして来たにしては、大物すぎる。

「何をなさっているのですか、陛下……？」

「陛下、とは呼ぶな。ジキスヴァルトと呼ぶがいい」

なんと笑顔のジキスヴァルトが、みすぼらしい格好に身を包んでいた。

先日言っていたように物乞《ものご》い、というほどの汚い格好ではないものの、お茶会に招待された人間に相応《ふさわ》しい服装でもない。

「止めることができずに申し訳ございません。オルフェンス公爵」

「いえ、テオバルト殿下はよいのですよ」

疲れきった青白い顔をしているテオバルトには招待状を出している。

私は彼と仲がいいわけじゃないけれど、ロイとは仲がよさそうだったし、これから仲よくなれそうだった。ラミロ的にはこれくらいの感覚でも招いていいらしい。

……私は、ランドルフたちとは内心仲良くなりたいと思っていないのかもしれない。自分でも気づいていなかったけれど、ラミロが招待を拒んだということはそうなのだろう。

ルイラガス公爵家の人々は卑屈《ひくつ》なくらい下手に出ているけれど、それはラミロに近づくためでしかないとわかっている。女の私への誹《そし》りがなくなったわけじゃない。

クライスラー公爵家は論外だ。

「陛下に来ていただくことは名誉ですが、十分な準備をせずに出迎えたことは、オルフェンス公爵家にとっての不名誉となってしまいます」

「うむ、オルフェンスに迷惑をかけるつもりはない。それに、陛下とは呼ぶでない」

お忍びだから、ということだろうか。

二回も指摘されてしまっては、訂正しないわけにもいかない。

「……ジキスヴァルト様はそうおっしゃっても、周りの方がどう思うか」

どう、言われるか。いくらジキスヴァルト自身がいいと言ってくれても、これは周囲の人間がオルフェンス公爵家を叩く理由になる。

ルイラガス公爵家は微妙だけれど、クライスラー公爵家とは今後関係の悪化が予想される。敵に隙を見せたくないのに、外から隙になる穴を穿《うが》たれたようでいい気分ではなかった。

「オルフェンス公爵、その辺りはご心配なさらなくても大丈夫です」

「ですが、テオバルト殿下」

「父上が行動したことでオルフェンス公爵に迷惑がかかるようでは、剣聖方に睨《にら》まれてしまいますから……一応、そのあたりは、整理していらしたのですよ……」

「そう、なのですか？」

どよん、と今にも泣き出しそうな幸薄そうな顔でテオバルトが言う。

ここまで言うということは、うちに迷惑がかからないようにはしてくれたのかもしれない。何をしたのかは知らないけれど、テオバルトを始め周りに負担がかかるような方法で。

「お忍びなら、予め教えていただければ裏からお迎えすることだってできたのに……」

そうすれば、これほど目立ちはしなかったろう。

オルフェンス公爵家の周辺にどうにか入れてもらえないかと殺到しているルイラガス公爵家の者を始めとした人間が「陛下だけずるい！」と喚《わめ》いている。

「打診して、万が一ラミロ殿に断られたら来られなくなるだろう⁉」

「確かに」

先程ラミロは招かれざる客と言っていたし、断る確率はかなり高い。

「剣聖戦など滅多に見られるものではないのだ。何を擲《なげう》ってでも見たいではないか！」

「父上、擲《なげう》つものはお選びください……」

「細かいことは気にするな、テオバルト。さあ！　柱の陰からでも世紀の一戦を拝見するぞ！」

「ところで、アリス殿下はどうなさったのですか？」

テオバルトの前では呼び捨てにしていたけれど、流石《さすが》にジキスヴァルトの前では憚《はばか》られた。敬称をつけてアリスの行方を尋ねた私に、テオバルトがしょぼくれた顔になる。

王太子にこんな顔をさせるアリス、逆にすごいわ。

「……あの子が来ると、オルフェンス公爵家の迷惑になるから、来ないことになったんだ」

「なるほど？」

よくわからないが、彼女ならなんでもしでかす可能性がある。

テオバルトがこう言うということは、何かしようとしていたのかもしれない。それをテオバルトが止めてくれたのかもしれなかった。

何も聞いていないのにテオバルトに対する感謝の気持ちが湧いてくる。

これからも、アリスのストッパーとして頑張ってほしい。

「うっ……急に寒気が」

「ここは風通しがよすぎるからな。よしっ、もっとラミロ殿たちの近くへ行くぞ、テオバルト！」

口実をつけて剣聖戦を間近で見たがるジキスヴァルト。ここまで来てしまったものを追い返すわけにはいかないので、後でラミロには私から取りなすことにする。

「——始まります」

ジキスヴァルトたちを案内して一息吐《つ》いた時、私の肩を抱いた人が教えてくれた。

「ロイ」

「怖かったら寄りかかってくださいね、メルティア」

「うん、ありがとう」

ラミロは腰に佩《は》いていた剣を抜いた。

大剣だ。マルスの佩《は》いている剣もヒューゲルたちの剣に比べ大きいと思っていたけれど、厚身がその二倍ぐらいある。

その分重いだろうに、ラミロは軽く振り回していたかと思うと、構えを取った。

応じるようにプラシドも双剣を構える。

次の瞬間、庭からプラシドとラミロの姿が、消えた。

剣がぶつかりあう音が二人の姿より先に戻ってきた。

＊＊＊

私のような常人には目にも留まらぬ速さの戦いに、女性陣は大体ポカンとしていた。

レベルが違いすぎて私同様、理解ができないのだろう。

カインは目で追えていないまでも、夢中になって見ているようだ。いつもなら俯瞰《ふかん》して状況を観察しているのに、今ばかりは眼前の剣聖戦を食い入るように見つめている。

ロゼリアとロイは目で追えるようだ。

ティーカップを持ったまま固まったロゼリアはたまに息を呑み、歓声を零す。

ロイは手に汗を握って観戦している。彼の邪魔をしないように、私は問題が起きないことを祈りながら周囲を観察していった。

だが、そんな必要はなかったのだ。

問題を起こせば、人外の戦いを繰り広げている二者をどちらも敵に回すことになるのだから。

何度かプラシドが鞠《まり》のように吹き飛んだのは恐ろしかった。

でも、ラミロは観客に配慮してか、誰もいない方角ばかりを選んで飛ばしているようだ。

それだけの配慮をする余裕があるのだ。

それ以上に怖かったのは痛めつけられる度に喜んでいるようにしか見えないプラシドだった。

ラミロの言う完封とは、プラシドが疲弊《ひへい》するまで剣の腹で殴り続け消耗《しょうもう》させることらしい。

最後には、プラシドはボロボロの姿でオルフェンスの庭に縫《ぬ》い止《と》められた。

大の字に転がったプラシドは、少しでも動けばラミロの剣によって首の皮を切られるだろう。

全身の擦過傷から血は流れていたけれど、真剣による殺し合いだと思えば誤差のような流血だ。

「プラシド、私の勝ちだな」

「負け、まし、たぁ……っ！」

プラシドは息を切らせつつ嬉しそうに負けを宣言し、その動きで押しつけられたラミロの剣で首を切って血を流す。

ラミロは苦笑しながら剣を引いた。

剣聖交代。

見物客が沸き、その喧噪《けんそう》が伝わったオルフェンス公爵邸周囲もどよめいた。

小説では、プラシドから剣聖の座を奪ったのはマルスだ。

「出てこい、マルス！」

ラミロがマルスを呼んだ瞬間、どこからともなく彼が現れた。

「当然の勝利だな、師匠。おめでとうとは言わないぜ」

「生意気な弟子め。だが、それくらいの意気がなければ剣聖の座など狙えまい」

ラミロは抜き払ったままの大剣を、マルスに向ける。

「マルス、おまえから剥奪《はくだつ》していた剣聖への挑戦権を返してやろう」

「おい、それって……」

「挑《いど》んでこい、マルス。おまえの成長を見せてみろ！」

剣聖への挑戦権。

物語ではマルスがヒロインの内側に自分にはない強さを見出したからこそ、許されるはずのもの。

どうして今のマルスにそれが許されるのか――

「勝てはしないでしょうが、いい線はいくかもしれませんね」

ロイの言葉で理解した。

マルスは、プラシドには勝ててもラミロには勝てない。

この世界でマルスが剣聖になることはもう、きっとないのだ。

「私の忠誠の騎士が剣聖になったらまたうるさくなりそうだから、勝てなくていいわ」

「マルスを第二の夫にという声が上がると思うと面白くはありませんが……主人であるあなたは誰よりマルスの勝利を祈ってあげなくてはいけませんよ、メルティア」

「でもっ」

「勿論《もちろん》、あなたを誰にも渡しはしません」

ラミロとマルスが対峙《たいじ》する。

剣聖戦を行うにあたって、誓いの言葉も何もない。

マルスが剣を抜いて構えた、次の瞬間――

ラミロとマルスたちを覆《おお》っていた結界が、割れた。

＊＊＊

「超越者同士の戦いはここでは無理があったな。大丈夫かい？　オルフェンスの臣よ」

「……ご心配いただきありがとうございます、剣聖ラミロ。ただの鼻血です」

結界が割れた瞬間、結界を張る魔道具を操っていたカインに衝撃の余波がいって彼が倒れ、ラミロとマルスの剣聖戦は中断された。

「大丈夫、カイン？　イグニス、癒《い》やしの魔法をカインにかけてあげられる？」

『鼻血の出元を焼いてやろうか？』

「自然治癒させてください」

カインに拒否されたイグニスが、ピイピイ鳴きながら私の肩口に戻ってくる。

プラシドは自分で持っていた魔法薬で傷を治していた。

一瞬で傷を治すような魔法薬は世の中に出回ることのない超高級品なので、流石《さすが》は前剣聖である。

「メルティア君、君には迷惑をかけ通しだな」

「いいえ、貴重な場に同席させていただいて、ご恩ばかりですわ」

「そう思うのは君が何も知らないからなのだが、まあいいか。いずれマルスを貸してくれないか？　あいつと本気で戦ってみたいが、シルヴェリア王国では狭すぎるのでな」

「剣聖ラミロがお望みでしたら――」

「そのような称号はいちいち使ってくれるな。肩が凝る」

「ラミロ様がお望みでしたら、いくらでもマルスをお連れください」

ラミロはマルスのことを、超越者だと言った。

いつの間にか魂《たましい》の領域の力を扱えるようになっていたらしい。

『光の王女』でも八大神域を修了した後くらいから使えるようになっていたから、時期的にはおかしくなかった。

「少々疲れたので私は部屋で休ませてもらうとしよう」

「お見送りいたします」

「いい、いい。君はお茶会の最中なのだろう？　横で砂埃《すなぼこり》を立ててすまなかったな」

そういう建前だったのだから、貫《つらぬ》き通《とお》せ、ということだろう。

私は頷《うなず》いて、ラミロにはついていかずにその場で見送らせてもらう。

お辞儀をしていた頭を上げると、まるで日食のように目の前が暗い。

「オルフェンス公爵、君に聞きたいことがある」

「……ヘンリック様」

太陽の光はヘンリックが遮《さえぎ》っていた。

影になった暗い彼の表情に剣呑《けんのん》なものを覚えたものの、ここは庭園で、たくさんの人がいて、私たちの姿はみんなに見えている。

ヘンリックは周囲に聞かれない声量に落とし、低い声で私に訊《たず》ねた。

「ライン領にガルジャガルを放ったのはアンタじゃないのか、オルフェンス公爵」

「え？　私が、魔物を放ったなんて、どうして――」

「やっぱりあの魔物の名前がガルジャガルだと知っていたのか。これは確定かな」

彼の瞳から光が消える。

何か、墓穴を掘ったような気がするけれど、それは誤解だ。

「あの魔物の名は、ラミロ様から伺って――！」

「恐れ多くも剣聖ラミロに罪をなすりつけようというのか、人間」

「エルフ？」

その瞬間、ヘンリックの影から現れたのは、見覚えのないエルフだ。

彼が被っていた外套《がいとう》の帽子を外すと、その下に隠れていたエルフの特徴的な耳が見えた。

「おれの従者としてついてきてもらったんだ。ちゃんと確認したかったからな」

「確認とは、一体なんの……？」

「ガルジャガルとは、かつてエルフの村を壊滅させようと、人間が飼い慣らした魔物の名だ。――

エルフの泪《なみだ》を奪うために」

それは以前、マルスにも聞いたことのある話だ。

だが、魔物によって滅びたのだとは、知らなかった。

「私たちエルフは人間たちに報復した。エルフの泪《なみだ》を手にした者は全員始末した。だが、ガルジャガルを飼い慣らした人間だけは手がかりがなく逃がしてしまったのだ。私たちエルフはこの者の子孫だけでも見つけるために、網を張ることにした」

「網……？」

「ガルジャガルの存在を人間社会から消すこと。エルフは何百年もの時間をかけて、人間からガルジャガルの脅威《きょうい》とその対処法を忘れさせた。またガルジャガルの魔物が現れた時、いち早くその治療法に辿り着いた者こそ、私たちエルフの仇敵の子孫であると気づけるように」

どういう誤解をされているのか気づいて、ぞっと背筋が粟《あわ》だつ。

「ち、違います！　私は――――！」

「ならば何故《なぜ》、ガルジャガルの治療法を知っている？　エルフでさえ、今の治療薬を見つけるのに何十年もの時間を要したというのに。まったく別の治療薬を持っているのは、それを使ってガルジャガルを飼い慣らしていたからなのではないか？」

前世で、この世界の物語を本として読んだことがあるから知っているのだ。

なんて、言えるわけがない。

言ったところで、この怒りに満ちた目で私を見下ろすエルフに信じてもらえるはずがない。

「人間の命は短い。おまえは先祖から継承されたその知識がかつてエルフの命を奪ったのだと知らないだけじゃないのか」

「違います、そうではないんです……！」

「ならば、証明してみせろ」

私の言葉なんてほとんど信じていない顔をしてエルフは言う。

「私はクライスラー公爵家に滞在している。おまえが無罪を証明できないのであれば、私たちのやり方で断罪する」

そう言って、エルフは立ち去った。

小説ではこんな展開にならなかった。

それは多分、あまりに切羽詰《せっぱつ》まった状況でガルジャガルの治療法が発見されたからなのだろう。

ヒロインが治療法を隠していたわけではなく、極限の状況下だからこそ見つけ出せたのだと、誰の目にも明らかだった。つまり、エルフの目にも明らかだったのだろう。

でも、私の場合は違っている。

偶然にしては確かにできすぎていて、疑いを抱くエルフたちの気持ちもわかる上に、証明のしようがない。マルスですら、真珠を奪われたエルフの村の悲劇は知っていても、それがガルジャガルによる被害だとは教えられていなかったのだから。

これが剣聖戦にクライスラー公爵家を招かなかった報《むく》いだというのなら、激烈だ。

「演技が上手《うま》いな、オルフェンス公爵。——自らライン領に魔物をばらまいておいてその駆除薬を格安で売るだなんて、あの賢《かしこ》い姉さんですら騙《だま》された」

「ヘンリック様、誤解です！」

「誤解の余地があるとしたら、かつて魔物を使ってエルフの村を壊滅させた犯人が君の祖先かどうかってところぐらいだろう。娼婦だった君の母親が寝た男が睦言《むつごと》に教えてくれたっていうんなら、顧客リストでも作ってあのエルフに提出すれば？　そしたら報復はされなくて済むかもな」

打ちのめされるような言葉の数々だった。

解きようのない誤解を前にどう抗弁したらいいのかわからない私に、ヘンリックが吐き捨てる。

「悪女が、ロイを巻き込むなよ」

ロイの友人がロイを思って私を弾劾する。

麗《うるわ》しい友情から生まれる敵意が私に向いていることが、辛《つら》かった。

「ヘンリック！　うちの愚かな弟が無礼をしたようだ。申し訳ない、オルフェンス公爵」

「姉さんは騙《だま》されているんだよ!?」

血相を変えて駆け寄ってきたロゼリアがヘンリックの後頭部を殴ってその襟首《えりくび》を掴《つか》む。

まるで母ライオンにつまみ上げられる子ライオンのよう。

「オルフェンス公爵の出自がどうであれ、苦難の時にラインを救う判断をしてくれたのは彼女だ！　エルフは私たちラインを見捨てる気だったのだぞ。どちらがラインにとって重視するべき存在なのかもわからないのか！」

「だけど！　エルマーは、この女がラインに恩を売るために魔物を放った可能性もあるって!!」

「それはない。私がこの目でそう判断した！　彼女にはそんな真似はできないと！　次期ライン公爵家の当主である私の目を疑うのか！」

「そ、そうじゃないけどさあ……っ」

「愚弟め」

ロゼリアが吐き捨てると、ヘンリックが目に見えて落ち込む。

彼は商業ギルドの長でありながら、人を見る目があまりない。

だけど自分より有能な人物を尊敬し、身の回りに置くことを躊躇《ためら》わないという美点がある。

その美点を発揮するようになるのは、ロゼリアがガルジャガルの魔物害によって亡くなってしまった、後のこと――

「エルマー様というのは、クライスラー公爵家のご子息のことですね」

「剣聖戦に呼ばれず腹を立てて、オルフェンス公爵を搦手《からめて》から攻めることにしたらしい。あいつらと敵対するのなら、私は無論オルフェンス公爵を支持するよ」

「……ロゼリア様も、私がエルフの村を襲ったならず者の子孫だとお考えですか？」

「オルフェンス公爵がどのようにしてガルジャガルを駆除する薬花の存在を知ったのか、その方法について私はさして興味はないよ」

ロゼリアは優しい笑みを浮かべて私の味方であることを全面的に表してはいたけれど、きっと私が前世の記憶で知っていたのだと言っても信じてはくれないだろう。

だからロゼリアは奇跡、という言葉を使ったのか。

エルフが歴史から消したはずの知識を知っている、私が現れたから。

誰も知るはずのないことを知っていて、それを無償《むしょう》で教えたから。

――犯人以外、知るはずがないことを。

更に恐ろしいことに、私の祖先に犯罪者がいなかったことを証明する手段がない。

「……アリス、どうして来てくれなかったのよ」

この世でアリスだけが私の無罪を知っている。

いてくれるだけで心強かっただろうに、どうしてここにいないのだろう。

「陛下をやっと追い返すことができましたよ――メルティア、何かありましたか？」

「すまない、ロイ殿。愚弟がクライスラーの口車に乗ってオルフェンス公爵を傷つけたのだ」

ロゼリアがロイに説明する。着せられた恐ろしい濡《ぬ》れ衣《ぎぬ》について、私だけではどう説明したらいいかわからなかったから、助かった。

でも彼女の口ぶりでは、まるで私がかつてエルフの村を滅ぼした人間の子孫であることが確定しているかのようだった。

＊＊＊

剣聖戦の後始末を追えた後、私とロイとカインとマルスは執務室で額《ひたい》を合わせた。

「メルティア、ガルジャガル、と呼ばれる魔物のことと、その駆除薬についてどこで知ったのか、僕たちに言える範囲のことを教えていただくことはできますか？」

「ガルジャガル、という名前はラミロ様がおっしゃっていたから知ったの。駆除薬について知ったのは、偶然よ」

「偶然、ですか……」

そう言うしかなかった。他に、私を疑うエルフにどんな説明ができるだろう。

「その、私に前世の記憶があって、前世で読んだ本の物語に書いてあったから……といったら、エルフたちは信じてくれると思う？」

「僕はメルティアの言葉であればなんでも信じます」

「頭がおかしいと思われるので絶対に外では言わないでください、メルティア様。お願いします」

「信じられても問題だ。エルフは長く生きすぎてヤバい奴も多い。お前を解剖したがりそうな奴が何人か思い浮かぶ」

ロイ、カイン、マルスの順番で口々に反応しながらも、私の真実の告白自体はさらりと流した。

「クライスラーが何か言いがかりをつけてきたら、その時点で正式にオルフェンスから抗議の申し入れをするしかないか」

「厄介《やっかい》ですねえ。そんな隠し球があるのなら、最初から言ってくだされればその脅迫に乗って剣聖戦にも招待しましたのに」

「どうせ師匠が受け入れねえから脅迫しても無駄だろ。だから報復っていう体《てい》でオルフェンスへのエルフの心証を下げて、師匠ごと引き抜こうって腹だろ」

クライスラーは交流のあったエルフからガルジャガルの情報を得ていたのかもしれない。

橋が落ちたのは偶然ではないのだろう。意図的に落とした可能性が高い。

駆除薬についていては教えてもらえていなくても、その魔物害の存在を知っていたなら、橋を落として人の往来を妨《さまた》げる理由になる。

「エルフは人間より同胞を優先する生き物だが、師匠はたとえ同胞のエルフだろうと気に食わない奴より気に入ってる人間を優先する。それを知らない手口だから、聖木会は絡んでないだろ」

「マルスがいればラミロ殿の協力は取りつけられそうか」

「というか、メルティア自体が師匠に気に入られてます。お前、名前で呼ばれてるだろ」

「メルティア様、何かなさったんですか？」

心配そうにカインに問われるも、この件に関しては私にもまったくわからない。

「気づいたら名前で呼ばれていたのよね」

「――そうとしていたくせに、なんでだよ」

「マルス？　何か言った？」

「いや、何も」

マルスは首を横に振る。当たり前のように会議に彼が参加していることが嬉しい。

そんな喜びも、過酷な現実を前に萎《しお》れていく。

「とりあえず、師匠に協力を仰《あお》ぐか」

「ラミロ様に協力を仰《あお》いだところで、何をしてもらうっていうの？　私の祖先に犯罪者がいないことも、私が駆除薬を見つけたことが偶然だってことも、証明のしようがないじゃない」

「後ろ盾にくらいはなれるだろうよ」

「……でも」

小説では悪女として現れたメルティアの先祖が、本当に犯罪者である証拠が出てきてしまったらどうしたらいいのか。

「ロイ、あなたとの結婚についてなのだけれど――」

「メルティア、その続きを言う前に、僕とあなたが逆の立場だったらどう思うのかをよく考えてみてくださいね」

「うっ」

結婚証明書を発行してもらいはしたけれど、今からでも離婚したほうがいいのではないか、と言おうと思った。

でも、私とロイの立場が逆だとして。

ロイの先祖が犯罪者かもしれないと疑われ、濡《ぬ》れ衣《ぎぬ》を着せられそうになっているから巻き込まれないようにと私と離婚しようとしたら、どう思うのか。

「ううっ……何も言えないじゃないの！」

「婚姻とは、一番の味方であるという証《あかし》ですからね。苦難の時こそ共にあらねばなりません」

「あなたを巻き込んでしまうなら、立ち向かって濡《ぬ》れ衣《ぎぬ》を晴らさないといけないわね」

ないものをないと証明するなんて、悪魔の証明だ。

それでも立ち向かい、打ち勝たなくてはならない。

どうするべきなのか、と考えている私の横でロイはすでに結論を出していた。

「とりあえず、クライスラー公爵家を潰しましょう」

「その方向でいきますか」

「俺が当主の首を獲《と》りにいきますよ」

「マルスの案は最終手段だ」

マルスの提案が手段のうちに入っていることが怖い。

「あの、潰すって言ったって、そんなに簡単に潰れるものじゃないわよね？」

「あくまで比喩ですよ、メルティア」

「そういう気持ちで行く、ぐらいの感覚です」

「まあ、どうにもならなかったら俺が当主に決闘を挑《いど》んで物理的に潰してくるぞ」

マルスはおつかいに行くくらいの気楽さで言う。

冗談交じりに軽い口調で物騒な解決策を論じるロイたちに、肩の荷が下りた心地になる。

「ありがとう、みんな」

「妻を守るのは夫として当然のことです」

「私はオルフェンスに仕える臣ですからね」

「俺は忠誠の騎士だしな」

心強い味方の言葉に励《はげ》まされ、何が起きても立ち向かえるような気がした。

＊　＊　＊

「――クライスラーには目立った動きなし、ですね」

「代わりに悪質な噂が流れているようです」

険《けわ》しい顔をしたロイとカインに、私は思わず視線を落とした。

私の出生にまつわる悪い噂がゆっくりと流れ出している。

噂の出所はわからないように巧妙に隠されていて、これでは抗議をすることさえできない。

「私の持っているエルフの泪《なみだ》も、エルフの村を襲わせて奪ったものだという噂も流れたみたいだけれど、カーリン様が鎮火《ちんか》してくれたみたい」

「やっぱ俺が渡しておいてよかっただろ」

忠誠の騎士の求婚という派手なパフォーマンスのおかげで、エルフの泪《なみだ》の贈り物の出所についてはすでに噂が流れ尽くしていた。

誰もが、この真珠はマルスが私に贈ったものだと知っている。だから、この悪質な噂については信じる人はいなかったそうだ。

お茶会でこの噂を聞かされたというカーリンからの怒りの手紙が励《はげ》ましの言葉と共に届いている。

「エルフの泪《なみだ》の送り主は、クライスラーについているエルフだったのかもしれませんね」

カインの言葉の意味がわからず首を傾《かし》げる私に、ロイが顔を顰《しか》めて頷《うなず》いた。

「メルティアに濡《ぬ》れ衣《ぎぬ》を着せるために、だな」

「それはないんじゃないかしら……？　濡《ぬ》れ衣《ぎぬ》だとわかっていて噂を流してるってことになるわ」

そんな悪辣《あくらつ》な真似をするだろうか？

すると、マルスが溜《た》め息《いき》を吐《つ》いた。

「あり得る話だ。お前がガルジャガルの治療法を知っている、とどこかで気づいて、先手を打ったんだろうよ。……お前に確実に罪を認めさせるために」

匿名《とくめい》のエルフが真珠を私に贈ってくれたのだ……と言ってエルフの泪《なみだ》を身につけていたとしたら、きっと、誰も私の言葉を信じてはくれなかっただろう。

どこのエルフが、私のような人間にエルフの泪《なみだ》という貴重なものを贈るのだと問われれば、抗弁のしようがない。

「こんな時に全貴族会議とは、一体なんなのでしょうね」

「召集状とは別に、アリスから絶対に来るようにって手紙が届いているのよ。もしかしたら、私のことが外交問題になっているのかも……」

全貴族会議。それは、国王がシルヴェリア王国貴族全員を集めて開催する重要な会議のことだ。

「流石《さすが》にメルティアを裁くために全貴族会議は開かれませんよ」

「でも、ロイ」

「全貴族会議は国中のあらゆる貴族に強制力を発揮する、強権的な重要会議です。生涯に何度も開催できるものではないので、その、気を悪くしないで聞いてほしいのですが……」

ロイは言いにくそうに言う。

「あの男はメルティアを与《くみ》しやすい相手と見ていますので、たとえ問題になっていたとしても、全貴族会議を開くことはないでしょう。メルティアとは関わり合いのないところで別の問題が発生しているとみるべきです」

「つまり、メルティア様の問題を裁くために全貴族会議を開くなんてもったいないことを国王陛下はしないだろう、という意味です」

「お前みたいな甘い奴、あの王なら口車に乗せるくらい簡単だろうよ」

ロイとカインとマルスが口を揃えて私なんかのために全貴族会議を開くことはないと言う。

「安心はしたけれど、何故《なぜ》かしら。ちょっと胸が痛むわ」

「メルティアはあまり心配をせず、結婚式の準備を進めておいてください――」

「大変です！」

ロイの言葉を遮《さえぎ》るように、廊下から動揺するメイドの声がした。

騒ぎのもとに辿り着くと、無惨《むざん》にも切り裂かれた私のウェディングドレスがある。

犯人はすでに取り押さえられていた。見覚えのあるメイドだ。

「神に選ばれし種族であるエルフを苦しめた犯罪者の子孫がオルフェンスの公爵だなんて、あっていいことではありません！　結婚なんてもってのほかです！　ロイ様、目をお覚ましください!!」

「連れていけ」

「ロイ様！」

悪意のある噂はオルフェンス公爵邸の内部にまで浸透《しんとう》しているらしい。

そもそも、私をよく思わない人間は潜在的に多いのだ。

それでもオルフェンス領の公爵邸よりも、王都の公爵邸のほうが、外にいる別の領都の貴族との競《せ》り合《あ》いもあって結束しているほうだったのに。

「ロイ様派寄りで、シルヴェリア神教の熱心な信徒、というところですね」

「あの子が熱心なシルヴェリア神教徒なのは知っているわ。礼拝日にはいつもお休みを取る子よ」

美しいドレスは切り裂かれ、ところどころ汚されている。

まだできたばかりだったから、このドレスを身につける想像は片手で数えるほどしかしたことがないのが救いだろうか。

犯人が外部から入り込んだ侵入者ならまだしも、見知った顔だったのは後味が悪い。

「頭が痛いが、この状況では仕方ないな」

ロイは眉間《みけん》を押さえながらカインに命じた。

「ヴェラを戻せ」

「ロイ!?　どういうつもり？」

「あなたの第一の夫としてマルスを支持しているとはいえ、ヴェラがあなたの味方には違いない。敵を置くよりはマシです」

「私はヴェラを傍《そば》に置くつもりはないわ！」

ヴェラのことを、オルフェンスに関するすべてにおける正当なる審判者だと勝手に信じていただけに、マルスとの結婚を支持したことが許せない。

こんなの、彼女にとっては知ったことじゃないだろうけれど。

「傍《そば》に置かなくても構いません。屋敷の中に置いておけば、あの女は神に叛《そむ》いてでも勝手にあなたを守るでしょう」

「オルフェンスのためならなんでもしますからね、あの方は」

ヴェラはすぐに呼び戻された。

生き生きとした顔で部屋に入ってきた彼女は、まっさきに私にお辞儀をしてみせる。

「今ひとたびメルティア様にお仕えする栄誉を授かり光栄ですわ」

「悪い噂を立てられた今の私の存在も、オルフェンスのためになると思ってくれるのかしら？」

「はい！　メルティア様が悪事をなさったわけではなく、遠い祖先にエルフ殺しがいるかもしれない、というお話でしょう？　叔父が父親を殺したロイ様の前でそんな噂程度でくよくよしていたら、ロイ様がお気の毒ですわ」

ケラケラと笑いながら言う。

ぎょっとしてロイを見るも、頭痛を堪《こら》えるような顔をしているだけで、傷ついた様子はない。

「三親等内に兄殺しがいて、その兄殺しの叔父を罪人とはいえ殺害した僕よりはマシですね。ヴェラもたまにはいいことを言う。メルティアも気楽に過ごしてください」

「ロイ様と書類の上では結婚してしまったと聞きましたわ。仕方ないのでマルス様は第二の夫として迎え、ご寵愛《ちょうあい》はマルス様に、ということにはなりませんか？」

「ならないわよ！」

ヴェラを睨《にら》んで私はロイに抱きついた。

「私たちは愛し合っているのよ‼」

「メルティアとの結婚式が待ち遠しいです」

私が二十二歳に、肉体年齢的には十六歳になる六月の下旬に挙げる予定の結婚式は、ロイにとっては一つの区切りらしい。

楽しみにしてくれている彼のためにも、ズタズタにされてしまったドレスを新しく用意しないといけなかった。私にとっても、証明書にサインをしただけじゃ結婚したという感じがしないから、結婚式が楽しみなのだ。

実際、結婚を周知して初めてその結婚は正式なものとみなされる。

この世界の結婚は法よりも宗教に属しているため、お披露目の儀式は重要だ。

「あら嫌だ。前よりも距離が近いですね」

「ラブラブだもの。当然でしょう？」

「見せて差し上げましょうか？　僕とメルティアの仲がどれほど深まっているのかを」

ロイに抱きしめ返されて、全身の体温が上がっていった。

その顔が近づいてきた気がして、慌てる。

まさかみんなが見ている前でキスとかされないでしょうね⁉

「……幼馴染《おさななじ》みが色ぼけている姿を見るのは辛《つら》いですね」

ヴェラが微妙な顔をして言うと、カインが頷《うなず》く。

「実は私も同意見です」

「俺も見ていられない」

マルスなどは顔を手で覆《おお》ってしまった。

「は、早く新しいドレスを作らないといけないんだから！　ロイ、離してちょうだい！」

「あなたが望むのなら仕方ありません」

あっさりと私を手離したロイがしょんぼりとした顔をしているのを見ていると、つい背伸びをしてその頬にキスをしてしまう。

「嫌、なわけじゃないんだから、誤解しないでよね!?」

恥ずかしくて、私はすぐに部屋を飛び出す。

後ろから「うわっロイ様が見たことのない顔をしてる！」とカインのいつにない素の驚きの声が聞こえてくる。

喜んだ顔に違いないと、自然と信じられた。

＊　＊　＊

王宮の前は登城のための馬車が連《つら》なっていた。

四大公爵家の紋章付の馬車はそのまま王宮の敷地内に入ることが許され、長蛇《ちょうだ》の列に並ばされる他の貴族たちを横目に先に議場に辿り着く。

全貴族会議のドレスは落ち着いたものをヴェラにすすめられた。

彼女が気に食わないとはいえ、女性の貴族社会に詳しい人の判断なので、その意向に従う。

首まで覆《おお》うレースの襟《えり》に、七分丈の袖は膨らんでいて、動かしやすく書き物をしても袖が汚れにくいようになっている。

「爵位を持つ貴族は全員参加が義務ですが、今回は急な開催のため遠方の貴族はこの義務が免除されるようですね」

「重臣たちが疲れ切っているように見えるのは何故《なぜ》なのでしょう」

私はロイとカインを書記として連れてきていた。

議場に点在する、青ざめたり真っ白な顔をしていたりする人々は、宮中で働く重臣たちらしい。

彼らはぐったりと椅子に凭《もた》れて辛《かろ》うじて仕事をしているという様子で、私が登城してもまったくこちらに興味を示さなかった。

何かがあったらしいけれど、少なくとも私のことではなさそうでホッとする。

彼らより、私たちと同じように召集された別の貴族たちのほうが不躾《ぶしつけ》な視線を送ってくる。

「ほらあれが……例の」

「よくも恥ずかしげもなくいられるものだわ」

「オルフェンス公爵家も終わりだな」

陰でヒソヒソされる分には慣れている。無視しようとしたけれど、ロイとカインはひと味違った。

「僕は全員の顔を覚えたが、カインはどうだ？」

「私は全員の家名もわかりますよ」

私と違って泣き寝入りなんてしない種類の人たちだ。聞こえよがしの陰口なんて叩いてもいいことはないと、あの人たちもいずれ思い知ることになるだろう。

「私も、やられてばかりでいてはいけないわね」

「そうですよ、メルティア。物わかりよく聞こえないふりなどする必要はありません」

「ただし、やり返すなら上手《うま》くやってもらわねば困りますよ、メルティア様」

私を侮辱《ぶじょく》する人は、私の夫であるロイをも侮辱《ぶじょく》しているということなのだから。

気を引き締める私の前で、ロイが表情をなくした。カインも頬に浮かんだ笑みを強《こわ》ばらせる。

振り返ると、そこには初めて出会う人物がいた。

小説の挿絵で、見たことがある。

「やあ、久しぶりだね、ロイ。それにカイン。君たちが変わりないようで嬉しいよ。そして、貴女《あなた》がオルフェンス公爵だね。僕はエルマー・フォン・クライスラーだよ。お会いできて光栄だ」

流れるような仕草で私の手を取って口づけようとする。そんなエルマーの手首をロイが叩き落とした。

「痛《い》った！　万事そつのない君が人の手を叩くなんてどうしたんだい⁉」

手を叩かれたことより、ロイがそれをしたということのほうが衝撃らしい。

エルマーは小説の主要キャラの一人であり、軟派な男だ。

本気でもないくせに女の子を口説《くど》いては落とし、自分の男としての価値を確かめる。ランドルフとは別の意味で最低な男だった。

心の傷、というのがあるとはいえ、そんなの女の子にとっては関係のない話。

プライドが高く、自分よりも頭がよく、同じくらいモテるロイに対して競争心を持っている。ロイに気がある女の子を選んで落とすという悪癖《あくへき》があるが、当のロイは気にもかけていない。

物語のヒロインに手を出されるまでは――小説の中ではそんな関係だったはず。

「今のクライスラーとオルフェンスの関係を考えれば、仕方のない話だろう」

「クライスラーが一体何をしたっていうんだい？　そういえば、彼女には悪い噂が立っているようだね？　どこまでが本当で、どこまでが嘘かは知らないが……」

「白々しいな。おまえたちが流した噂だろう」

「酷《ひど》いな、ロイ。僕は君を大事な友人だと思っているっていうのに。剣聖戦にも呼んでくれなかっただろう。僕はとても傷ついたんだよ？」

「オルフェンス公爵就任式にも顔を見せなかったくせに、剣聖戦を何故《なぜ》見られると思う」

「友人である君が勝ち得なかったオルフェンスの公爵就任式を祝いに行くだなんて、悪趣味な真似はできなかったのさ。友人だと思っているからこそ、ね」

エルマーの言い分は確かに、と納得できるところがある。

外から見ればやっぱり私とロイは爵位を奪い合う関係で、彼に友情を覚える人にとってみれば私は敵でしかないだろうし、就任式に出るのは気まずいだろう。

誤解が解消されれば仲良くできるんじゃ――と思った私の心を見透《みす》かしたかのように、カインが渋い顔で首を横に振る。彼は呆《あき》れたような目をしていた。

「だったら剣聖戦を見る資格はそもそもなかったようだ。あれは剣聖がメルティアの公爵就任式を祝うためにした提案で、メルティアの親しい友人だけが見ることを許されたものだからな」

「何か誤解があるんじゃないかい？　それか、僕たちには隠しているのかな。剣聖ラミロにも外の噂を隠しているだろう。うちに滞在してくれているエルフたちは怒っているよ。穢《けが》れた血を引く人間が、剣聖ラミロを騙《だま》しているってね」

私を穢《けが》れた血を引く人間と呼んだその口が、にっこりと笑みを象《かたど》り私に微笑《ほほえ》みかける。

エルマーのほうには私と仲良くなる気なんて微塵《みじん》もないらしい。

そういえばエルマーは口説《くど》き魔だけれど、メイドや平民を口説《くど》くことはなかった。下賤《げせん》な人間は彼にとって対等に相手をする価値のない存在だから。

――元平民のヒロインを前にして、エルマーは葛藤《かっとう》の末に成長する予定だった。

「よければ僕がエルフたちとの仲立ちをするよ！　うちは古くからエルフと良好な関係を築いているからね」

エルフの泪《なみだ》を私に贈ったのはエルフではなくこの男なのかもしれない、と不意に思った。

小説で似たような振る舞いをしていた、というわけではないけれど、でも、やってもおかしくない人物だということは、小説で読んで知っている。

自分たちで私の悪い噂を流しておいて、仲立ちをしようと提案してのける。平民をどう扱ってもいい人間以下の存在だと見下している彼にならできるだろう。

その提案の醜悪《しゅうあく》さを微塵《みじん》も感じさせない爽《さわ》やかな笑顔のエルマーを前に、私は深呼吸をした。

自分だったら、悪口を吐かれるロイが一言も言い返せずに俯《うつむ》いている姿なんて見たくないから。

「私がライン領を害した上で助けの手を伸ばしているだなんていう悪辣《あくらつ》な噂が流れていると聞いた時、そんな下劣な振る舞いは想像すらしたことがなくて驚いたけれど……噂を流した本人が似たような下劣な真似をする下賤《げせん》な人間なのかもしれないわね」

私は悪い意味で注目を集めている。

けれど、注目を集めているというのは一つのアドバンテージでもあるのだ。

つまり今私が話す言葉に、誰もが耳を澄ませてくれているということ。

まるで舞台の上で演じる俳優のように、私は声に抑揚《よくよう》をつけて朗々《ろうろう》と話す。

ちょっとわざとらしいくらいに単語を強調してみせた。

聴衆の興味を引いて、注目を集めて彼らの感情をかき立てるために。

私のこの技を幼い頃から目の当たりにしてよく知っているロイがにやりと笑う。エルマーが一瞬呆気《あっけ》にとられた隙に、畳みかけるように私に追従した。

「自分で悪意ある噂を流しておいて、その噂に怒る相手との仲立ちをしてやる……なんていけしゃあしゃあと申し出たりしているのかもしれませんね」

ただでさえ注目を集めていた私が腹から声を出して話したのだから、聞いている人間は多かっただろう。ロイの皮肉に満ちた補足を聞いた人々の好奇の眼差《まなざ》しは、エルマーにも注がれた。

今更注目が集まっても失うものなどない私と、親切ぶろうとする彼とでは立場が違う。

エルマーは笑みを浮かべていたが、その目は笑っていなかった。

「……僕の仲介は必要ない、という意味だと受け取らせてもらうよ」

社交的な笑みで言って、立ち去る。

「メルティア、よく言い返しましたね。普段からあれくらい言って構わないのですよ。あなたはオルフェンス最高の女性なのですから」

「正直口は達者なほうよ。幼少期から鍛《きた》えているもの」

「相手は主に私たちでしたがね。私などはメルティア様の言葉の真意にも気づかず、よく掌《てのひら》の上で転がされていたものです」

「うふふ。こうして共闘できる日が来るだなんて、不思議な感じね」

王宮の議場には、すでに多くの貴族が集まっていた。

上位の貴族、中でも四大公爵には専用の椅子が議長席の近くに設《もう》けられている。

議長席に座るのは国王かまたはそれに近しい存在だ。

四大公爵家の家長が座る席の段は議長席の高さと同じだった。

程なく、ジキスヴァルトが議長席に座る。

「これより、全貴族会議を開催する。諮《はか》りたい議題がある者は挙手するように。なければ本題へ移らせてもらう――」

「お時間をいただけますでしょうか、議長」

「よかろう、クライスラー公爵」

エルマーの父親であるクライスラー公爵が手を挙げた。

その後ろに立つエルマーが笑顔でこちらを見ているのを、私たちは黙殺する。

「とある一貴族の行いにより、現在、当家の最重要取引先であるエルフとの交易に支障が出ております。その人物にはかつてエルフの村を襲いエルフの宝を強奪《ごうだつ》した犯罪者の子孫であるという疑いがかけられております」

クライスラー公爵は無表情で私を見据《みす》えた。

「無論、祖先の罪でありますから王国法で裁けるものではありませんが、噂が異種族の中でも特にルクスに近いとされる、エルフの心証を害しているのは事実であります。よって、その貴族にはその犯罪者との関係がないことを証明していただきたいのです」

「過去、祖先に犯罪者がいないことを証明しろとは、かなり難儀な要求に聞こえるが」

「議長、私は難しい要求をするつもりはございません。ただ――オルフェンス公爵には、何故《なぜ》ガルジャガルの存在を知っていたのか、その治療薬を知っていたのかを、この場にて教えていただきたいのです。そうすれば、エルフたちの疑いも晴れることでしょう。悪意ある噂が流れている現在、私はオルフェンス公爵に釈明《しゃくめい》の場を与えたいのです」

まるで親切心からの申し出であるかのような口ぶりだ。

けれど、私にはエルフたちの疑いを晴らせるような経緯などないから厄介《やっかい》な提案だった。

「……クライスラーにはどちらでもよいのでしょう。メルティアがこの場で疑いを晴らせれば、疑いを晴らす場を用意したという点で恩を売れる。もしも疑いを晴らせなければオルフェンスからラミロ殿を奪えると思っている」

ロイの囁《ささや》きに頷《うなず》く。

クライスラー公爵家の思惑《おもわく》はわかっている。彼らの好きなようにさせるつもりはなかった。

「オルフェンス公爵、クライスラー公爵はこう言っているが、何か言いたいことはあるだろうか？」

「特に何もございません」

「何も……？　もしや悪評はすべて事実で、釈明《しゃくめい》するべきことなど何もないということだろうか」

「クライスラー公爵、そのように悪意のある受け取り方をされては困りますわ。私はただ、無責任に証拠もない噂を振りまく人のために釈明《しゃくめい》すべきことなど何もないと申し上げているのです。口さがない者たちのために、どうして無実の証明を立てなくてはならないのですか」

疑いを晴らすつもりはないし、その必要があるとも思っていない。

クライスラーから押しつけられた恩を買うつもりはないと示した私に、クライスラー公爵は不快そうに顔を顰《しか》めた。

「まさか口さがない者、というのはエルフに対して言っているのかね？」

「神聖なエルフに対して……？」

「なんて恥知らずな……！」

エルフも内面は人間とそう変わらないはずなのに、この国では神聖視されている。

主に、シルヴェリア神教を信仰する国でそういう傾向があると読んだ覚えがあった。

「では、証拠もなく言い立てられた噂であっても、どなたかを不快にした場合には全貴族会議の場にて釈明《しゃくめい》せねばならない、という前例を作るのですか？　四大公爵家の正式な当主となった者であろうとも、エルフに不快な思いをさせた場合には全貴族に対して弁明をせねばならない、と、シルヴェリア王国の全貴族会議の歴史に刻みますか？」

「それは……」

「ライン公爵、ルイラガス公爵、お二方はどう思われますか？」

柔和な顔つきをしたライン公爵と、ランドルフに似た顔でしかめ面をしているルイラガス公爵に水を向ける。

ロゼリアに話は通しておいたからライン公爵は味方をしてくれるはずだと思いたいけれど、彼の息子にはヘンリックがいるから、どうなるか。

「無論、そのような馬鹿げた前例を作らせるつもりはない！」

意外にも、ルイラガス公爵が私の味方をしてくれた。

「エルフとはいえ異国の者だ。我が国に必要以上に干渉《かんしょう》する権利を与えるべきではない」

「これはそういう話ではございません、ルイラガス公爵。オルフェンス公爵がガルジャガルの害に対する治療方法を知った経緯を説明してくださるだけで終わる話です。無論、この場では説明できない理由などがあるならば別ですが——」

「私が十二歳の頃からオルフェンスで育てている花が、偶然にも魔物害を治療する薬になっただけです」

「どうして十二歳という幼少期から、魔物害の治療薬などを育て始めたのか？」

「とっても美しい花だからですわ。私によく似合う華麗な花。だから『華麗なるメルティア』と名づけましたの」

毒々しい花ではあるけれど、絢爛《けんらん》な美しさは確かにあるのだ。

「みんなに花の名を知ってもらいたくなってお茶にして、飲ませていたのです。そのうちの一人が魔物に寄生されていて、お茶のおかげで体調が改善して効果があることを知ったのですわ」

お茶にした『メルティア・ティー』の効果を確かめるために魔物害の患者に何度か飲ませている。

「では何故《なぜ》ガルジャガルの名を知っていたのか！　その名はエルフが人間史から葬《ほうむ》り去《さ》ったはず！」

「剣聖ラミロから教えてもらったのです。疑うなら本人に確かめてみればいいでしょう……私に釈明《しゃくめい》の場を与えたいとおっしゃっていたはずなのに、クライスラー公爵のそれはまるで糾弾《きゅうだん》ですわ」

「くっ」

恩を売らせるつもりはないから牽制《けんせい》しておく。

やり込められた苛立《いらだ》ちからか、八つ当たりか。クライスラー公爵が息子のエルマーを睨《にら》み、エルマーは顔色を悪くして俯《うつむ》いた。

父親に愛されないことの鬱憤《うっぷん》を、女で晴らそうとする最低な男。だけど、直《じか》に傷つけられる姿を見ると憐《あわ》れみを感じてしまう。

「オルフェンス公爵に一つ、聞きたいことがございます」

丁寧な口調で問うてきたライン公爵。柔和な微笑《ほほえ》みを浮かべる彼に、クライスラー公爵に詰問《きつもん》された時よりも圧迫感を覚えて息を呑む。

けれど、私の肩にかかるロイの手が支えてくれるから、堂々と応《こた》える。

「なんでしょう、ライン公爵」

「オルフェンス公爵はとても早い段階で、ライン領の魔物害に気づかれました……ライン領に神経を張り巡らしている我々ラインの者の誰よりも早く。それは一体、何故《なぜ》なのでしょう？」

「いくつか理由がございますわ」

「理由、ですか」

「私がこのお茶を飲ませた患者は、オルフェンスとラインの境近くにある治療院の者たちです。この花が元々咲いていた場所の近くですわ。この花の茶を飲んで回復した者たちはみんな、ライン領の方でした」

「それでオルフェンス公爵はライン領に異変が起きている、と思われたのですね」

「ええ」

「でしたら何故《なぜ》、この魔物が魔力の多い貴族に寄生すると症状が重篤化《じゅうとくか》することをご存じだったのですか？　まだ魔物害が流行《はや》り始めて間もない、夏頃にはすでに」

思わず彼の後ろに立つロゼリアを見る。

昨年の夏、彼女に手紙を送った。手紙の内容は彼女しか知らないと、ロゼリアは言っていた。たとえ私がどのような方法で魔物害への対処法を知ったにせよ、それをライン領にもたらしたことに感謝しているからと。

味方をすると、言ってくれていたのに。

ロゼリアは私を見ていない。

目の前の四大公爵の椅子に座る父親を見下ろし、それ以上見開けないほどに目を瞠《みは》っている。

「私がロゼリアのもとに届く手紙とロゼリアが送る手紙を検閲していたのは、ロゼリアを信頼していなかったわけではないことを理解してほしい」

ライン公爵は穏やかな声で言う。

ロゼリアも知らないうちに、父親に手紙を検閲されていたのか。

「だがロゼリアも女の子だ。悪い男に騙《だま》される可能性もあるだろう。心配して監視をしていた甲斐《かい》があった。私の可愛い娘を騙《だま》そうとしていたのは、男ではなかったけれどもね」

ライン公爵の後ろで青ざめているロゼリアと、勝ち誇《ほこ》った顔をしているヘンリック。対照的な二人の姿を背に負いながら、ライン公爵は再び私を見やった。

「では改めて問いましょう、オルフェンス公爵」

ライン公爵は相変わらず穏やかな笑みを浮かべている。

そんな人から放たれる圧に、舌が震えた。

「何故《なぜ》エルフにガルジャガルと呼ばれる魔物害について知っていたのですか？　――我々ライン公爵家に恩を売るためにあなたが自ら魔物を放ったという悍《おぞ》ましい噂に一欠片《ひとかけら》でも真実があるのであれば、私はライン公爵としてオルフェンス公爵と戦わねばならなくなるでしょう」

ロイにも、カインにも口の挟みようはない。助けようがない。

何故《なぜ》なら二人とも、私の秘密を知らないのだから。

私が一人で乗りこえられると過信して、言わなかったのだから。

肩にかかる二人分の手の力が、温かくも、あまりに頼りない。

「――メルティア君には私の頼み事のせいで、申し訳ないことをしたようだ」

目の前が暗くなりかけた時、場違いな声が聞こえる。私は驚いてそちらを見やった。

居並んでいた貴族の海を割って、歩いてくるラミロを誰も止めようとはしない。

この国では神に等しいエルフの、その中でも特に尊敬されている剣聖が、そこにいた。

「私が秘密にしてくれとお願いしたせいで、まるで君が悪者のように言われていると聞いた」

「ラミロ、様……？」

「すまないね、メルティア君。人間には秘密にしておこうという話になっていたから、エルフの同胞にはどやされるだろうが、君が大罪人のように裁かれてまで守るほどの秘密ではない」

ラミロの言葉の意味がわからない。

困惑しているうちに、ラミロが議場の最前列まで近づいてきた。

「メルティア君にガルジャガルについて教えたのは私だ。名前だけではなく、その性質についても教えた。メルティア君が育てている花の茶にこの魔物害を治療する力があると知って、譲ってもらいたくてね。エルフの治療薬は苦くて生臭くて口にできたものではないのだよ」

ラミロは苦いものを吐き出すようなおどけた顔をしてみせてから、笑う。

「その礼儀としてメルティア君に魔物害の情報を教え、だが同胞に知られると面倒なので私が話したことは秘密にしてくれと頼んだ。メルティア君は人間にとっては貴重な知識と薬を手に入れたわけだが、それで金儲けをするでもなく、政治に利用するでもなく、魔物害が広がる憐《あわ》れな領に無償《むしょう》で知識と薬を分け与えてやったという。その恩がこのような仇《あだ》で返されるとは、気の毒に」

ラミロは憐《あわ》れむように言うと、私に近づいて囁《ささや》いた。

「君の功績を一部奪うようですまないが、ここは合わせておきなさい」

「……っ！」

私のために嘘を吐《つ》いてくれているのだと、ここに来てようやく気づく。

「これがメルティア君にエルフしか知らないはずの知識がある理由だ。私が秘密にしておいてほしいと彼女に願っていたことを聞き出して満足か？　クライスラーの」

ラミロに睨《にら》まれ、クライスラー公爵はひくりと顔を引《ひ》き攣《つ》らせた。

「誤解、が解けたこと……喜ばしく思いますが、それが剣聖ラミロにご迷惑をおかけすることだったのでしたら、申し訳なく存じます」

「他にも申し訳ないと思ってほしいことがある。エルフの名を使って悪質な噂を流し、己の同胞である人間を陥《おとしい》れようとするのはやめるのだな。面白がるエルフもいるだろうが、私は不快だよ」

ラミロがそう言ったことで、私に関する悪い噂はクライスラーが流した嘘である、ということになった。クライスラー公爵は反論するかと思ったけれど、歯を食いしばるだけで反論はしない。

「剣聖ラミロがご不快ならば私の目の黒いうちは決して許しませぬ！」

「頼むぞ、ルイラガスの」

「はわ……！」

ラミロに声をかけられて恋する乙女のようにはわつくルイラガス公爵を、後ろに立つ父親の前公爵とランドルフが羨《うらや》ましそうにどついている。

かなり強いどつきだけれど、はわはわしているルイラガス公爵は痛みを感じないらしい。

「ライン公爵家、か……その名も覚えておこう。君たちが無償《むしょう》で与えられた惜しみない恩恵に対して、どれほど惨《むご》たらしい報《むく》いをもたらす者たちなのか」

「……っ！」

ライン公爵は穏やかに細めていた目を見開く。だが、口を噤《つぐ》んだまま何も言わずに項垂《うなだ》れた。

「私はそろそろ失礼するよ……メルティア君、少しいいかい？」

今、私は全貴族会議に出席していて、四大公爵の席に着いている。

いいわけがないのだけれど、ラミロの恩を被《こうむ》ったばかりの身だ。

座席から立ち上がり、ロイを仰《あお》いだ。

「後をお願い」

「お任せください」

「皆様、申し訳ございませんが中座いたします」

「構わないとも。行ってくるといい」

議長であるジキスヴァルトの許可を得て、私は大手を振って議場を出た。

＊　＊　＊

「どうして嘘を吐《つ》いてまで私を助けてくださったんですか、ラミロ様？　マルスが何か、ラミロ様にご助力を仰《あお》いだのでしょうか？」

「マルスが？　いや、あいつは私が半殺しにしてオルフェンスの庭園に転がしてある」

「半殺し⁉」

「なあに、軽い修行の一環だ」

軽い修行で半殺しなら、重い修行だとどうなってしまうのだろう。

理解できないのは異種族の論理だからなのか、それとも剣の道を歩む者の論理だからか。

王宮の庭園に勝手に入り、しばらく奥に行くと、ラミロは不意に言った。

「実は私は君を殺そうとしていたのだ、メルティア君」

「えっ⁉」

「それが申し訳なくて、贖罪《しょくざい》もあって君のために嘘を吐《つ》いた。理不尽に命を奪おうとしていたことを考えれば、安い対価だ」

「え、あの、どうして私を殺そうと……？」

急な吐露《とろ》に戸惑《とまど》いながら問《と》い質《ただ》す。

ラミロは理不尽、と言っているから、私が何かしたわけではなさそうだった。

けれど、剣聖の論理はわからないと、今しがたしみじみ感じたばかりなのだ。

言われても理解できなくて、再び殺されそうになるかもしれない。

生唾を飲む私に、ラミロは苦笑してみせる。

「いやあ、マルスが君に剣を捧《ささ》げたのを、自分の剣を拒むロイ君の近くにいるための方便だと勘違いしてしまってね」

それは勘違いでもなんでもない、私もマルスも承知の上の事実だ。

「剣の誓いがそのように不誠実であってはならない」

ラミロがそのように考えるだろうということは、マルスも想定していたけれど――

「不実を正すには、君に死んでもらうしかなかった」

マルスではなく、私を狙うとは私も彼も想像していなかった。

「愚かな弟子の不始末を片付けるのも師匠である私の責任だ。その責任を取るために、何も悪くもないのに死なねばならない君の名を覚えておくことにしたのだよ」

「どうして、私を殺さないことにしたのですか……？」

「先程も言ったと思うが」

「……それは、誤解ですわ」

それは当初、私が自らラミロに抱かせようとした誤解だった。マルスはまんまとラミロを騙《だま》すことに成功したらしい。

でも、いざ認められてしまうと、受け入れがたかった。

悔しくて、身も世もなく泣き出してしまいたくなるくらい。

「マルスが私に剣を捧《ささ》げたのは、あくまでロイの傍《そば》にいるためで、私自身に忠誠を誓ったからではありません」

言ってしまった私の言葉に、ラミロはきょとんと目を丸くして、首を傾《かし》げた。

「今、私ははっきりと、その場合は君を殺すつもりだと口にしたはずなのだが、どうして誤解などというのかね？」

「マルスが私に本物の忠誠を誓うはずがないからです」

「たとえそうだとしても、それは私に秘しておいたほうが都合がよいのではないか？」

「都合はよいでしょうが、耐えがたいのです」

「……耐えがたい？」

ロイは怒るだろうか。私が自分の命を蔑《ないがし》ろにしていると、叱《しか》るだろうか。

だけど私は、いつもよりずっと私自身を尊重していた。

耐えがたいことを耐えがたいと、自分の気持ちを主張することがどれほど難しいことか。

大切にされていると知って初めて口にする選択肢が生まれたのだ。

「あの男は私の母を娼婦と呼びました。私の、最愛の母をです。あの男はロイのためならばと、娼婦の娘にでも剣を捧《ささ》げる忠誠を示しました。私はそのロイへの忠誠心に免じて、怒りを堪《こら》えてあの剣を受けたのです」

いずれ、ロイのためになるだろうから。

ロイのための剣になるのならば、すべてに堪《た》えられると思ったから。

「もしあの忠誠の剣が私に捧《ささ》げられたものならば、私はマルスの剣を受け取りはしませんでした！」

私のための剣ならば、我慢なんてしない。受け取った剣をその場に投げ捨ててやっていただろう。

「マルスの剣は私への忠誠のために捧《ささ》げられたものなどではありません。私のお母様を貶《けな》したあの男の剣を、ロイのためでもなく自分のために受け取ったなどと思われるのは酷《ひど》い侮辱《ぶじょく》です。最初、あなたを騙《だま》そうとした分際で恐縮ですが、剣聖であるあなただけは、どうか誤解なさらないでいただきたい！」

言いたいことはすべて言った。

ならば後は、どうやって逃げるかだ。

走って逃げられるわけもない。

声を上げて人を呼んだところで、誰が剣聖の殺意から私を守ってくれるだろうか。

守ろうとしてくれたとして、剣聖相手にはロイですら敵《かな》う気がしない。

自分を大事にするというのは、どうしてこんなに大変なのだろう。

「とはいえ殺されたくはありませんので、取引をいたしませんか、ラミロ様？」

アリスには悪いけれど秘密のすべてをラミロに明け渡して、前世の記憶を詳《つまび》らかに語ることになってでも、この場を切り抜けないといけない。

頭の中でめまぐるしく生存戦略を考える私を見下ろしていたラミロは、やがて大声で笑い出した。

「アハハハハ！　ハハハハハハハハハ!!」

「わ、私のような平凡な人間の小娘に取引を持ちかけられて、ラミロ様が笑われるのもわかりますが、これでも、それなりに事情がございまして、ラミロ様にご満足いただけるだろう情報をいくつか持っていて――！」

「いや、いや、君に取引を持ちかけられたことがおかしくて笑っているのではない。誤解をさせてすまないな。馬鹿にしているのではないのだよ」

涙まで流すほど笑いながら、ラミロは私を宥《なだ》めた。

「取引などしなくとも、君を殺すつもりはもうないから安心しなさい」

「それは……誤解が解けていない、ということなのでしょうか？」

「いや。君が君に捧《ささ》げられるマルスの忠誠を受け取るつもりなどまったくない、ということは、よく理解できたとも」

くつくつと可笑《おか》しそうに笑いながら、ラミロは私を見下ろした。

その目に宿った酷薄な感情に怯《ひる》んで、それ以上何も言えなくなる。

非人間的な目をしていた。こんな目は、血の通った人間ならしないだろうという目だ。

「メルティア君はマルスにとって素晴らしい試練となるだろう。だから君を殺すつもりはないし、これからもマルスの忠誠の剣ごっこに付き合ってやってもらいたい」

「……マルスの修行のために、私の命をお許しいただけるということですね」

私の何がマルスの試練の助けになるかは定かではないけれど、剣聖としてそう判断したから私の命を助けてくれる、ということ。

そこに不快な誤解がないのであれば否《いな》やはなかった。

「マルスが偽《いつわ》りの剣を私に捧《ささ》げることになったのは、マルスをロイの傍《そば》に置いておきたい私がそそのかしたせいでもあります。ラミロ様が研いだ剣を曲げたにもかかわらず、寛大な処置でお許しいただき恐縮です」

「君は何も悪くない。他者からの干渉《かんしょう》に左右されるマルスの未熟が悪い」

私など取るに足らない存在なのだと言外に切り捨てると、ラミロは首から提《さ》げていた飾りの一つを外した。艶々《つやつや》と輝く木の枝に紐が通されただけの素っ気ない飾りだ。

「これを君に渡しておこう。君が死んだら返してもらうので、子孫に継承できるとは思わぬように」

「これはなんですか？」

「聖木の枝だ」

唖然《あぜん》とした。だって、大陸の中心に聳《そび》える聖なる大樹でエルフを中心とした数多《あまた》の種族が神として信仰している木の枝だと、ラミロが言うのだから。

「これを持っていればエルフに関連するいざこざは大概切り抜けられるだろう。私に貰《もら》ったと言えばいい。よほどの馬鹿か大物でもない限り、君を脅《おびや》かしはしないだろう」

「こ、こんな貴重なもの、頂けないし、頂くようなことは何もしていません！」

「君のために渡すのではない。我が弟子のマルスの修行のためだ」

ラミロはにっこりと笑った。

その三日月型に歪《ゆが》んだ目は笑っているのに、見ていると底冷えするような寒気を覚える。

「君は生きてマルスの傍《そば》にいたほうが、マルスにとってよい修行になるだろう。そう簡単に死なれては困る。マルスがより高みへと昇るためにはな」

私に聖木の枝を持たせるのはあくまでマルスのため。

だったら、私の拒絶などラミロにとってはなんの意味もないだろう。

これは贈り物というより、枷《かせ》に近い。

「……お預かりさせていただきます」

「その枝を証《あかし》に、剣聖ラミロの後ろ盾を得たと触れ回っても構わないぞ。だが、その分、厄介事《やっかいごと》にも巻き込まれるだろうが」

「必要な時だけ使わせていただきますわね!!」

首にかけてから胸元深くに押し込んでおく。

この枝を使わなくてはならない場面が来ないことを祈るしかない。

「ラミロ様はいつ頃お帰りになるのですか？」

「早く帰ってほしそうだな。とりあえず、君の結婚式を見届けてからにしようと思う。ところで、マルスは君の第二の夫としてどうかね？」

「ラミロ様がそんなことを言ったら暴走する者がいるのでやめてください！」

「ははは！　まあ、己の母を侮辱《ぶじょく》した男と結婚など無理な話か」

冗談だったのだろう。膝を打って笑っている。

こうして笑う姿を見る分には年少者をからかう厄介《やっかい》なおじいさんでしかない。

「君には期待しているよ、メルティア君」

剣聖の顔をしてみせる姿は、笑顔でも背筋が凍りつきそうなくらい恐ろしかった。

＊　＊　＊

忠誠の剣ごっこ、と。

俺がここにいるのをわかっていながら師匠は言った。

もしもこれが本当にごっこ遊びなら、決してメルティアの命を許さなかっただろう師匠が――

「驚きましたわ、マルス様。まさかあなた様がメルティア様をお慕《した》いしていらっしゃるなんて」

師匠に叩きのめされたものの、メルティアのいる王宮に向かう師匠の姿に胸騒ぎを覚えて体を引きずりついてきた俺に、ヴェラもついてきた。

この女は一体、俺の何を見てそう思ったのだろう。特別なことは何もしていない。

ただ、師匠とメルティアの会話を聞く俺の顔を、じっと注視していた。

俺は二人の話を聞いている時、一体どんな顔をしていたのか。

生け垣に身を隠《かく》す俺に、ヴェラが囁《ささや》く。

「私がマルス様にご協力いたしますわ」

「……お前は昔から賢《かしこ》かったよな、ヴェラ」

ロイ様のお母上であるフィリーナ様が倒れ、離れに閉じ込められる前までは、この女と何度か会ったことがある。

言葉以外から人間の機微《きび》を悟ることに関しては、その頃からロイ様やカインよりも長《た》けていた。

ロイ様が離れに閉じ込められる寸前には、ロイ様の父親である前公爵を排除したほうがいいと言い出し、実際に暗殺計画を練《ね》っていた物騒で鋭い女だ。

「そのお前が、俺がメルティアを慕《した》ってるって言うってことは、本当にそうなのか」

「ご自身のお気持ちにお気づきでないのですか？」

「……わかるわけないだろ。頭ん中がグチャグチャなんだよ」

メルティアの言葉はすべて事実で、訂正の余地もない。それなのにこの茂みの陰から出ていって、それは違うと言いたくなったのはそのためなのだろうと、腑《ふ》に落ちた。

「ロイ様を排除、というのはマルス様の心情的にも難しいでしょうから、マルス様がメルティア様の第二の夫になれるよう、私が誠心誠意お手伝いを――」

「ヴェラ、俺の感情をロイ様にもメルティアにも気取られないよう、隠せるように協力しろ」

その言葉を遮《さえぎ》って要求する。ヴェラは不満そうな顔をしたが、俺は再度要求を重ねた。

「俺の気持ちが本当にそうなら、ロイ様もメルティアも情け容赦《ようしゃ》なく俺を遠ざけるぞ。カインはどうだか知らないが……そうなるとお前の計画にも支障が出るだろ？」

「それは、まあ、そうでございますわね」

渋々と認めたヴェラに、俺は頭《こうべ》を垂れて懇願《こんがん》した。

「俺がメルティアをどう思っているのかを……誰にも気取られないよう、お前の力で隠してくれ」

「……あの荒くれていたマルス様が私にそのように頭を低くして願い事をされるだなんて、不思議な心地がしますわね」

ヴェラはしみじみと言うと、諦《あきら》めたように溜《た》め息《いき》を吐《つ》いた。

「わかりましたわ。急《せ》いては事《こと》をし損じますわね。マルス様とメルティア様の間の溝を埋めるまでは、慎重に動くことといたしましょう」

溝、などという生易《なまやさ》しい言葉で言い表すことのできるようなものじゃない。

もしもあの時メルティア自身に剣を捧《ささ》げていたら、俺の剣は捨てられていただろう。

剣が捨てられた時に共に打《う》ち棄《す》てられる誇《ほこ》りを思うとゾッと背筋が粟《あわ》だつ。

だが捨てる張本人となるだろう、メルティア自身に対する怒りは微塵《みじん》もない。

ただただ深い後悔だけがそこに横たわっていた。

＊　＊　＊

「ジキスヴァルト前国王陛下が譲位され、王女アリスが国王となったそうです」

「え？　なんて？」

青い顔で言うロイに聞き返す。

彼の発音は明瞭《めいりょう》だったけれど、何を言っているのか理解できなかったから。

「だーかーらー、お父様からこのわたしが王位を引き継いで、王様になったって言ってんのよ！」

「……どうしてアリスがここにいるの？」

ここはオルフェンス公爵邸の応接室だ。

ラミロとの話を終えた頃には全貴族会議は終わっていて、私は議題を聞かずに帰ることになった。

会場から出てきた貴族たちはみんな一様に沈黙していて、大体顔色が悪い。ロイもカインも青い顔で無言を貫《つらぬ》いていて、何があったのか聞ける雰囲気ではなかったのだ。

そして屋敷に戻ると、先回りしたらしいアリスがいた。

彼女がうちに来たこと自体はなんとも思わなかったけれど、聞こえたような気がする恐ろしい話が事実なら、何故《なぜ》、オルフェンス公爵邸にいるのだろうか。

「四大公爵のうちあんたくらいしかわたしの戴冠を祝ってくれなさそうだったから」

「待って、捏造《ねつぞう》しないで、私も祝ってないわ」

「祝ってよ！　わたしとあんたとの仲でしょう!?」

私とアリスとの仲がなんだというのか。

確かにこの世界で唯一無二の同士ではあるけれど、物事には限度というものがある。

「そもそも、どうして国王に？」

「お父様が、剣聖戦が見たいけれど、国王が行くとオルフェンスの迷惑になるし剣聖にも嫌われちゃいそうだから、国王を辞めたいって言っていたから譲位してもらったの」

「軽すぎない!?」

ということは、先日の剣聖戦の際にジキスヴァルトがオルフェンス公爵邸にやってきた時には、すでにアリスに譲位を済ませていた、ということなのだろう。

あの日ジキスヴァルトの隣で青白い顔をしていたテオバルトは、今日はアリスの隣で真っ白な顔で儚《はかな》く微笑《ほほえ》んでいる。

すべてを知って黙っていたのだろうけれど、何故《なぜ》か彼を責める気にはなれない。

「大体、わたしが光の精霊ルクスを継承してるんだから、わたしが王位を継がないのがそもそもおかしいでしょ！　あんただってオルフェンス公爵家を継いでいるじゃない」

小説にもそういう話は出てきていた。

シルヴェリア神教の人間が熱烈にヒロインを次期国王に推す話。

小説では、ヒロインが自分にはとても国王なんて務まらないと辞退してみせるわけだけれど……

「公爵と国王は違うわ。公爵と違って、国王は四大公爵の承認を受けないといけないでしょう」

「あんたは承認してくれるでしょうから、問題はあと三家ね」

様々な問題があって、物語の中の完璧なヒロインですら承認されなかった。だからいくつもあるエンディングの中で、ヒロインが到達する最高の地位は王妃止まりだったのに。

それをこのアリスがどうしたら承認されるというのだろうか。

「国が滅びるわ……！」

「滅びないよう、私がアリスの王婿《おうせい》として支えます」

かなりの暴言を吐いたはずなのだけれど、テオバルトは咎《とが》めもせずに儚《はかな》く微笑《ほほえ》み続けている。

「結局テオバルト殿下を選んだのね、アリス」

「わたしよりテオバルトが下の立場ならいいかなって。あんたもわたしを支えてくれるわよね？　メルティア」

いっそのこと王家に対する侮辱《ぶじょく》の罪に問われて王宮への出仕を禁じてもらいたいくらいの厄介事《やっかいごと》に巻き込まれている。

「……具体的にはどうやってラインとルイラガスとクライスラーに認めさせるつもりなの？」

「ラインとクライスラーはあんたがやり合ってくれたおかげで、他の貴族に対しての求心力がめちゃくちゃ落ちてるわ。私を支持する神教がこの件であの二家を破門するって息巻いてるから、その仲裁の対価にわたしを王として認めさせるつもりよ」

意外とアリスには展望があるらしい。

入れ知恵する人間が近くにいるのだろう。彼女を利用しようとする人じゃなければいいと思う。

「そんなに上手《うま》くいくかしら」

「上手《うま》くいかないなら別の手を考えればいいだけでしょ」

「ルイラガスはどうするの？」

「ランドルフを利用するわ。わたしのことが好きみたいだし」

アリスは悪い顔で笑う。

自分の思い通りに事《こと》を運ぶためなら他人を傷付けることに躊躇《ためら》いのないアリスは、小説のヒロインとはまったく違う。

小説のヒロインでは辿り着けなかった地位に、手が届いてしまうこともあるのかもしれない。

「助けてくれるでしょう？　メルティア」

「……一番大事なことを聞いていないわ。王になってどうするの。何がしたくて王になるのよ？」

「それ、今ここで話さなきゃいけないこと？」

「重要なことよ。私、暴君を生み出す手伝いをするつもりはないの」

「ふうん、メルティアのくせに生意気ね」

「お披露目はまだだけれど、ロイと結婚したの。ロイとこれから生きていく国のことを、私は疎《おろそ》かには考えられないわ」

「いい子ちゃんぶってる――っていうよりは、あんたなりに世界を自分の都合のいいように変えようとしているのかしらね」

アリスはまるでそれがいいことのように言うと、お茶を飲んで息を吐いた。

「シルヴェリア王国の女性の地位の向上を目指すわ」

「……へっ？」

「間の抜けた声を出すんじゃないわよ。わたしの目指すところを本当の意味で理解できるのは、あんただけなのよ？　しっかりしてよね」

アリスの口から飛び出してきたあまりに真面目な目標に驚く私に、彼女は続けた。

「こういう世界観だから、うっすら男尊女卑が普通になっているのは、もうしょうがないって思おうとしていたんだけど……あんた知ってる？　ルイラガスの女の学習進度、日本《あっち》の小学校三年生レベルよ。割り算がピンとこないし、分数は理解できてないわ」

「えっ、嘘でしょう？」

「あんたの友人だっていうカーリンって女は違うの？　まあ、あの女は領主の家の女だから、教育が違うのかしら？　でも、平均的なルイラガスの女は家計簿もつけられないわ」

「それじゃ、女主人としての仕事はどうするの？」

「従者にやらせたり、執事に任せたりするみたい。そこはルイラガスだけの特徴ね。他の領の女のおつむの出来はもう少しマシよ」

カーリンといる時は騎士や物語の話になるから、分数の計算ができるかなんて考えたこともない。

「頭が悪いってわけじゃないわ。ルイラガスでは女の教育の機会がまったくないのよ。他の領はルイラガスよりはマシだけれど、似たり寄ったりね。わたしたちが求める水準には遠く及ばないわ」

私が高度な教育を受けたのは、オルフェンス公爵としての教育をロイにも受けさせるため。

ライナー先生は私の意を汲《く》んでか、かなり専門的で高度な教育を受けさせてくれたと思う。

私は男子と遜色《そんしょく》ない教育を受けていたのだ。

だから、想像もしたことがなかった。

「わたしって王女だから、お茶会では引っ張りだこよ。それで、色んな女たちに会うわけだけど……教育格差のせいで生まれている差がまるで性別の差みたいに語られていて、それを誰もが当たり前みたいな顔で受け入れている世界がどれほどゾッとするものか、わたしがいくら話しても誰もわかってくれないのよ」

「アリス……」

「あんたはわかってくれるわよね、メルティア。この件であんたに反対されるだなんてこれっぽっちも思っていないわよ」

もしアリスに他の目的があったとしても、掲《かか》げるその目標はとても立派なものに感じる。

教育的指導として、ランドルフに殴られそうになったリゼルのことを思い出す。ルイラガス領寄りの家とはいえ、他家のリゼルを殴れるランドルフに、カーリンを殴れないとは思えない。

女を対等な人間と看做《みな》していないから、ああいうことができるのだろう。

ロゼリアは立派な家に生まれ、両親共に正統性がある長子で、文武共に優れている。それでもなお女だという理由で風当たりが強いのだと、彼女自身が言っていた。

ライン公爵が手紙を検閲したのも、ロゼリアが女だからなのだろう。

「そうね、賛成はできる。でも、あなたがやろうとしていることって、かなり難しいことよ。世の中はそう簡単には変わらないものだわ」

「わたしが王として戴冠式を終えた暁《あかつき》には、学園に通っていない学歴のない馬鹿は男女関係なく王宮社交界への立ち入りを禁じるわ」

アリスの口から過激な発言が飛び出した。

「あ、お金がないとか病気とか、そういう理由なら免除するわよ。でもお金も時間もたっぷりあって健康体なのに勉強しない馬鹿と話すと馬鹿が移りそうだから、今後一切表舞台には立たせない」

「ア、アリス？　あまりに急激な変化を起こすと社会が混乱するし、あなたも危ないんじゃ……？」

「反乱でも起きるって？　ルクスと教会の力で正義の鉄槌《てっつい》を下すから問題ないわ」

問題しかないように感じられる。

けれどきっと、アリスの中では無問題なのだ。

「わたしを生まれや性別で馬鹿にする奴ら、全員叩き潰してやるつもりよ」

多分、これが彼女の本音なのだろう。

「み、身分制度も壊すつもり……？」

「それはあったほうが、わたしが悠々自適《ゆうゆうじてき》に暮らしていけるから壊さないわ！」

アリスは堂々たる態度で己に都合がいい選択のみを選ぶと宣言した。

「ロイ様……いえ、ロイ！　メルティアが躊躇《ためら》っているのは社会の混乱を恐れているからで、わたしが抱いている違和感はほとんどメルティア自身も覚えた記憶があるはずのものよ」

「アリス、何を言うの……！」

「この女が可愛いなら、この女が生きにくいと感じる世界を変えてあげたいと思わない？」

「なるほど、一理ある」

「よりによってアリスに乗せられないで、ロイ！」

ロイに魔眼があるために、アリスの言葉が真実だと見抜いてしまっている。

「メルティア、あんたが好きそうな綺麗事を建前にしてあげたの。あんたが自分で協力したくなるように。わたしって優しいと思わない？　まあ、手伝ってくれなくてもいいけれど、そうなると理想と現実との狭間で苦しむ女たちが増えるだけよ。その中にあんたの友達もいるんじゃないかしら」

「アリス……あなたって実は悪役だったりする？」

「失礼ね！　女王様に向かって！」

善良な正義のヒロインには選べなかった王の道。

もしかしたらアリスは案外上手《うま》くやるのかもしれない。


アリスが帰った後の公爵邸で、私は決意した。

「――シルヴェリア王国が滅びてもオルフェンスだけは独立して存続できるように準備しましょう」

「備《そな》えあれば憂いなし、ですね」

アリスの本音はなんであれ、彼女が目指す治世自体を応援できないわけではなさそうなので、できる限り手助けはしつつ。

どんな道を選んでもロイを守れるように、備《そな》えておくにこしたことはないだろう。

＊　＊　＊

「――メルティアには前世の記憶があり、この世界のことは前世読んだ本の物語に書いてあり、おそらく女王アリスにも記憶があるのだろう」

「ちなみに私、メルティア様の読んだ物語の中で横死《おうし》するようです」

「そうなのか、カイン？　それは初耳だが」

「女王陛下からの情報です。そういうわけでメルティア様は私に過保護な振る舞いをなさるだけで、特別な感情があるというわけではないのでご安心ください」

「なるほど。心優しいメルティアが不安な思いを抱かないよう、僕もおまえをもっと大事にしなくてはな、カイン」

「げっ……ご冗談ですよね⁉」


遠目に変な顔をしているカインと大笑いしているロイが見えた。

ロイがあんなにも開放的に笑っているところなんて初めて見たかもしれない。

私に見せるのとは違う、気心の知れた男友達に見せる笑顔が可愛い。

そんなくつろいだ笑みを浮かべるのは、今日が私との結婚式だからなのかもしれないと思うと、胸の高鳴りが収まらなくなっていく。

私とロイが結婚したことをお披露目する儀式。

この式を経て、私たちは本当の意味で夫婦となる。

「ではメルティア様、最後にこの真珠の指輪を身につければ完璧ですわ」

「ヴェラ。真珠は身につけないって何度も言っているでしょう。追い出すわよ」

しかもご丁寧にマルスからもらった体《てい》のエルフの泪《なみだ》で作った指輪である。

「今日の私はアメジストの宝石しか身につけないって決めてるの。ロイと服を合わせるってなった時に、ロイは私の瞳の色のエメラルドで揃えたいと言ったんだけど、私がどうしてもロイの色に染まりたいってお願いしたら折れてくれたのよ」

「うっ……幼馴染《おさななじ》みの惚気話《のろけばなし》、きっつ……！」

ヴェラは自分こそがロイの子を産んでオルフェンスの次期当主に据《す》えるべきと息巻いていたくせに、話が色恋沙汰になると拒絶反応を見せる。どうやって子どもを産むつもりだったのだろう。

あの後、ライン公爵家から謝罪を受け、私たちはその謝罪を受け入れた。

代わりにロゼリアへの代替わりを条件にしている。ライン公爵は粛々《しゅくしゅく》とその条件を受け入れた。

いずれ、ロゼリアの公爵就任式に呼ばれることになるだろう。

クライスラー公爵家からは謝罪すらない。

「おや、賑《にぎ》やかで楽しそうですね、メルティア」

「ロイ！」

今日のロイは髪を乱れなくセットし、薄化粧でも施《ほどこ》しているのかいつもより煌《きら》めいて見える。

私の純白のドレスの対になる黒のスーツには、私と同じくアメジストを縫《ぬ》い付《つ》けていた。

切り裂かれてしまったドレスの替わりに私が今身につけているのは、先々代の公爵夫人が嫁《とつ》いできた時のドレスをお直ししたものだという。つまりはロイのお祖母様のドレスだ。

肖像画でしか知らない方。カインがオルフェンスの宝物庫から見つけてきてくれたもの。

おそらく生前のグライフスが親族たちに奪われないように守ってくれた、オルフェンスの遺産のうちの一つ。カインの父親であるグライフスはロイとは敵対していたけれど、オルフェンス公爵家をある意味では守り抜いてくれたのだ。

この美しいドレスを見つけて私に差し出したカインは寂しい目をしながらも、ほんの少しだけ誇《ほこ》らしげだった。

「とても似合っているわ、ロイ」

「メルティアの瞳の色に染まりたい気持ちもありましたが……それではおそろいではなくなってしまいますね」

「そうよ。今日は私の希望に従ってもらうわよ、ロイ」

「結婚式は花嫁のためのものですからね」

ふわりと抱き寄せられて、視界がロイでいっぱいになる。

気づいた時には彼の頬に、その唇に指で触れていた。

ロイの目が細められ、紫の瞳に赤金色の熱が灯る。

自然と距離の縮まる私たちを、ぐいと無理やり引《ひ》き剥《は》がす力がかかった。

「ロイ様、メルティアの化粧が落ちます。どうせ誓いの口づけをするんですからその時まで待ったらどうですか」

私とロイを引《ひ》き剥《は》がしたマルスに、ロイは愕然《がくぜん》とした。

「おまえに女性の化粧を気づかう繊細《せんさい》さがあったとは」

「ロイ様は気づかないほど浮かれているようですね」

「そうだな……恥ずかしい話だが」

そう言ってはにかむロイに、胸の疼痛《とうつう》がやまない。

「恥ずかしくなんてないわ。可愛いわよ、ロイ」

「可愛くないマルス様もメルティア様の第二の夫として相応《ふさわ》しく着飾りましょう」

「ああ⁉」

「というのは冗談で、メルティア様の付添人《かいぞえにん》をなさるのでしょう？　とにかく装《よそお》いましょう。ほら、別の部屋へ行きますわよ！」

「おい、押すな、ヴェラ！」

「バレたくないなら腑《ふ》抜《ぬ》けた顔をしていないでさっさと行ってください！　早く！」

ヴェラに押し出されてマルスが出ていく。

親族の代わりに、忠誠の騎士であるマルスが介添人《かいぞえにん》を務めることになった。

マルスは一応私への求婚者なのでかなり微妙な立場なのだけれど、ロイが認めてしまったのだ。

「未だ僕に馬鹿げた期待を抱くオルフェンスの者たちに、定期的に危機感を抱かせねばなりません」

「わかってるわ！　ヴェラの思い通りって感じで、腹が立つだけよ」

「後は、マルスが多少の演技ができればいいのですがね。オルフェンスの者なら誰でもあの男が僕に執着していた時期を知っているので、パフォーマンスだと看破されている節《ふし》があります」

誰もがマルスが私に忠誠の剣を捧《ささ》げたのはロイの傍《そば》にいるためだと気づいている。

ラミロが何故《なぜ》誤解したのか、いくら考えても理解できない。

「結婚式だなんて、夢のようです」

「うふふ。私もよ、ロイ」

「初めて会った日からこの日が来ることを夢見ていました」

「あら、それは大袈裟《おおげさ》すぎない？」

私とロイが初めて会ったのは彼の母親であるフィリーナの命日だ。

あの最悪な出会いの日に、そんな夢が芽生える余地なんてないだろうに。

「母上の亡骸《なきがら》を礼拝堂に置くことを考えてほしければ、三回回ってワンと言え、とあなたが言った時――僕はあなたを美しい、と思いました」

「はい？」

危ない性癖の暴露を聞いた気がする。

恐る恐るロイを見上げると、私の表情を見た彼が噴き出した。

「あなたが僕たちを屋敷に置くための演技として言ってくださったのだと気づいたから、ですよ？　侮辱《ぶじょく》を装《よそお》って僕たちを安全に屋敷に滞在させるための前置きなのだと。そのために、あなたが危ない綱渡《つなわた》りをしてくださっているとね」

「……そんな時から気づいていたのね」

私が、ロイのために初めて演技をした、その時から。

「これほど美しい人は見たことがないし、これから先に出会うこともないだろうと思いました」

「ロイ――」

「泣かないでください、メルティア」

「そうね、せっかくの化粧が落ちてしまうわ。でも、嬉しくてたまらないの」

感謝されたくて始めた献身ではないけれど、報《むく》われたような気がして胸がいっぱいになる。

「僕もあなたといると胸が温かなもので満ちて、零れ落ちそうになることがあります」

「まあ、ロイも泣いてしまいそう？」

「はい……情けない夫で申し訳ありません」

「情けなくなんてないわ。ただただ、愛《いと》おしいだけ」

「ゴホンッ。逃げ遅れた私がまだここにいることをお忘れなく」

カインがわざとらしい咳払《せきばら》いをして言うから、ロイと顔を見合わせて笑ってしまった。

「そろそろ結婚式ですから行きましょう、メルティア」

「キスは誓いまでお預けね」


私を祭壇にいるロイに引き渡す役の介添人《かいぞえにん》のマルスが、段取りを忘れたのかヴェラに入れ知恵されたのか、中々私の手を離さないというハプニングはあった。

余所《よそ》から見ればマルスの私への恋情にも見えるらしくて、ロイは不機嫌な顔をしながらも「悪くない演技です」と囁《ささや》く。

私とロイは二人で祭壇に上り、すでに署名している結婚証明書の前で永久の愛を誓った。

「それでは、誓いの証《あかし》に口づけをなさってください――」

大司教が言い終わらないうちに、ロイに抱き寄せられる。

そうあるべく作られたパズルのピースのように唇はかみ合い、一つの絵になった気分だ。

誓いの口づけを終えて、ロイと手を取り合い祭壇から下りていく。

ロイの大きな手に引かれているようで、私が手を引いているようで、これからは二人並んで歩いていけるのだと確信した。

原作 山梨ネコ
漫画 世鳥アスカ
RC Regina COMICS
Based on story = Neko Yamanashi
Comic = Asuka Setori
1~2
美食の聖女様
待望のコミカライズ!! 大好評発売中!!
突然異世界トリップした、腹ペコOL・ナノハ。そこは魔物がはびこる、危険な世界だった。幸いすぐに騎士達に助けられたものの、一つ困ったことが……。出されるご飯がマズすぎて、とてもじゃないが食べられないのだ!! なんとか口にできるものを探すナノハはある日、魔物がおいしいらしいことに気が付いて——!?
アルファポリス 漫画 検索
B6判 / 各定価:748円(10%税込)

この作品に対する皆様のご意見・ご感想をお待ちしております。
おハガキ・お手紙は以下の宛先にお送りください。

【宛先】
〒150-6008 東京都渋谷区恵比寿4-20-3 恵比寿ｶﾞｰﾃﾞﾝﾌﾟﾚｲｽﾀﾜｰ８Ｆ
（株）アルファポリス　書籍感想係

メールフォームでのご意見・ご感想は右のＱＲコードから、
あるいは以下のワードで検索をかけてください。

アルファポリス　書籍の感想　検索

ご感想はこちらから

本書は、「アルファポリス」（https://www.alphapolis.co.jp/）に掲載されていたものを、改題、加筆のうえ、書籍化したものです。

義弟《ぎてい》を虐《しいた》げて殺《ころ》される運命《うんめい》の悪役令嬢《あくやくれいじょう》は何故《なぜ》か彼《かれ》に溺愛《できあい》される2

山梨 ネコ（やまなし ねこ）

2023年 9月 5日初版発行

編集－黒倉あゆ子
編集長－倉持真理
発行者－梶本雄介
発行所－株式会社アルファポリス
〒150-6008 東京都渋谷区恵比寿4-20-3 恵比寿ｶﾞｰﾃﾞﾝﾌﾟﾚｲｽﾀﾜｰ8F
TEL 03-6277-1601（営業） 03-6277-1602（編集）
URL https://www.alphapolis.co.jp/
発売元－株式会社星雲社（共同出版社・流通責任出版社）
〒112-0005 東京都文京区水道1-3-30
TEL 03-3868-3275
装丁・本文イラスト－藤本キシノ
装丁デザイン－kawanote（河野直子）
（レーベルフォーマットデザイン—ansyyqdesign）
印刷－中央精版印刷株式会社

価格はカバーに表示されてあります。
落丁乱丁の場合はアルファポリスまでご連絡ください。
送料は小社負担でお取り替えします。

ISBN978-4-434-32511-3 C0093